EL NEGOCIADOR

This Large Print Book carries the
Seal of Approval of N.A.V.H.

EL NEGOCIADOR

DEE HENDERSON

Thorndike Press • Waterville, Maine

Published in 2004 by arrangement with Editorial Unilit, a division of Spanish House, Inc.

Publicado en 2004 en cooperación con Editorial Unilit, a division of Spanish House, Inc.

Thorndike Press® Large Print Spanish.
Thorndike Press® La Impresión grande española.

The tree indicium is a trademark of Thorndike Press.
El símbolo del árbol es una marca registrada de Thorndike Press.

The text of this Large Print edition is unabridged.
El texto de ésta edición de La Impresión Grande está inabreviado.

Other aspects of the book may vary from the original edition.
Otros aspectros de éste libro podrían variar de la edición original.

Set in 16 pt. Plantin.
Impreso en 16 pt. Plantin.

Printed in the United States on permanent paper.
Impreso en los Estados Unidos en papel permanente.

Library of Congress Control Number: 2004108420
ISBN 0-7862-6833-6 (lg. print : hc : alk. paper)

EL NEGOCIADOR

Prefacio

DINAMITA

¿DÓNDE puso la dinamita? Se abrió paso con dificultad a través de las telarañas que se le pegaban en la cara, moviéndose despacio boca abajo por un espacio tan pequeño que solo las ratas lograrían habitar. Su linterna alumbraba el lugar como una vela romana: la sacó del sitio en construcción e iluminaba más de medio kilómetro. Veintiocho años de trabajo intenso se habían desmoronado con aquella nota de despido, un «Lo lamento» carente de sinceridad de parte de ese mocoso y una linterna. No pensaba pedirle disculpas a nadie por tomar la linterna.

Ese mocoso malcriado que era su jefe pronto tendría sus propios problemas. Hasta un obrero como él se lo podía imaginar. Unos tipos vienen y le dicen que haga la vista gorda cuando se encontraba haciendo la ronda nocturna; algo se estaba tramando.

Sin embargo, el gerente del banco... él

tendría que encargarse solo del problema. El gerente del banco iba a lamentarlo de verdad. No sería sencillamente una frase.

La ira lo carcomía como el cáncer que tenía, y no sentía ningún remordimiento porque llegó a la conclusión de que lo manipularon lo suficiente. Quitarle a un hombre su trabajo, su hogar, era como quitarle lo último que le quedaba de dignidad. Si los dejaba salirse con la suya, moriría como un cobarde. Prefería morir como un hombre.

Allí estaba. Atrajo el cajón de madera hacia sí, abrió la cerradura con un destornillador y miró en su interior. Las barras de dinamita estaban acomodadas prolijamente en fila. Había suficiente. Eran viejas, pero aun así explotarían.

Capítulo Uno

KATE O'Malley se encontraba en el sótano desde el amanecer.

Los miembros del SWAT [Escuadrón de Tácticas y Armas Especiales] y los equipos de rescate de rehenes tenían oficinas en el sótano del edificio del condado. Los escritorios estaban todos amontonados; las paredes de cemento necesitaban pintura y las cañerías de agua caliente y fría que venían de la caldera retumbaban en lo alto.

El equipo estaba orgulloso de su pequeño tugurio.

Sin importarle la suciedad de sus zapatillas de lona, Kate tenía los pies apoyados sobre una esquina de su escritorio. Con los dedos entrelazados y los ojos entrecerrados escuchaba, con cuidado, el sonido de su propia voz que salía por los auriculares, tratando de no permitir que sus agitados pensamientos se reflejaran en su expresión. El caso 2214 de la semana pasada la obsesionaba: lo originó una llamada telefónica por violencia doméstica con disparos. Se necesitaron seis horas para negociar un final pacífico. ¿No se hubiera podido terminar antes?

Mientras escuchaba las amenazas del esposo ebrio y sus propias respuestas calmadas, de forma automática bajó el ritmo de su respiración para suprimir las emociones que crecían en su interior. Detestaba los casos de violencia doméstica. Revivían recuerdos indeseados... recuerdos que Kate enterró fuera del alcance de la luz del día.

La cinta de la grabación se dio vuelta. Tomó un sorbo de su café caliente e hizo una mueca. Sin duda, Graham preparó esta taza. Abrió de un tirón el cajón del medio de su escritorio e hizo a un lado unos chocolates y dos pesadas medallas de plata en honor a la valentía hasta llegar a los sobrecitos de azúcar.

Le resultaba extraño que en la fuerza la consideraron algo así como una leyenda a los treinta y seis años de edad, pero no era para menos. Era una negociadora conocida sobre todo por estar dispuesta a participar en cualquier situación. Violencia doméstica, asaltos frustrados, secuestros, hasta secuestros de aviones... había trabajado en todos ellos.

Kate le dejaba ver a la gente lo que ella quería que vieran. Era capaz de quedarse sentada en medio de una crisis durante horas o días, si eso era lo que se necesitaba para negociar la paz. Lograba mantener un comportamiento relajado, distante. La mayor parte del tiempo parecía aburrida. Daba resultado. Su aparente aburrimiento en una crisis mantenía viva a la gente. Más tarde se ocupaba de sus emociones, una vez que terminaba la situación, cuando estaba lejos del trabajo. Jugaba mucho al baloncesto y utilizaba el juego para cultivar la concentración y liberar la tensión.

Parecía que las notas del caso estaban completas. Detuvo la grabadora, aliviada de haber terminado la revisión.

—O'Malley.

Se dio vuelta y vio a Graham sosteniendo el teléfono.

—Línea tres. Tu hermano.

—¿Cuál de ellos?

—El paramédico.

Oprimió la luz titilante.

—Hola, Stephen.

—A que adivino... revisas la pantalla para ver de quién es la llamada.

—Esquivo a la prensa durante algunos días. ¿No estás de guardia?

—Acabo de terminar. ¿Ya desayunaste?

Kate percibió la tensión que había en su voz.

—Podría salir en busca de un buen café y de un montón de tortitas.

—Nos encontramos en la acera de enfrente, en Quinn's.

—Trato hecho.

Kate le echó una mirada a su localizador y confirmó que se encontraba en el grupo de guardia.

—Voy a desayunar. ¿Alguien quiere que le traiga una rosquilla?

Desde todos los ángulos de la habitación llegaron los pedidos.

—Si me necesitan, llámenme al localizador, muchachos.

Kate bajó los escalones de dos en dos hasta llegar a la planta baja. Junio había comenzado con un sol deslumbrante y poca lluvia. El calor resecaba el cemento del centro de Chicago y cubría el suelo con un polvo crujiente. Kate cruzó la calle con el semáforo en rojo.

Quinn's era un restaurante que combinaba la mezcla de un interior moderno en un edificio viejo y tenía capacidad para albergar cómodamente a setenta personas. Kate le hizo una seña al dueño, tomó dos cartas, se dirigió hacia su mesa habitual en el fondo del restaurante y eligió la silla que daba la espalda a la pared.

Aceptó una taza de café mientras le echaba una ojeada a la carta, aunque se la sabía de memoria. Tortitas de arándano. Era una dama de costumbre. Una vez tomada esta decisión, se relajó echándose hacia atrás en el asiento para disfrutar del café y sintonizar las conversaciones que se llevaban a cabo a su alrededor. Las mujeres que estaban junto a la ventana conversaban sobre el nacimiento de un bebé. Los hombres de negocio a su izquierda discutían acerca de un viaje de pesca. Dos jovencitas adolescentes deliberaban intentando resolver por dónde comenzar su recorrido de compras. La vida normal. Luego de diez años de negociadora, en su propia vida no quedaba mucho de normalidad. Solo se preocupaba por mantenerse con vida.

Stephen llegó y ocupó la silla que estaba enfrente de ella.

—Gracias por llegar enseguida, Kate.

—Si mencionas comida, tienes mi atención.

La emprendió con la segunda taza de café que le sirvió el camarero sin hacer comentarios acerca de la tensión que se veía en los ojos de Stephen a pesar de su sonrisa. El día anterior, cuando se vieron para jugar un partido de baloncesto, no tenía esa mirada.

13

Esperaba que solo fuera el efecto de alguna maniobra difícil. Ya se lo diría si necesitaba hacerlo. En la familia O'Malley los secretos no eran cosa corriente.

En la Casa Trevor, donde no existía la familia, los siete decidieron convertirse en una familia v escogieron el apellido O'Malley. Tal vez no poseían un lazo de sangre, pero eso no importaba; lo que tenían en común era mucho más fuerte. Eran leales, fieles y estaban comprometidos los unos con los otros. Después de unos veintidós años de tomada aquella decisión, el grupo seguía tan unido y fuerte como siempre. En un sentido, se habían adoptado los unos a los otros en el orfanato.

—¿Viste las noticias? —preguntó Stephen después que la camarera les trajera lo que ordenaron.

—No.

—Cinco autos chocaron en la carretera de peaje. Un niño de tres años se encontraba sentado en el asiento delantero de un sedán. Murió camino al hospital del condado.

Los niños. Las víctimas que les resultaban más difíciles a los O'Malley.

—Lo siento, Stephen.

Él liberaba la tensión como ella. Poco a poco. Después que salía del trabajo.

—Yo también lo siento; pero no te llamé por eso. Jennifer viene a la ciudad. Recibí una llamada suya esta mañana. Tiene un vuelo para el domingo y llega al aeropuerto O'Hare.

Kate frunció el ceño. Jen era la menor de la familia, la favorita de todos.

—¿Dijo de qué se trataba?

A ningún médico le resultaba fácil dejar su profesión con tan poco tiempo de aviso, pero para una pediatra era en particular difícil.

—No. Lo único que me preguntó fue qué día tenía libre. Trataba de concertar una reunión familiar. Es probable que tengas un mensaje en tu contestador.

Kate no esperó para ver si era así. Mientras llegaban los desayunos, tomó su teléfono celular y llamó a su casa.

El mensaje de Jennifer no decía demasiado. Cena en la casa de Lisa el domingo por la noche.

—Esto no me gusta.

—Eso no es todo. Marcus vuela desde Washington para la reunión.

Kate trató de asimilar la información mientras comenzaba a comer sus tortitas de arándano. El hermano mayor, mariscal de los Estados Unidos, interrumpía su agenda

15

para regresar a Chicago.

Jennifer está a un paso de decir que nos encontramos en una emergencia familiar.

—Yo lo interpretaría de esa manera.

—¿Se te ocurre algo, Stephen?

—Nada. Hablé con Jennifer el viernes pasado. No me dijo nada.

—Ese notaba tensa?

—Cansada, tal vez. No es normal en ella, pero considerando el ritmo que lleva, tampoco es de extrañar.

Sonó el localizador de Kate. Echó una mirada al número que la llamaba e hizo una mueca. Tal vez, uno de estos días, lograría terminar de verdad una comida.

—El trabajo me llama. ¿Nos vemos para la cena? —preguntó y dejó su servilleta de lino mientras se ponía de pie—. Termino a las seis. Tenía en mente asar unos bistecs.

—Con mucho gusto. Cuídate, Kate.

—Como siempre. Carga el desayuno a mi cuenta. —Ya lo pagué.

No tuvo tiempo para protestar. Era un viejo debate entre ellos.

—Te veré a las seis.

El agente especial del FBI, Dave Richman, se enfrentaba a situaciones críticas todos los días. Ser cliente de un banco en el momento en que se producía un atraco no era una experiencia que le hubiera recomendado a nadie.

El corazón le latía con fuerza al recostarse contra el escritorio de la recepción y oraba para que el pistolero se quedara en el otro lado de la habitación.

El hombre había entrado por la puerta del frente, había hecho cuatro agujeros en el cielo raso con los disparos de su pistola y les había ordenado a algunos de los clientes y del personal que se fueran, y a otros que se quedaran. Dave casi le dispara durante los primeros segundos del asalto, pero la dinamita que el hombre tenía alrededor del pecho lo hizo cambiar de idea.

En medio de la conmoción inicial, se las ingenió para echarse al suelo y desaparecer de la vista. Tenía un espacio en forma de L, de unos dos metros que formaba el escritorio de la recepción detrás del cual se escondía. Hasta aquí, era suficiente. El pistolero tenía a los rehenes apiñados al otro lado del salón y no se había molestado en revisar las oficinas ni el resto de la, habitación. Actuaba en respuesta a sus emociones y eso lo hacía más peligroso aun.

Dave inclinó la cabeza hacia atrás. Esta

no era precisamente la manera en la que había planeado pasar su cumpleaños. Su hermana lo esperaba para almorzar. Si no llegaba a tiempo, Sara comenzaría a preocuparse.

Esta crisis no tendría una solución sencilla. A juzgar por el discurso violento que podía escuchar, era evidente que este hombre no había venido a asaltar el banco.

Dave sintió gratitud al pensar en que Dios era soberano.

Kate tenía a un asaltante de bancos que no se había molestado en tomar ningún dinero. Ya suponía lo peor.

Acababan de intervenir las cámaras de vídeo de seguridad y ya habían dirigido el material a la camioneta de comunicaciones. Dos de ellas eran imágenes estáticas de zonas vacías: las puertas de cristal de la entrada y la zona del cajero que daba al exterior. Otra enfocaba desde lo alto y cubría las ventanas del frente, pero también mostraba a los rehenes. Cinco hombres y cuatro mujeres sentados contra la pared.

La cuarta cámara le llamó la atención a Kate. El pistolero daba vueltas por el centro del salón. Era alto y musculoso, y caminaba con impaciencia.

Le preocupaba el detonador de la dinamita que sostenía en la mano derecha. Parecía ser un interruptor de compresión. Si lo soltaba, la bomba estallaba. No tenían sonido, pero no cabía duda de que vociferaba acerca de algo. Parecía concentrado en uno de los rehenes en particular, el tercer hombre comenzando de atrás.

El pistolero había venido con un propósito. Como al parecer su intención no era asaltar el banco, las posibilidades que quedaban eran más sombrías.

No atendía el teléfono.

Kate miró a su jefe, Jim Walker. Había trabajado para él durante ocho años. Jim confiaba en su juicio; ella confiaba en que él la mantendría viva si las cosas se ponían feas.

—Jim, tenemos que tranquilizar la situación. Si no atiende el teléfono, tendremos que hablar como se hacía antes.

Jim estudió los monitores.

—De acuerdo.

Kate miró los planos del edificio. En la entrada, la puerta exterior de vidrio y la puerta interior estaban separadas por una distancia de dos metros. Hubiera deseado que los arquitectos pensaran primero en la

19

seguridad. Dos metros sin cobertura. Señaló el plano.

—Graham, si me quedo justo adentro de la primera puerta de vidrio, ¿puedes tenerme a la vista?

Él era una de las pocas personas en quienes confiaba en caso de que fuera necesario disparar por encima de su hombro. Graham estudió el plano.

—Sí.

—Olsen y Franklin deben ubicarse aquí y aquí para cubrir —dijo y marcó dos puntos en el interior. Sería suficiente. Si tenían que derribar al pistolero, habría maneras limitadas de hacerlo sin hacer volar una manzana de la ciudad en el proceso.

Kate se remangó su camisa de franela. No llevaba puesto un chaleco antibalas y ni siquiera llevaba una pistola. Lo último que deseaba era parecer una policía. Su género, su tamaño y su vestimenta estaban diseñados para impedir que la percibieran corno una amenaza más. En realidad, era la peor amenaza que tenía el pistolero, pues los francotiradores estaban bajo su control. Con tal de salvar vidas, recurriría a uno de ellos si era necesario.

Kate echó una nueva mirada a los monitores de seguridad. Las cámaras no cubrían gran parte del área del banco. Era posible que hubiera otro pistolero, más rehenes... los riesgos eran inevitables.

—Ian, intenta una vez más con los teléfonos.

Observó la reacción del pistolera Echó una mirada fulminante al teléfono que sonaba, se dirigió hacia él, pero no contestó. Muy bien. No lograron que contestara, pero captaron su atención. Eso quizá fuera útil.

Era tiempo de partir.

—Cuídate, Kate.

—Como siempre, Jim.

Caminó por entre los autos del escuadrón hacia la entrada del banco. El nombre del banco se leía en letras blancas sobresalientes sobre el vidrio limpio; abajo, un letrero más pequeño indicaba los horarios de atención al público y los del cajero automático. Kate puso la mano sobre la puerta y la abrió con suavidad, preparada para que le dispararan en los siguientes dos metros.

Dave no daba crédito a lo que veía. La dama entró por las puertas del frente del banco, sin chaleco antibalas, al parecer sin pistola, sin siquiera una radio. Sencillamente caminó hacia el interior del banco.

Dios, ten misericordia. No había absolutamente nada que le impidiera a este pistolero dispararle a la mujer.

Dave se retiró del extremo del escritorio porque sabía que si ella lo veía, su sorpresa revelaría la presencia de él. Se movió con rapidez hacia el otro extremo del mostrador, asiendo con firmeza la pistola. Era muy probable que tuviera que intervenir. —¡Alto ahí! —y la voz del pistolero se elevó una octava.

Si hubiera seguido el protocolo y se hubiera puesto un chaleco, Dave hubiera podido derribar al pistolero mientras estaba distraído. En cambio, ella había entrado sin seguir las reglas básicas de seguridad y la oportunidad se le había escapado de las manos. Los policías de la ciudad deberían haber esperado que llegaran los negociadores profesionales en lugar de apresurarse a mandar a una policía con ropa de calle.

*Señora, no se atreva a empeorar más las co-*sas, pensó Dave. *Escuche, hable poco y a la primera oportunidad, ¡váyase de aquí!*

—No contestó el teléfono. Mi jefe quisiera saber qué desea.

Tenía una voz tranquila, sin prisa. No era lo que Dave esperaba. Los negociadores con los que trabajó en el pasado fueron hombres concentrados, apasionados, resueltos. En esta dama todo parecía ser fluido. Era alta, delgada, tenía un hermoso bronceado, largos cabellos de color caoba y ropa informal. Su belleza era demasiado exótica como para triunfar en el trabajo secreto; no era alguien que uno pudiera olvidar. Hasta se notaba que estaba relajada. Tenía que ser una negociadora, o de lo contrario, era una tonta. Como su vida estaba en sus manos, Dave prefería ser optimista.

—Tengo exactamente lo que quiero, nena. Puedas darte la vuelta y salir por donde entraste.

—Por supuesto. Aun así, ¿le importa si primero me siento aquí durante unos minutos? Si salgo ahora mismo, mi jefe se va a fastidiar.

Hasta logró que el tipo se riera.

—Siéntese y cállese. —Encantada.

Dave lanzó un suspiro silencioso y soltó el dedo del gatillo. Sin lugar a dudas, no podían haber mandado a una principiante a resolver una situación como esta, ¿pero quién era esta mujer? De algo estaba seguro, no pertenecía al FBI.

Kate se sentó con un movimiento muy elegante y apoyó la cabeza contra la puerta de vidrio. El ritmo cardíaco le fue bajando poco a poco. De entrada, no le habían disparado. Esto siempre era una buena señal.

Escudriñó los rostros de los rehenes. Todos estaban nerviosos y tres de las mujeres lloraban. El hombre de mediana edad en quien estaba concentrado el pistolero parecía estar al borde de un infarto. Al menos, no había ningún héroe. Ningún atleta, ningún militar. Otras veces había perdido a rehenes que actuaban por cuenta propia.

Hubiera deseado poder decirles que se quedaran tranquilos, pero la única manera de comunicarse que tenía era a través de sus acciones. Cuanto más aburrida pareciera ante la situación, mejor. Su objetivo era lograr que el pistolero se relajara un poco. La sonrisa en medio de los ladridos había sido una señal de poca importancia, pero muy buena. Iba a aprovechar esa y cualquier otra que pudiera conseguir.

Kate estudió la bomba mientras el pistolero caminaba de un lado a otro. Todos sus temores se confirmaron. A Manning, el miembro de su equipo que estaba en el escuadrón antibombas, le resultaría bastante difícil desactivarla.

Era una lástima que Dios no existiera. Alguien debería haberle resuelto los problemas a este hombre antes de que decidiera entrar en el banco con dinamita y un revólver. Ahora, las opciones eran limitadas: terminaría en prisión o muerto. No eran alternativas muy felices que digamos. Tenía que asegurarse de que no se llevara a nueve vidas inocentes junto con él.

Diez, contando la de ella.

No podía hacer que al tipo le dispararan porque, en ese caso, quitaría la mano del gatillo de la bomba. No podía apresurar al pistolero porque le dispararía. Si eso sucedía, su familia se le vendría encima, y sería bastante difícil recuperarse de una herida con todo el clan O'Malley encima de ella.

Negociar la liberación de estos rehenes iba a ser un desafío. Parecía que el pistolero no quería otra cosa que no fuera el control sobre el destino del gerente del banco, y eso ya lo tenía. Para lograr que se liberaran a los rehenes, se necesitaba algo de intercambio que se pudiera intercambiar. Podía tocar las fibras sentimentales en el caso de las mujeres que lloraban, pero es probable que a ella la botaran fuera del banco junto con las demás.

A medida que transcurriera el tiempo, aparecerían algunas bagatelas negociables que podría usar: comida, agua, la necesidad de visitar el baño.

Podía postergar la situación de forma indefinida y, poco a poco, se iría volviendo a su favor. A pesar de todo, ¿estaba dispuesto este hombre a dejar pasar tanto tiempo o empeoraría antes de cualquier posibilidad?

Dave tenía que tomar una decisión difícil. ¿Debía alertar a la policía de su presencia poniéndola en riesgo al revelar su posición, o debía quedarse en silencio y observar el desarrollo de la situación? Al final aceptó que no tenía alternativa. Sacó la placa del bolsillo, la abrió y se asomó inclinándose sobre el final del escritorio.

Ella ni siquiera pestañeó para mostrar su sorpresa. No movió la cabeza ni echó una mirada rápida en dirección a él. Agitó el índice señalándolo, tal como si hubiera ganado una ágata en un juego de canicas.

El movimiento del dedo demostraba irritación y le ordenaba que volviera hacia atrás.

Dave se sentó sobre los talones. La reacción de esta mujer le hubiera causado gracia si la situación hubiese sido diferente. Ese control total de las emociones, su expresión facial y su porte era una espada de doble filo. Su ubicación quedaría a salvo, pero a la vez sería muy difícil juzgar lo que pensaba ella.

Sin embargo, esta respuesta le dijo mucho acerca de ella. Ese sacudón del dedo le transmitió una orden concluyente que esperaba que se obedeciera sin cuestionamientos. La mujer sabía cómo dejar en claro sus órdenes.

Tenía que encontrar alguna manera de hablar con ella.

Abrió un poquito el cajón de la recepcionista y espió en su interior. Encontró lo que esperaba: papel. En silencio, sacó varias hojas y tomó su bolígrafo. Tenía que lograr que el mensaje fuera sencillo y las letras lo bastante grandes y oscuras para que ella pudiera leerlas con una simple mirada.

¿Qué le diría primero? 4 TIROS. QUEDAN 2. Ella se ajustó los anteojos para sol.

Muy bien, mensaje recibido.

La mejor manera de reducir a este pistolero era por sorpresa, desde atrás, pero tenía que estar lo bastante cerca de Dave como para que pudiera poner la mano sobre el gatillo de la bomba. Escribió otro mensaje: ACÉRQUEMELO.

La mujer leyó el mensaje y pasaron varios minutos. Cuando el pistolero se alejó de ella, meneó la cabeza un poco.

¿Por qué no?, pensó Dave. Su frustración era cada vez mayor. No podía contestarle eso de ninguna manera.

LIBERE A LOS REHENES. Dave hizo una mueca cuando no obtuvo respuesta. Esto era como las notitas que se pasan en la escuela secundaria.

Lo intentó de nuevo: ¡HÁBLELE!

Los dedos de la joven se crisparon al cerrar el puño.

Dave retrocedió. Fuera lo que fuera que estaba considerando, no quería sugerencias por el momento. Más vale que esta mujer tenga un gran plan en mente. No le quedaba otra alternativa que quedarse atrás y esperar. Su vida estaba en las manos de ella.

Kate aflojó los dedos, obligada a ocultar todas sus emociones en aquel mínimo gesto. No solo tenían a un policía en el medio, sino que era uno que quería convertirse en héroe dándole consejos desde atrás.

La sugerencia de que acercara al pistolero hasta donde estaba él fue en verdad tonta. Antes de que se intentara alguna negociación, él quería llegar por la fuerza a una conclusión táctica. El trabajo de ella podía definirse con una sola palabra: paciencia, y este policía no tenía ni una pizca de ella. Si se le había metido en la cabeza que tenía que actuar, alguna persona inocente podría resultar asesinada, y ella era la que estaba sentada directamente en la línea de fuego.

Esa mañana no tendría que haber salido de la cama.

Concéntrate, se dijo. *Haz tu tarea.*

Kate exhaló en silencio y dirigió toda su atención hacia el hombre que caminaba de un lado para otro.

Dave cambió de posición para aliviar un calambre en la pierna mientras escuchaba la conversación que se llevaba a cabo entre la negociadora y el pistolero. Se llamaba Kate O'Malley. Bonito nombre irlandés para alguien que no tenía acento irlandés. Hasta el momento, los temas no aportaban nada significativo a la situación. Todos eran trivialidades y Kate había convertido las trivialidades en un arte.

El pistolero seguía caminando, pero lo hacía con más lentitud. La cadencia suave y constante de ella comenzaba a dar resultado.

Esta mujer estaba controlando los acontecimientos simplemente con la voz; era algo impresionante y digno de presenciar. Parte de su plan era evidente: agotar a su contrincante, quitar la sensación de amenaza. Tenía una voz que podía hipnotizar a un hombre.

La conversación giró hacia cuál restaurante local hacía la mejor pizza. Dave sabía qué era lo que trataba de hacer: convencer al pistolero para que pidiera que le enviaran comida. Es probable que tuviera relación con algo pensado para tranquilizar al hombre. Si no conseguía que el pistolero sintiera hambre, por cierto estaba logrando que él tuviera hambre. Dave había estado tratando de pensar qué podía hacer para ayudarla. Esta clase de negociación era un trabajo agotador. Tal vez podía lograr que fuera una conversación entre tres.

Buscó de nuevo su bolígrafo. OLVIDO LOS CHAMPIÑONES

En ningún momento soltó el control de la situación, mientras pasaba poco a poco al tema de lo que tenían los champiñones adentro y de por qué no los quería en una pizza.

Dave sonrió.

Como el plan de la dama era quedarse allí sentada conversando, podía pensar en algunas preguntas más para ayudarla. Se encontraba sentada en medio de una situación estresante, cumpliendo una tarea casi imposible y, sin embargo, daba la impresión de que no tenía la menor preocupación del mundo. Si así era en el trabajo, ¿cómo sería cuando no estaba en funciones? PELÍCULA FAVORITA.

Esta sugerencia se recibió con el esbozo de una sonrisa. A los pocos minutos, con mucha delicadeza, cambió el tema de conversación hacia las películas.

Dave tuvo que ahogar una carcajada cuando la escuchó decir que su película favorita era *La gran aventura de Bugs Bunny*. No importaba si en realidad era así o si, sencillamente, mostraba un exquisito sentido del humor. Era la respuesta perfecta. Dave escribió: ¿ESTA ES NUESTRA GRAN AVENTURA?

La siguiente película que mencionó fue *Atardecer*.

Dave sonrió. Al parecer, Kate O'Malley era una cinéfila. Era agradable saber que tenían algo en común. Si lograba sacarlos de esta con vida, compraría las entradas y las palomitas de maíz para ir a ver cualquier película que ella quisiera. Si tenía que pagar una deuda así, lo disfrutaría.

Capítulo Dos

KATE observó cómo se alejaba el pistolero. Henry Lott estaba divorciado, luchaba contra un cáncer, hacía poco que había perdido el trabajo y el gerente del banco había cerrado la hipoteca de su casa el lunes. Durante la hora que había pasado en que lo convenció para que soltara a las mujeres, la ira de este hombre se había encendido una y otra vez. La empresa de construcciones Wilshire y el Banco First Union recibían partes iguales de su odio.

Observó cómo movía el gatillo de la bomba frente a la cara del gerente y levantaba un dedo, luego el otro, amenazando con detonarla. En una de estas veces, la soltaría. Les había hecho ganar cinco horas y cuatro rehenes. Si el resto de los rehenes iba a permanecer con vida, su equipo tendría que intervenir por la fuerza. Esta táctica indicaba su fracaso, pero su tarea no era proteger su orgullo. Henry Lott había dejado de hablar, era hora de que ella hiciera una sugerencia.

La creciente tensión en el salón se le había filtrado en los músculos. Por más que tratara de pensar que estaba en alguna otra parte para recuperar el sentido de la distancia y de la calma, la presión interior no cedía. ¿Sería este el día en que su familia recibiera la llamada que temían?

Lo siento, muchachos. Hice todo lo que pude.

Kate dejó descansar su peso sobre la mano y dio dos golpecitos con el dedo índice.

Un punto rojo titiló en la punta de su zapatilla izquierda. Había estado hablando con Graham la mayor parte del día. El código Morse no era tecnología de avanzada, pero les permitía intercambiar información. Con dos golpecitos, le envió un escueto mensaje a su jefe.

Ahora, el plan de asalto tendría que venir de dos direcciones: había que volar la puerta de acero de seguridad a través de las ventanas del cajero, luego, dos segundos más tarde, las puertas de vidrio del frente. Las granadas de iluminación explotarían para paralizar la situación. Tendría dos segundos para dejar libres las puertas de vidrio, alcanzar a Henry Lott y cerrar las manos sobre el gatillo de la bomba.

Alto riesgo. Podía recibir un disparo. O podía fracasar, lo cual era peor.

Con la visión periférica escudriñó el lugar en el que se encontraba el agente del FBI.

¿En qué pensaba? Hacía veinte minutos que no le mostraba más notas. Hubiera deseado poder ponerse de acuerdo con él o poder advertirle. Quería tener una oportunidad para darle las gracias por las notas. Tenía un sentido del humor agudo e incisivo; lo puso de manifiesto en la manera en que reducía sus mensajes a dos o tres palabras.

A su jefe no le llevó mucho tiempo tomar una decisión. Los equipos se dirigían a sus posiciones.

Necesitaba que Henry se encontrara a menos de dos metros de distancia. Planeaba derribarlo, sujetando el gatillo en medio de ellos. Los treinta kilos de diferencia a favor de este hombre la obligarían a luchar con las manos hasta que su equipo lograra alcanzarlos. La frustración de no haber podido convencer a Henry para que se rindiera compensaría esta desventaja. El agente del FBI podría acercarse para ayudar.

Recibió la señal de Graham. Los equipos estaban en posición, listos para que ella les diera la orden. Golpeteando los dedos, hizo otra petición: hagan sonar el teléfono.

Henry comenzó a cruzar el salón hacia el teléfono que sonaba sobre la mesa de la recepcionista. Kate apenas escuchó sus palabras; miraba a la distancia. Ocho metros y medio, ocho, siete y medio... en posición. Desplegó los dedos uno a uno, contando para controlar el momento de la detonación de la primera carga de explosivos. Tres. Dos. Uno. Cerró el puño.

La puerta de acero voló en pedazos.

Kate se echó hacia delante obviando la pistola y derribó al hombre. Con el antebrazo lo asió de la tráquea y su mano se cerró sobre la suya alrededor del gatillo de la bomba.

Golpearon con fuerza sobre el piso de mármol cubierto de los vidrios de la explosión.

Henry trató de quitársela de encima. Le dio una patada en la pierna con sus botas con punta de acero.

Kate sintió que se le doblaba la muñeca y luchó con una energía surgida de la desesperación. Al tener las dos manos sobre la del hombre para impedir que se soltara el gatillo, la cara le quedaba expuesta. Vio venir la mano izquierda del hombre y se preparó para que le rompiera la nariz. No iba a ser el primer puñetazo que recibía. El golpe impactó, pero no sobre ella. El agente del FBI gruñó de dolor y respondió con otro golpe.

Kate le perdonó el codazo en las costillas. Era una lucha entre dos iguales y ella quedó en el medio del sándwich. Hizo todo lo que pudo por mantener la cabeza hacia abajo. Los cables se le escurrían entre los dedos y la dinamita se apretujaba contra su abdomen.

Henry Lott dejó de moverse.

Kate quedó suspendida en el tiempo por un momento, preguntándose si todo había terminado, esperando que Henry se moviera. Los sonidos de los equipos de asalto y de los rehenes al liberarlos se abrieron paso a través de su conciencia. Le temblaban los músculos por el repentino alivio de la tensión y las contusiones demandaban atención.

—¿Lo tienes?—preguntó el agente sujetándola todavía con el peso de su cuerpo.

—Lo tengo.

Literalmente estaba enroscada alrededor del gatillo de la bomba, apretándolo como si fuera un tesoro. El sudor hacía que sus manos estuvieran resbalosas y los dedos se le acalambraban, pero lo tenía.

—No te muevas.

Se le clavó algo filoso en el pecho y los alambres le pellizcaban los dedos.

—Muy bien, no me moveré, pero usted sí podría moverse —contestó, sin poder contener la mordacidad en su tono de voz por primera vez desde que había entrado al banco.

Él se hizo a un lado y ella pudo respirar hondo por primera vez desde que comenzó la pelea. Cerró los ojos para disfrutarlo. La recorrió una oleada de náuseas mientras su cuerpo, como es natural, se estremecía debido a la tensión. Toda la situación fue demasiado extrema como para relajarse.

Los compañeros de equipo se amontonaron a su alrededor con el jefe a la cabeza.

—Franklin, pídele la jeringuilla al médico para asegurarnos de que este tipo quede fuera de combate. Que entren los que van a desactivar la bomba.

Kate hizo un esfuerzo para que se le despejara la cabeza.

—¿Cómo están los rehenes?

—Todos bien —dijo Jim mientras miraba el dispositivo—. ¿Puedes sostener ese gatillo durante unos minutos mientras Manning lo separa?

—No tengo en mente soltarlo. Alguien se rió.

—Muy bien—dijo Jim—. Hay que despejar el área y sacar a todo el personal que no sea imprescindible. Buen trabajo, O'Malley. Te veré en unos minutos. Dave, tu equipo te espera afuera.

—Saldré junto con Kate.

El jefe pensó un momento en lo que Dave acababa de decir, luego asintió. Jim se puso de pie mientras el salón comenzaba a despejarse.

Kate no estaba tan dispuesta a acceder.

—Muchas gracias por tu consideración. Ahora, ¿podrías marcharte de aquí?

El agente se sentó en el suelo junto a Henry, respirando con fuerza y mirándola fijamente. A decir verdad, a ella le gustaba mirarlo; era un hombre atractivo. Sus cabellos color arena estaban alborotados y el labio partido debía dolerle. Sabía de primera mano que sus músculos estaban en buenas condiciones. No se trataba de un agente del FBI que se pasaba los días detrás de un escritorio.

—¿Qué sucede? ¿Estás cansada de la compañía?

El brillo en sus ojos indicaba que le seguía la corriente. Kate no tenía esperanzas de lograr que se fuera. Ese era el problema con los hombres, siempre tenían que ser los héroes.

Si él insistía en quedarse, iba a disfrutar de su compañía. —Sigue hablando.

—¿De qué?

—De lo que sea. Durante las últimas horas yo he sido la única que ha hablado.

Dave sonrió un poco.

—Yo también lo disfruté, a pesar de las circunstancias —dijo y se acercó y le sacudió con suavidad el cabello—. Tienes esquirlas de vidrio en el cabello.

—Debo verme resplandeciente.

—Sí, sin duda —y sacudió fragmentos de vidrio del hombro que entonces estaba tenso.

—Tendría que haber golpeado a ese hombre más fuerte. Estás sangrando.

—Con semejante lluvia de vidrios —sentía que las heridas le comenzaban a arder.

—Tienes un montón de vidrio a tu alrededor —dijo y se movió para dejar que Manning ocupara su lugar y dio la vuelta colocándose a su lado—. No te eches hacia atrás.

Con mucho cuidado, sacudió los fragmentos de vidrio de la camisa de Kate.

—No me has dicho tu nombre aún.

—Dave Richman.

—Lindas notitas.

Dave se inclinó hacia delante para verificar si había heridas en la cara.

—Lindas trivialidades.

Kate lo miró con fijeza, pero no encontró nada en su expresión que contradijera sus palabras.

—Es mi especialidad.

El hombre se apartó un poco del agujero que había cavado con aquella absurda nota ACÉRQUELO HACIA Mí.

—Tu especialidad es salvar vidas, incluyendo la mía. Te la debo.

—No estés demasiado agradecido. Era mi trabajo. No lo hice específicamente por ti.

Sus castigados músculos se contrajeron y cerró los ojos ante el dolor para no manifestarlo.

—En un minuto los paramédicos estarán aquí—dijo Dave.

— Manning, ¿Stephen se encuentra allí afuera?

—Está cruzando las cintas que rodean el lugar.

Previendo el sermón, Kate hizo un gesto de dolor.

—No te apresures a desactivar la bomba —y vio la mirada curiosa de Dave—. Mi hermano es uno de los paramédicos que mencionaste.

—Ahh. Qué suerte que tienes familiares que pueden participar en tus casos.

—Tres hermanos y tres hermanas. Me van a matar.

Kate les había dado razones para preocuparse y esto era lo que más le molestaba.

—Tu familia tendría que aprovechar a fin de pasar una velada interesante.

—Richman, tienes una habilidad especial para los eufemismos.

Deseaba con desesperación cerrar los ojos y dejarse llevar.

—¿Sabes lo que en verdad quisiera en este mismo momento?

Comenzaba a divagar, pero sentía que la fatiga le caía encima como una pesada manta y las palabras siempre habían sido su primera línea de defensa.

—¿Qué?

—Un buen bistec, una bebida fría y una siesta, no necesariamente en ese orden.

—Lo lamento, pero creo que lo que vas a tener es un paseo en ambulancia, un par de agujas y algunas puntadas.

Fabuloso. Justo como deseaba pasar la velada.

—Qué pensamiento tan atractivo. Manning separó los clips de los alambres. —Puedes soltarlo, Kate. Está desactivada.

—¿Seguro?

No era que juzgara mal, pero ella era la que sostenía el gatillo.

—No va a explotar —prometió Manning.

Aflojó el puño que tenía sobre el gatillo y escuchó el débil clic que hicieron los contactos abiertos.

Con mucho gusto se alejó de Henry Lott y Manning comenzó a transferir la dinamita a una caja de pertrechos explosivos. Había policías que aguardaban para esposar a Henry y llevarlo afuera.

Kate se sentó sobre el piso de mármol, satisfecha, mientras esperaba que Manning terminara. Ni siquiera se amedrentó al pensar en todos los papeles que requeriría la respuesta táctica. Por el momento, solo saboreaba el hecho de que el pistolero y los rehenes siguieran con vida.

Se tomó las rodillas y miró todo el daño que había a su alrededor.

—Qué lío.

Dave asintió.

—Da la impresión de que hubiera explotado una bomba. Las puertas voladas en pedazos, un par de azulejos del cielo raso caídos, vidrios por todas partes.

—Tienes un sentido del humor perverso.

—Gracias.

—No hay por qué.

El humor era algo demasiado extraño en este trabajo como para no hacer una pausa y disfrutar de él al encontrarlo en un lugar inesperado. Este muchacho podía llegar a gustarle, a pesar de su actitud mandona y del molesto hábito de no escucharla cuando tenía razón. Ambos se sonreían cuando los interrumpieron.

—Esta no es una buena manera de comenzar el fin de semana, Kate.

—Claro que es una buena manera de empezar el fin de semana, Stephen. Vete.

Junto a ella, Dave sofocó la risa.

—Compórtate.

De mala gana, Kate volvió la atención a su hermano.

—Solo estoy hecha polvo, te lo aseguro.

Stephen dejó la valija en el suelo y la revisó.

—Al menos no hiciste que te dispararan. ¿Qué has hecho? ¿Has estado nadando en vidrio molido?

—No es tan malo como parece.

—Sí, claro. ¿Qué te duele además de las heridas? ——y enjugó la sangre del brazo derecho con gasa esterilizada.

—La rabadilla. He estado sentada sobre este piso de mármol todo el día.

—En serio, Kate.

—El hombro izquierdo. Me golpeé con mucha fuerza contra el piso; y el dolor de cabeza me está matando.

Stephen frunció el ceño al tocarle la parte de atrás de la cabeza.

—Lindo huevo de ganso.

—Él se llevó el golpe de regalo —dijo Kate encogiéndose de hombros.

—¿Ves bien?

—Sí.

—Huy.

Kate miró con aire sospechoso la camilla que estaban entrando.

—Stephen, yo voy a salir caminando de aquí.

—Si quieres desmayarte frente a tu equipo, hazlo. Tienes la presión arterial demasiado baja, incluso tratándose de ti.

—No es más que la adrenalina que está bajando. Denme tiempo.

Stephen recibió algo de su compañero. —Cierra los ojos, no te gustan las agujas.

—Si me coses con eso, esta noche te preparas los bistecs tú solo.

—¿Me permitirás hacerlo o prefieres que lo haga una enfermera que no conoces?

Juegas sucio —dijo y dio vuelta a la cabeza y apretó los ojos.

—Ya está—dijo mientras colocaba una cinta adhesiva sobre la sonda intravenosa—. ¿Quieres un pirulí de uva o de cereza?

Kate pensó en golpearlo, pero le arrancó uno de cereza del bolsillo.

—Sabes que por lo único que te dejo usar

la aguja es para obtener uno de estos.

—Jennifer engaña a sus pacientes con estas cosas.

—Ah, muchas gracias. Sus pacientes tienen dos años. No me gusta la sugerencia.

—Eh, tú eres quien la hizo.

Dave ahogó una risita ante la respuesta de Stephen.

Kate se apoderó del pirulí de uva y se lo dio a Dave.

—Come esto y guarda silencio.

—Stephen —dijo Dave mientras desenvolvía el pirulí—, será mejor que te retires ahora mientras vas ganando.

—Tal vez, ¿pero tú lo harías? Dave pensó en la pregunta.

—No, es demasiado bonita cuando está molesta.

El hermano le dio una palmadita a Dave y dijo:

—Sabía que me gustarías.

Kate frunció el ceño.

Caballeros, ahora que se han hecho amigos, ¿podemos irnos?

—Claro que sí, pero te irás en la camilla —y Stephen se la acercó con una sonrisa—. Solo, siéntate, Kate. No te haré salir atada y tapada con la manta.

Supo que sería una tarde difícil en el momento en que se levantó para dirigirse a la camilla y se sintió muy mareada. Dave no le soltó el brazo hasta que se sentó con las piernas en alto.

Había días en que hubiera dado cualquier cosa por cambiar su tarea de negociadora por algo más parecido a la tarea de caballero blanco de Stephen. Tenía que vivir y trabajar en medio de la violencia, justo al borde de la fría mano de la muerte. Recibir un tiro de tanto en tanto era parte del proceso natural en este territorio.

—Dave, hay lugar si quieres venir con nosotros —ofreció Stephen.

—Gracias, iré.

—No es necesario —protestó Kate.

El ceño fruncido de Dave la hizo callar. Al haberse quedado callada ante la mirada de uno de los mejores, Kate cambió el perfil de Dave, divertida en su interior. Podía enfriar su mirada para transmitirte que no le gustaba tu respuesta y con la misma facilidad la tornaba cálida para compartir su sentido del humor. Era un rasgo que todo buen líder debe desarrollar.

—Hay reporteros por todas partes, Kate. Así que prepárate —le advirtió Stephen.

Pasar por alto a la prensa se estaba convirtiendo en su segunda ocupación.

—Veamos cuántas fotografías de tu espalda pueden tomar.

—Será un placer. Al escuadrón le encantará la publicidad.

—Esto no es un bistec —Kate usó el tenedor de plástico para examinar el plato principal. Ya era bastante malo haber perdido la discusión e ir a pasar la noche al hospital, pero el pastel de carne en la cena le añadía una injuria a las heridas.

—¿Quieres que ordene una hamburguesa de queso?

—Que sean dos y un helado de vainilla.

—Cómete la ensalada.

Revolvió la lechuga mustia.

—Está muerta.

Se estiró para alcanzar el recipiente sellado que contenía el postre.

—Al menos, no pueden arruinar el postre.

Stephen le pellizcó los pies.

—Volveré enseguida. Compórtate como es debido mientras no estoy.

—¿También quieres un buen comportamiento? —sonrió—. No me tientes. Ya te pasaste de la raya obligándome a quedarme aquí a pasar la noche.

—Me las ingenié para evitar que tuvieras a toda la familia encima, así que estamos a mano.

—Es un indulto breve y tú lo sabes —dijo y abrió el recipiente del pudín y colocó la tapa sobre la bandeja—. La cena del domingo será interesante. Espero que Jennifer tenga noticias que hagan temblar la tierra o de lo contrario estoy acabada.

—Tú te metiste en esto —dijo riendo Stephen—. Mantendré a la familia alejada durante algunos días, pero después corre por tu cuenta.

—Detesto ser el centro de la atención.

—La próxima vez trata de salir ilesa.

Kate no podía rebatir este punto.

Se escuchó un golpecito en la puerta.

—¿Puedo pasar?

—Hola, Dave. Claro que sí —Kate puso a un lado la bandeja—. Stephen traerá de contrabando algo de comida de verdad. ¿Quieres algo?

Su hermano se detuvo en la puerta al encontrar a Dave.

—¿Hamburguesa de queso o chile con carne? Voy a buscar algo aquí enfrente.

—Un chile con carne sería fantástico.

—Regreso en unos minutos. Kate se está poniendo agresiva, así que cuídate.

Muchas gracias —Kate se recostó sobre las almohadas mientras Dave tornaba asiento. Se veía cansado, pero no era para menos. Eran más de las siete y su tarde debería haber sido muy parecida a la de ella: llena de médicos y de declaraciones oficiales.

Dave estiró las piernas.

—Te ves mejor de lo que esperaba.

—Agresiva —Kate meneó la cabeza—. Stephen tiene que esmerarse un poco con los adjetivos.

—Bueno, no lo sé. Creo que es el adecuado —Dave echó una mirada a todas las flores—. Parece que has tenido algo de compañía.

—Estaba haciendo mi trabajo y nada más. Era de esperar que me dispararan o algo así.

—Ay, ustedes los policías. Les parece que está mal recibir flores si salen lastimados.

—Tu hermana me envió un ramo, las orquídeas que están junto a la ventana.

¿Sí?–sonrió Dave—. ¿Quieres decir que se limitó a enviar flores nada más? Se sintió tan aliviada cuando recibió mi llamada telefónica que temía que te sepultara con regalos.

—Qué situación más incómoda. Hasta recibí flores del dueño del banco.

Dave miró todos los ramos.

—¿Cuál te mandó?

—Adivina.

—Ferviente ejecución de una hipoteca. Rosquillas más bien rancias para las nueve de la mañana. Tenemos a un dueño al que no le gusta gastar su dinero en otras personas. ¿El ramo de flores silvestres?

—Exacto.

—¿Tengo razón? —y se levantó para mirar la tarjeta—. Nathan Young. Propietario del Banco First Union.

Dejó la tarjeta y señaló las dos docenas de rosas rojas.

—¿Quién es tu galán?

Fue una pregunta de cortesía, pero el tono de su voz era un poco forzado. Kate reprimió la sonrisa que luchaba por escapar.

—Son de Marcus. Mira la tarjeta.

Dave vaciló.

—Vamos, hazlo. Te gustará.

—"Viene un sermón, vaquita de San Antón" —le dio unos golpecitos a la tarjeta—. Parece que es alguno de la familia.

Se notaba el alivio. Kate se guardó ese placer para disfrutarlo más tarde.

—Es mi hermano mayor y no quiero explicar el apodo. Las rosas eran un reflejo de Marcus. Extravagantes, innecesarias, maravillosamente dulces.

50

Dave se acomodó de nuevo en la silla y estiró las piernas.

—Tienes una gran familia.

—Claro que sí —dijo. Este era un tema que podía hacerla feliz cuando estaba cansada—. Escuché un rumor de que hoy es tu cumpleaños.

—No hubiera podido pensar en alguien más agradable con quien pasarlo.

Kate no pudo impedir la sonrisa. Este hombre era muy desenvuelto.

—De verdad, lamento que tus planes para el día se complicaran tanto.

Dave se encogió de hombros.

—Estoy vivo para disfrutarlo, gracias a ti. ¿Te han dicho cuánto tiempo te quedarás aquí?

—Me puedo ir mañana por la mañana —sostuvo en alto la mano con la sonda intravenosa—. Los antibióticos terminan en una hora; los médicos simplemente tienen precaución. Todo ese vidrio estaba cubierto con residuos del explosivo de la granada.

La puerta se abrió y Stephen regresó.

—Dos hamburguesas de queso, Kate. Les puse bastante picante para ti —dicho esto, distribuyó la comida.

—Esto es fabuloso. Gracias.

El desayuno interrumpido ocurrió mucho

tiempo atrás. Escuchó la conversación de los muchachos mientras se concentraba en su cena.

—¿Lista para finalizar el día? —Stephen la pescó bostezando mientras terminaba la comida.

Se sentía entumecida, dolorida y le pesaba cada uno de los minutos de aquel larguísimo día.

—Ya casi llego a ese punto. ¿Vienes a buscarme mañana?

—A las diez, a menos que me llames más temprano —confirmó.

—Que sea a las nueve.

—Muy bien, a las nueve.

Kate no estaba muy segura de qué decirle a Dave. No tenía interés en decirle adiós, sino sugerirle alguna otra cosa... Era una situación incómoda.

—Gracias por tu ayuda hoy.

Se quedó inmóvil mientras Dave le acariciaba la mejilla y vio que la sorpresa se reflejada por un instante en su rostro. Sin duda, no había pensado en hacer este gesto y se sorprendió tanto como ella. Era agradable saber que no era la única que se sentía desequilibrada en aquel momento. Tenía poca experiencia en descifrar las emociones que se reflejaban en los ojos azules de Dave; la dulzura no era algo común en su mundo.

—El placer fue mío, Kate. Tal vez, la próxima vez podamos encontrarnos diciendo un simple «hola».

—Me gustaría.

Las miradas no se despegaban, buscaban algo. Cuando él sacó la mano de su bolsillo trasero e interrumpió el contacto visual para mirar adentro de su billetera, Kate parpadeó ante la abrupta pérdida que sintió.

Dave puso una tarjeta personal junto al teléfono.

—Bien. Llámame, cuéntame cómo estás. El número de mi celular se encuentra al dorso.

Kate asintió, bien consciente de lo que Stephen estaría especulando.

—Buenas noches, muchachos.

Dave tiró las llaves sobre su escritorio en la oficina regional del FBI y fue a servirse una taza de café. Eran las ocho y cuarenta y cinco. Tenía algunas preguntas con respecto a Henry Lott que necesitaban respuestas. Estaba demasiado nervioso como para pensar en irse a casa a pasar la noche.

Kate era una contradicción muy grande. ¿Quién era la verdadera Kate: la policía que había enfrentado con frialdad toda la situación, preparada si era necesario para llamar a un francotirador, o la mujer que había distendido la situación con su charla? Las dos imágenes no se podían mezclar.

A pesar de la contradicción, le gustaba de verdad. Podía mantener el sentido del humor en medio de una crisis.

Sería difícil llegar a conocerla de verdad. En un momento se mostraba franca y accesible, y al siguiente era imposible sondearla. Dada la naturaleza de su trabajo, era algo de esperar.

Dave había cruzado una línea en aquellos últimos momentos en el hospital porque sentía una inesperada soledad en ella. Deseaba consolarla, pero no sabía cómo llegar a ella con palabras.

Al menos, los dos habían salido casi ilesos de aquel día. Se tocó el labio partido e hizo una mueca. No podía dejar de imaginar cómo se sentiría Kate con respecto a su estado actual. Regresó a su oficina, colocó el café sobre el escritorio y encendió la lámpara.

No le gustaba la idea de haber estado a punto de que lo mataran en el día en que cumplía treinta y siete años. La situación había asustado a su hermana. Un hombre la había acechado durante años tratando de matarla, así que ya había tenido suficientes sustos en su vida. Su búsqueda de respuestas comenzaría con el ex empleador de Henry Lott, con la empresa constructora Wilshire y luego, echaría una mirada al Banco First Union.

Kate se estiró para encender la luz que estaba al lado de su cama. Eran más de las diez y estaba cansada de mirar el techo. La fatiga había cruzado la línea en la que el sueño se niega a brindar alivio. Por lo general, luego de una crisis, jugaba al baloncesto un buen rato y se desprendía del estrés. Al no poder descargarse, le resultaba difícil relajarse para pasar la noche.

Buscó el anotador de papel que le trajo Stephen.

¿Por qué venía Jennifer a la ciudad?

Kate anotó la pregunta y enseguida escribió varias líneas más. ¿Algún problema con su profesión? ¿Con un novio? ¿Alguien que estuviera causando inconvenientes? ¿Alguien a quien quisiera que ayudemos?

Cualquiera de las opciones era válida. Kate no lo resolvería hasta que no conociera el problema. Miró las rosas que tenía enfrente y pensó en llamar a Marcus. En la costa este era tarde, pero a él no le importaba a qué hora lo llamara. Si lo despertaba, escucharía el divertido y cálido tono de voz que algún día sería el deleite de una esposa. Le concedería todo el tiempo que ella quisiera para hablar. Eran los dos mayores del clan O'Malley y fueron amigos durante mucho tiempo. Él se preocupaba por ella tanto como ella por él. Coincidía con los trabajos que tenían.

Si lo llamaba esta noche, se daría cuenta de que no podía relajarse. Sería mejor llamar en la mañana.

A Kate le hubiera gustado saber cómo iba la investigación del caso. Tenían que encontrar el origen de la dinamita, cómo la consiguió Henry y dónde construyó el equipo. Existían bastantes posibilidades de que hubiera más explosivos que los usados.

Kate dejó caer el papel sobre la mesa y eso hizo que la tarjeta personal de Dave cayera de repente al piso. Tuvo que hacer algunas maniobras cuidadosas para levantarla. Molestarlo en su casa no era una opción, pero la tarjeta daba su número directo al trabajo. ¿Qué posibilidades había que ella no fuera la única que tuviera preguntas?

La llamada telefónica lo sorprendió. Dave echó una mirada por encima de la copia que tenía en las manos y pensó en dejar que el contestador telefónico respondiera la llamada. Sara lo hubiera llamado a su celular.

Dejó el papel y recibió la llamada desde su línea privada.

—Dave Richman.

—Esperaba que estuvieras en la oficina. No esperaba oír el sonido de su voz.

—Kate, ¿sucede algo malo?

—Tranquilo. Simplemente no puedo dormir.

Algo de la tensión desapareció, pero la preocupación no.

—¿Te molestan las heridas?

—Me arden como locos. Escucha, ¿puedes conseguir los registros de la Comisión de Igualdad de Oportunidades de la constructora Wilshire?

—Vamos. Estás en el hospital. ¿Qué haces trabajando?

—Necesito las horas extras. Apuesto a que tienes los datos en algún lugar de tu escritorio.

Dave revisó los papeles mientras sonreía.

—¿Qué estás buscando?

—¿Lo echaron de Wilshire por alguna razón o lo discriminaron por la edad?

Hojeó los informes de la Comisión de Igualdad de Oportunidades.

—Henry no presentó ninguna queja formal, pero varias personas de la compañía lo hicieron en los últimos seis meses.

—¿Te fijaste en la hipoteca?

Se formulaba la misma pregunta que él. Era agradable saber que trabajaban en un caso de la misma manera.

—Aún no. Todavía estoy revisando lo del banco. Tal vez haya algo interesante allí. La tasa de ejecución del First Union es casi el triple a la del año pasado. El banco es uno de los varios que pertenecen a Nathan Young. Parece que la misma tendencia se encuentra en todos sus bancos.

—Está amasando efectivo —llegó a la conclusión Kate.

—Eso parece.

—Entonces, la queja de Henry tal vez tenga algunos fundamentos.

—Sus registros financieros estarán disponibles mañana. Si hay alguna irregularidad en la ejecución de su hipoteca, la encontraremos.

—Gracias por comenzar a buscar, Dave.

—Los dos queremos respuestas. El ATF trabaja siguiéndole el rastro a los explosivos.

Clausuraron la casa de Henry para buscar mañana.

—Bueno. Me mantendré en contacto con Manning.

Kate está liberando la presión. Tendría que haberse dado cuenta antes.

—Me gustaría tener algo más para ofrecerte.

—Esta información ayuda.

El silencio en el teléfono cruzó la sutil línea entre una pausa y un silencio demasiado prolongado.

—Kate, hiciste un buen trabajo hoy.

—Tal vez. Al menos, todos salimos con vida.

—Tómatelo con calma. Algunas situaciones no se prestan para fines pacíficos.

—Lo sé. No le prestes atención a mis lloriqueos. Por lo general, no me cuestiono mi conducta —tapó el auricular y habló con alguien antes de volver a la línea—. La enfermera está aquí.

—Te espero.

—Ah, bueno, gracias.

Su respuesta debió desconcertarla. Mientras estudiaba el boceto que se encontraba en la pared frente a él, Dave sonrió mientras esperaba a que regresara Kate.

—Aquí estoy de nuevo.

—¿De qué otra cosa quieres hablar?

—Es tarde. Debería colgar ahora mismo.

A Dave le gustaba hablar con ella.

—Los dos somos lo bastante mayores como para no tener toque de queda. Suficiente con el trabajo. Cuéntame algo acerca de ti, dónde creciste. Me gusta escuchar tu voz.

—Me han dicho que suena bien en el teléfono.

—Deja de coquetear, mujer.

En realidad, hablaba en serio, pero seguía sonriendo. Por la mañana se lo agradecería. Estaba cansada, bajo el efecto de los analgésicos y había sido un día muy agotador para ambos. Si se lo hubiera dicho en un momento mejor, su respuesta hubiera sido diferente.

Su risa era tan agradable como su voz. —¿Qué soñabas ser cuando eras un niño?

—Deseaba ser piloto y volar aviones de guerra. Ser un piloto de carrera.

—Qué bien. Yo soñaba con hacer radio, irme de Chicago. —¿Creciste aquí?

—En Elm y la 47. Hasta tomé lecciones de modulación para suavizar la dicción.

—Yo disfruto de los resultados.

No le gustaba la idea de que estuviera despierta y sola en la habitación de un hospital.

—¿Te gustaría que vaya para allá? Podríamos mirar una vieja película. Hasta podría entrar de contrabando el postre. Bajo circunstancias normales, jamás hubiera hecho esta sugerencia, ya que prefería mantener su trabajo y su vida privada separados, pero los acontecimientos de la tarde hicieron añicos su reticencia habitual y hacían que sintiera una gran necesidad de protegerla.

—Es una sugerencia tentadora.

—Pero prefieres decir que no —la desilusión en su voz era intensa.

—Vamos a dejarlo para más adelante. Es tarde y necesitas irte a casa.

¿Sería cierto o lo haría solo por educación? Tendría que asegurarse de que no se olvidara por educación de cumplir esa promesa. Si trabajaba desde la habitación del hospital, no era muy probable que se tomara un día libre, no mientras las preguntas de este caso no se resolvieran.

—¿A qué hora estarás en la oficina mañana? —A las diez.

—Entonces, llámame, y te pondré al tanto de todo lo que haya encontrado. Voy a encontrarme con mi hermana y su esposo para almorzar, pero estaré aquí en la mañana.

—Te llamaré, Dave. Vete a casa.

Su orden lo hizo sonreír. Por lo general,

solo su hermana se molestaba en preocuparse por esas cosas.

Ya me voy. Buenas noches, Kate.

Capítulo Tres

KATE entró en su apartamento el miércoles por la noche, cerró la puerta con el pie y lanzó un suspiro de alivio. El apartamento estaba impregnado con el persistente perfume de las flores. El lugar era cálido, confortable y acogedor. Su hermana, Lisa, decía que era hermoso. Kate había tratado de crear este ambiente con pisos de madera, muebles de felpa, telas de colores vivos y sillas con formas originales. Necesitaba algún lugar en su vida que le permitiera relajarse.

Dejó caer el bolso de gimnasia en su habitación y se quitó las zapatillas empujándolas suavemente con los pies. Fue a buscar algo para cenar sin importarle mucho qué encontraría; estaba demasiado cansada.

Le llamó la atención una nota que había en el refrigerador, prendida con un imán de carita sonriente. «Hay helado en el congelador y salsa de caramelo en el refrigerador». *Bendita seas Lisa*, pensó Kate.

La idea de un postre era buena.

Se preparó un helado bañado de sirope y

regresó a la sala lamiendo la cuchara. Al pasar, apretó el botón del contestador telefónico.

Periodista. Periodista. Otro periodista más. Era hora de volver a cambiar el número que no figuraba en la guía. Siempre se las ingeniaban para encontrarla de todas maneras.

Marcus. Kate, hizo una pausa para escuchar su mensaje. Bien, su vuelo había quedado arreglado para el domingo por la tarde.

El siguiente mensaje la hizo detener. «Hola, Kate O'Malley. Te he estado buscando y, ¿con qué me encuentro? Anoche fuiste noticia. Pronto tendremos que encontrarnos».

No lograba reconocer la voz. Volvió a escuchar el mensaje. Las palabras eran inocuas, pero no así el tono de la voz. No quería encontrarse con este tipo. Es probable que fuera alguien que había quedado en libertad hacía poco. Sacó el casete. Haría una copia, como lo hacía con todas las llamadas sospechosas. Esto hacía juego con la clase de día que tuvo.

Abrió su portafolio sobre la mesa cíe centro y sacó los registros financieros de Henry Lott. Cerró el portafolio para no tener que ver las copias de las cintas de su negociación. Esa noche no tenía deseos de enfrentarse a los diálogos de una negociación sabiendo que no había tenido éxito en resolver la situación al tener que recurrir a una resolución táctica.

Sonó el teléfono.

Pensó en pasarla por alto, pero entonces se dio cuenta de que no había reemplazado la cinta del contestador telefónico.

—¿Hola?

—Hola, ¿cómo estás?

Kate se aflojó. Era Dave. Se puso de pie sosteniendo el auricular con la cabeza y el hombro mientras revolvía el cajón del escritorio tratando de encontrar otra cinta.

—¿Qué tal estuvo el almuerzo con tu hermana?

—Teniendo en cuenta el susto que le di ayer, no estuvo mal. —Siempre es difícil para los que tienen que esperar y lo único que pueden hacer es preocuparse.

—Sara ya lo ha pasado. Es fuerte. Pienso que te caerá bien.

—Es probable. Al menos, su hermano me gusta.

—Primero coqueteas, ahora me halagas. Le haces bien a mi ego.

Era la tercera vez que desviaba un comentario en lugar de seguirlo. A Kate le gustaba que no se lo tomara muy en serio. Era una amenaza muy grande para su tranquilidad mental y, por ahora, no tenía tiempo para una relación.

—Creo que hubiera sido mejor cambiar de tema. Gracias por enviarme la información esta mañana.

—Espero que algo de todo eso te sirva. Escuché que Manning encontró más dinamita.

Kate encontró sus notas.

—Un cajón casi lleno en el sótano de la casa de Henry. El ATF tiene los números del cajón para rastrearlo, pero las marcas son viejas. Les llevará algún tiempo hacerlo.

Sabía que la constructora Wilshire era el lugar más evidente del cual se había podido sacar la dinamita, pero insistían en que no debía faltar nada en el inventario.

Apartó algunos papeles hasta que encontró las copias de las cartas que buscaba.

—¿Viste la correspondencia con el banco? Una de ellas sugiere el deseo de llegar a un acuerdo con Henry; la siguiente tiene un tono muy duro. No cabe duda de que Henry se sentía frustrado.

—Se ve que estuvo juntando presión durante algún tiempo.

Debido al daño que había en el banco, todavía no les habían permitido a los empleados entrar de nuevo. Kate aún no había visto la versión de la hipoteca en cuestión.

—Estoy pensando en hacerle una visita al presidente del banco, Nathan Young, para hacerle algunas preguntas acerca de las cartas e investigar un poco esa tendencia a la ejecución que notaste.

—Me encantaría estar presente.

—Te llamaré.

—Kate, ¿no me digas que trabajaste todo el día?

—Sí.

Se estiró en el sillón, recostando la cabeza sobre el mullido apoyabrazos. Esta conversación con Dave al final del día era una linda manera de concluir la velada.

—¿Quieres retomar la oferta de las otras noches? Te llevaré una pizza.

Kate miró su recipiente con helado y sonrió. No se sentiría culpable.

—En este momento soy una compañía lamentable y todavía tengo trabajo que hacer.

—Más razón para aceptar. Si vas a trabajar en casa, al menos deberías tener compañía y yo soy excelente guardando secretos.

Después de haberle dicho a Stephen y a Lisa que deseaba pasar una noche tranquila, se sorprendió al darse cuenta de que no quería pasar el resto de la velada sola.

—¿De qué te gusta la pizza? Voy a pedir una a Carla, la que se encuentra en esta misma calle.

—Pídela con cebolla, así solo me siento tentado a darte un beso de buenas noches.

El corazón de Kate se aceleró. No pudo impedir una risa sofocada ante el tono compungido de Dave.

—De todas maneras, tendrías que desarmarme primero. No tengo citas con policías.

—Y yo que pensaba que ese era mi encanto.

Kate estaba cada vez más divertida.

—Tienes mi dirección?

—Y tu número de teléfono.

—Bien. Ven y te pondré a trabajar. —En veinticinco minutos estoy por allí.

Kate encargó una pizza grande especial.

Tenía sus razones para no tener citas con policías: dos personas con localizadores, largas horas de trabajo sin saber cuándo terminan y los peligros en el trabajo de cada uno. Y por debajo de esas razones, se encontraba la verdadera: deseaba relacionarse con alguien que le trajera seguridad. Los policías eran interesantes y solían ser buenos amigos, pero traían a casa el estrés del trabajo junto con ellos. Esa no era una buena receta para un buen matrimonio.

Tenía que cambiarse de ropa. Los vaqueros y la blusa que tenía puestos eran los que había sacado de su bolso de gimnasia aquella mañana. Kate hizo un esfuerzo para levantarse del sillón, gimiendo por el dolor en el hombro y se dirigió a su habitación. Se negaba a tomar analgésicos y tenía que pagar el precio de su testarudez.

Encontró una camisa blanca en el armario, se la puso encima de una camiseta azul y le enrolló las mangas hasta los codos. Es probable que se la hubiera quitado a Stephen o a Marcus, ya que era varias tallas más grande que la suya.

Tenía la esperanza de que dentro de una hora no se hubiera arrepentido de esta invitación.

Kate estaba buscando platos y servilletas en la cocina cuando sintió que alguien llamaba a la puerta. Luego de verificar que Dave se encontraba solo, abrió la puerta.

—¿Qué es esto?

—Un regalo para la anfitriona, así me vuelve a invitar. Kate desató la cinta que envolvía el paquete. En el interior había cerezas, chocolates de Hershey y la edición rústica de una novela de misterio que ella había mencionado el día anterior. Los regalos no eran caros, pero los había pensado mucho. Kate probó una de las cerezas cerrando los ojos para paladear el sabor. Era dulce, jugosa, deliciosa.

—Te invitaré otra vez.

Dave se balanceó sobre los talones y rió:

—Bravo.

—Pasa a la sala y ponte cómodo. ¿Puedo ofrecerte algo para beber? ¿Refresco? ¿Té helado?

—Té sería fantástico.

Kate colocó los regalos sobre el mostrador de la cocina y abrió el refrigerador para llenar un vaso de té.

Regalos para la anfitriona. El muchacho tenía clase. Deslizó un dedo sobre la portada del libro y leyó la cubierta. Ya sentía deseos de empezar a leerlo.

—Aquí tienes —dijo mientras llevaba el té helado y la bolsa de chocolates a la sala.

—Gracias. Tienes un hogar hermoso.

—Me gusta. Es mi pequeño mundo de paz.

La música llenaba la habitación y las rosas de Marcus se encontraban acomodadas en un lugar de privilegio sobre la mesa. Llenó la bombonera con los chocolates.

—Una vez más, gracias por los regalos.

—Quería algo con lo cual decirte gracias, pero resulta que ya estabas nadando en flores.

Una llamada a la puerta lo interrumpió.

—Allí llega la pizza.

Kate le pagó al muchacho que la trajo y le hizo lugar a la pizza en la mesa de centro. Le dejó el sillón a Dave y se acomodó en la silla que estaba enfrente.

Tenía más apetito del que pensaba.

—Esto está buenísimo —comentó Dave luego de algunos mordiscos.

—He arreglado más de una discusión en el vecindario con una pizza de Carla de por medio.

—Ya veo por qué —se estiró para alcanzar un segundo pedazo—. ¿Por qué no tomas algo para que se te pase ese dolor de cabeza?

Su mirada bondadosa la hizo sentir incómoda.

—Lo haría si durara.

—¿Naciste testaruda?

—Tal vez.

Él le estaba haciendo una broma, pero los recuerdos cíe voces del pasado le aumentaron el dolor de cabeza.

La estudió pensativo y luego desvió su atención a los papeles que se encontraban al lado de la caja de pizza.

—Dime en qué trabajas.

—Sigo tratando de encontrar una pista acerca de los explosivos, el detonador, cualquiera de los componentes. Henry tiene que haberlos sacado de alguna parte.

Dave le echó un vistazo a los papeles, dejó a un lado el plato y se limpió las manos. Pasó del sillón al suelo y empujó un poco la mesita. Comenzó a acomodar los informes según la fecha en un semicírculo alrededor de sí.

—Veamos si podemos rastrear sus movimientos, si nos enteramos de algún viaje de Henry.

Era un buen enfoque. Se inclinó para tomar el montón de papeles que le ofrecía Dave.

—¿Debo buscar algo en particular?

—En primer lugar, el patrón general: si viajó mucho, adónde, esa clase de cosas.

Kate se acomodó de nuevo en la silla y comenzó a trabajar. Luego de un instante, levantó la vista para observar a Dave que estaba concentrado en su tarea. Hablaba en serio cuando dijo que vendría a ayudar.

El teléfono sonó y Dave levantó la vista.

—El contestador tomará la llamada. Las estoy controlando.

Dave asintió y volvió a dar vuelta a las páginas.

Kate escuchó la finalización de su voz y la señal sonora que la seguía. «Hola, Kate. Grabé las noticias de esta noche».

La mano de Kate se crispó sobre el papel que sostenía. Ya había escuchado esa voz aquella noche.

«Parece que tendrás problemas. Pronto será más de lo que puedas manejar».

La grabación se cerró con una risa sonora.

—Ya veo por qué controlas tus llamadas —dijo Dave.

—En un promedio de una vez al mes, alguien a quien debo evitar encuentra mi número.

—¿Cuándo fue la última vez que lo cambiaste?

—Dave...

Dave levantó la mano:

—Lo lamento, haz de cuenta que no pregunté; pero si algún día quieres algunas sugerencias, puedo dártelas. Me gano la vida protegiendo a las personas.

—Gracias por el ofrecimiento, pero lo dejamos para otro día, ¿eh? —se pasó la mano por el cabello—. Creo que tomaré algo para quitarme este dolor de cabeza.

Era una retirada, una retirada necesaria. Encontró el analgésico. Al volver a la sala, se dio cuenta de que no podía soportar otro momento de trabajo, así que se acomodó en el sillón.

—Recuéstate y ponte cómoda.

Dudó un instante, pero luego aceptó la sugerencia de Dave.

—Kate, ¿por qué lo haces? Me refiero a tu trabajo. Vives en medio de mucho riesgo.

Siguió trabajando sin darse vuelta, pero ella estaba segura de que no era una pregunta hecha al azar.

—Tenía nueve años cuando decidí que alguien tenía que mirarle la cara de frente a la muerte en pro de la justicia. Dave se dio vuelta para mirarla.

—Tremenda descripción. ¿En verdad decidiste ser policía cuando tenías nueve años?

—Más o menos.

—¿Qué sucedió? Kate titubeó.

—Es una larga historia para otra ocasión.

—Muy bien. ¿por qué te convertiste en negociadora?

—Es el centro de la acción, y tengo la paciencia y el control necesarios para hacer bien el trabajo.

—Debí haberlo imaginado. Eres buena en el trabajo, no me interpretes mal, pero desearía que no te arriesgaras tanto. Cuanto entraste por esas puertas del banco sin un chaleco antibalas, estaba seguro de que te dispararían. Oré con mucha más fuerza de lo que recuerdo haberlo hecho en el último tiempo.

¿Dave creía en Dios? Ella no creía, pero respetaba a los que lo hacían. Al menos, tenían esperanza, en algo incorrecto, según su opinión, pero esperanza al fin.

—¿Crees que sirvió de algo?

Ante esta pregunta, se dio vuelta y apoyó los codos sobre las rodillas mientras la miraba:

—Sí. ¿Tú no crees?

—¿Parece lógico pedirle a Dios que detenga una crisis siendo que si existiera, nunca debería haber permitido que se desatara? No le respondió enseguida y eso la dejó intrigada. —Interesante observación.

—Como tú sí crees, gracias por orar.

—No hay por qué.

Dave volvió a sus papeles.

Kate no se inmutó, aunque deseaba hacerlo. Dave le permitía terminar el asunto si así lo quería sin ponerse tenso. De acuerdo con su experiencia, esto sugería tres cosas:

75

interpretaba bien a la gente, se sentía muy cómodo con lo que creía o cuando hablaba de religión no predicaba.

En el caso de algunas personas que dicen creer, la religión no es más que una palabra; en el caso de otras, define quiénes son. Tenía la sensación de que Dave se encontraba en el segundo grupo. El hecho de que a él le molestara que ella no creyera era algo agradable. La gente que tiene convicciones firmes son los mejores amigos.

Kate sintió la necesidad de dar una explicación, algo que no hacía con frecuencia.

—La situación tiene que ser muy extrema para que corra un riesgo como el de ayer.

—Me alegro. Todavía no estás lista para morir.

—¿Porque no creo?

Dave se dio vuelta y la preocupación que había en sus ojos era muy personal.

—Sí.

—La razón por la que no creo en Dios no es un secreto —dijo encogiéndose de hombros y preguntándose si la respuesta sonaría demasiado simplista—. Mi trabajo es restablecer la justicia dentro de una situación injusta; ponerme entre el peligro y las víctimas inocentes. Si tu Dios existiera, mi trabajo no existiría.

—¿Evitaría las situaciones como la del banco?

—Exactamente.

El analgésico estaba haciendo efecto. Kate se tomó el hombro mientras se levantaba para poner una almohada debajo del hombro golpeado.

—Entonces, ¿adónde termina su interferencia con el libre albedrío?

—De vez en cuando discutimos con Graham esa pregunta, y me cuesta mucho aceptar la respuesta que todo vale. Si Dios no es lo bastante grande como para inventarle una solución al libre albedrío, no le queda otra cosa que dejarnos librados a nuestra suerte. Veo demasiada maldad, Dave. No quiero a un Dios que permite que esa clase de destrucción siga adelante.

Contuvo un bostezo y puso la mano sobre la barbilla.

—Tienes una familia grande, ¿no es así?

Otro cambio de tema. Podría ser un buen negociador.

—Crecí en un orfanato.

Por más compasión que despertara esa palabra, podía soportarlo mejor que explicar el abuso que la sacó de la casa de sus padres a los nueve años.

—Tienes tres hermanos y tres hermanas.

Kate negó con la cabeza.

—Soy hija única —y sabía la confusión que traía esa respuesta—. ¿Me puedes alcanzar la fotografía que está en el portarretratos plateado?

Dave tomó la fotografía de arriba de la mesa.

—Estos son los O'Malley. Hicimos algo así como adoptarnos los unos a los otros. Nos cambiamos legalmente el apellido y nos convertimos en nuestra propia familia hace dos décadas.

Dave estudió la foto.

—Me imaginé que estos eran tus amigos.

—Lo son. Éramos amigos mucho antes de convertirnos en una familia. A Stephen ya lo conoces. Ese es Marcus, el que envió las flores. Lisa, Rachel, Jennifer, Jack—Kate miró la fotografía y sonrió—. Siempre estamos entremetiéndonos los unos en las vidas de los otros. Un O'Malley siempre puede contar con otro O'Malley.

—Sara y yo somos así también. No sé si debo decir que lamento que hayas perdido a tus padres o que envidio lo que has encontrado.

—Las dos están bien.

—Me gustaría conocerlos algún día.

—Quédate por aquí cerca y tal vez tengas

suerte. Dave cruzó los brazos sobre sus rodillas.

—¿Hace cuánto tiempo que nos conocemos ? ¿Unas treinta y seis horas?

Sin saber bien por qué lo preguntaba, Kate asintió.

—Eso es bastante tiempo. Necesito unas veinticuatro horas para hacerme amigo de alguien. Parece que no podemos separarnos.

Kate no pudo menos que reírse antes de volver a bostezar.

—Creo que es hora de que te eche y que me vaya a la cama.

—Es verdad, necesitas dormir.

Dave se levantó y le ofreció su mano. Kate lo acompañó hasta la puerta.

—Gracias por venir. Lo disfruté.

—Yo también —se detuvo con una mano en el pomo de la puerta—. Si tienes un sueño feo esta noche, llámame.

—¿Qué?

—Ya me oíste.

—Eres tan malo como Marcus. No te voy a llamar a medianoche.

—Kate, hablo en serio. Si necesitas hablar, llámame. No me importa que me despiertes.

Este era un Dave diferente. La diversión había pasado y en su lugar había verdadera preocupación. Kate sonrió dudosa.

—Si es necesario...

Dave le apretó la mano y salió de la casa.

—Será mejor que lo hagas. Buenas noches.

—Buenas noches, Dave.

Cerró la puerta y le dio vuelta a la llave. Luego se recostó contra la madera. La noche anterior había visto dulzura en los ojos de Dave y ahora había visto amabilidad. Era un policía orientado hacia la acción y, sin embargo, esta noche había retrocedido tres veces en lugar de obligarla a seguir con un tema.

Era difícil encontrarle la vuelta; sin duda, no era lo que ella esperaba. Era paciente cuando tenía que serlo.

Dave no había dicho nada en cuanto a volver a verla. No estaba lista para dejar de lado la regla de no salir con policías, pero esperaba que volviera a llamarla pronto. De algo estaba segura: su vida era más interesante con él que sin él.

Capítulo Cuatro

¿ESA es ella?

Dave levantó la vista ante la pregunta de Sara al ver la foto de Kate en la televisión; los comerciales habían terminado y había vuelto el noticiero del mediodía. Cerró el periódico que había estado hojeando.

—Sí, esa es Kate.

Sara estaba sentada en el sillón del estudio de su esposo y se inclinó hacia delante para mirar más de cerca la imagen.

—¿Cómo es?

Dave pensó tratando de encontrar la palabra adecuada.

—Enigmática.

—¿En serio?

Dave comprendía la razón de su interés.

—No es creyente, Sara.

Aquellas palabras le dejaron un profundo vacío en su interior; sentía como si le hubieran arrebatado un premio de mucho valor. Mientras envolvía los regalos para Kate, había hecho planes, había pensado en las posibilidades que existían con el deseo de llegar a conocerla mejor. Aquellos planes no llegaron a ver la luz al descubrir que no era cristiana. Esto no cambiaba el hecho de que él se sintiera atraído hacia ella, pero complicaba la situación en cuanto a qué hacer con esa atracción.

Sara pareció derrotada por un momento; luego sonrió.

—Bueno, al menos no dijiste que era casada; la falta de fe es algo que puede cambiar.

Dave se echo hacia atrás y lanzó una carcajada

—Eres única, Sara.

—Tengo un matrimonio feliz.

—Me he dado cuenta. Sigues con la esperanza de que sea contagioso.

—Bueno, mis mejores esfuerzos están quedando nulos.

Como la amaba y sabía que era su sueño, le dijo:

—Dejaré que me presentes a otra de tus amigas.

Aceptó la realidad de que con Kate no podría existir otra relación que no fuera la de amistad, y en verdad deseaba sentar cabeza.

—Pienso que más bien me gustaría conocer a Kate.

—La evangelización a través de la amistad lleva tiempo, Sara.

—Sin embargo, ella te salvó la vida.

Dave dejó a un lado el periódico.

—No es así de sencillo. Tú lo sabes.

Él podía hacerse amigo de un muchacho, conocerlo profundamente, comprender las razones que le impedían tomar una decisión de fe y hablar acerca de ellas una por una. La evangelización a través de la amistad podía dar resultado si se le daba tiempo.

No podía hacer lo mismo con Kate. Una cosa era ser amigo de una mujer, otra era acercarse lo suficiente como para influir en su corazón. Uno de los dos terminaría lastimado y tenía la corazonada de que sería él. Las emociones que ella le generaba no se contendrían con facilidad dentro de una amistad. Tampoco era una persona a la cual se le pudiera acercar el evangelio con sencillez. Sus propias palabras ya le dijeron que tenía serias reservas.

Sara se acercó para sentarse en el apoyabrazos de la silla de Dave.

—Tal vez no sea fácil, pero podrías tener una buena amiga. A diferencia de mis amigas, estaría en condiciones de comprender tu trabajo.

Kate estaba en condiciones de entender su trabajo y eso era una pena. Quería decir que también había perdido la libertad de no saber cómo era el mal. Se enfrentaba a él todos los días. Se veía en sus ojos. Los ojos de policía. A pesar del humor, de la voz, del encanto y de la sonrisa, en el fondo de sus ojos se veía el reflejo de lo que había visto a través de los años. Negrura. Frialdad. Restricción. Cautela.

Dave suspiró al aceptar que pronto tendría que ver a Kate, aunque tan solo fuera para librarse de esa imagen. Le echó una mirada a Sara y se permitió sonreír.

—Pensé que yo era el que te cuidaba.

—Lo has hecho y de manera excelente. Es hora de que te devuelva el favor.

Dave le dio unos golpecitos contra su regazo provocándole un ataque de risa.

—Escuche, señora Entremetida...

—Me pareció escuchar que estaban los dos aquí. Dave miró a su cuñado que entraba en la habitación.

—Hola, Adam.

—Hola, Dave —Adam sonrió y se inclinó para besar a su esposa que todavía estaba atrapada en los brazos de Dave—. Si piensas cambiarte antes de salir, mi amor, tienes ocho minutos.

Tambaleándose, Sara se puso de pie.

—Estaré lista en cuatro.

Dave observó cómo se marchaba, satisfecho de una forma como no había estado en años.

—Se ve feliz, Adam. Gracias.

Durante años, Dave se había preguntado si alguna vez llegaría este día para ella.

—Es mutuo —dijo y su amigo se sentó en el sillón—. Entonces... ponme al tanto de esta Kate de la cual he oído hablar.

Capítulo Cinco

HAS estado distraída toda la tarde. ¿Te sucede algo?

La pregunta de Lisa hizo que Kate levantara la vista y se diera cuenta de que su hermana estaba allí alcanzándole un vaso de limonada.

—Lo lamento —Kate se estiró para alcanzarlo—. Está todo bien.

A no ser porque Dave tenía la costumbre de ponerla nerviosa con su hábito de aparecer de repente en su vida y porque Jennifer les había pedido que se reunieran sin indicar por qué.

Los preparativos para la cena terminaron y su familia pronto estaría aquí.

Kate se hundió más en los almohadones del sofá y apoyó el vaso con bebida fría sobre sus vaqueros. El día anterior, se había quedado hasta bien entrada la noche al comenzar a revisar los casetes de la negociación del banco. La solución táctica fue necesaria, pero aun así lo sentía como una derrota.

—Kate —Lisa agitó la mano—. ¿Lo ves?

Estás distraída. Kate refunfuñó. Lo último que deseaba era que Lisa supiera lo que le pasaba. Su familia ya se preocupaba lo suficiente por ella.

—Lo lamento —y buscó algo que la distrajera y sacó un tema que sabía que a Lisa le interesaría—. Dave Richman vino a comer pizza la otra noche.

—¿En serio?

Kate miró a su hermana con los ojos entrecerrados y una media sonrisa.

—No sé por qué te sorprendes tanto.

—En realidad no saliste mucho con muchachos el año pasado. Lisa era generosa. Kate creía que no había salido nunca durante el último año.

—No te entusiasmes. Su interés está relacionado con el trabajo.

Sonó el timbre de la puerta y Lisa se levantó para ver quién era.

—No lo dejes escapar, Kate. Necesitas a alguien que te pueda hacer sonreír de esa manera.

Los O'Malley entraron en tropel, riendo. La energía que entró en la habitación junto con la llegada de ellos fue refrescante.

—¡Kate!

Rió mientras su hermano la levantaba en un abrazo.

—Hola, Jack.

—Es bueno ver que todavía estás entera.

—Los rumores acerca de mi muerte fueron muy exagerados.

—Stephen me prohibió que fuera a darte una serenata al hospital para que te durmieras.

—Si es por como cantas, te doy las gracias por no haberlo hecho.

Por encima del hombro de Jack, Kate como Lisa atraían a Jennifer en un abrazo. Para empezar, Jennifer era pequeña y parecía estar más delgada, pero tenía una sonrisa radiante y buen color. Kate bajó la voz.

—¿Tienes idea de cuál es su noticia?

Jack inclinó la cabeza hacia ella; la risa desapareció de su voz dando lugar al lado serio que tan pocas veces dejaba ver.

—No le pudimos sacar palabra. Debe ser algo bastante serio.

Kate contuvo el deseo de estremecerse. No había vuelta que darle, lo sabía; eran malas noticias.

—Gracias por avisarme. ¿Quisieras encender la parrilla? Los bistecs a la marinera están en el refrigerador.

—Ya mismo. Me estoy muriendo de hambre.

—Siempre tienes hambre. El mío lo quiero rosado, no carbonizado.

—A pesar de poner en tela de juicio mis habilidades en la cocina, veo que sigues pidiéndome que me haga cargo de la parrilla.

—Jack, ya sabes que Stephen saldrá para darte consejos en cuanto vea el fósforo en tu mano.

—Y todo porque no te dejamos jugar con fuego... Kate le dio un golpecito en el brazo.

—Vamos Jack se rió y se dirigió hacia el patio—. Stephen, Jack va a buscar los fósforos.

Stephen cruzó de unas zancadas la habitación en dirección a Jack.

—Ya lo tengo. De ninguna manera voy a permitir que queme mis bistecs.

Rachel se encontraba un poco rezagada, observando la escena con una sonrisa. Kate se dirigió hacia ella porque sus abrazos siempre eran los mejores.

—¿Cómo estás después del alboroto del martes? Algunos sueños feos y nada más. —Entonces la sacaste bastante barata.

—Ya lo creo.

—Oye, Rae, tienes que ver a mi nueva mascota —dijo Lisa—. Lo compré la semana pasada.

—¿Es un reptil? —dijo Raquel.

Kate sonrió porque había sentido exactamente la misma preocupación cuando Lisa le mencionó lo de la mascota. En el caso de Lisa, lo mejor era no suponer nada.

—Un hurón. Es encantador.

—Que tenga pelo ya es un alivio. Quiero que me cuentes acerca del asunto del banco más tarde, con lujo de detalles.

—Lo haré.

Kate aceptaba que tendría que contar la historia al menos una vez aquella noche. Rachel cruzó la habitación para unirse a Lisa.

—Parece que las heridas están sanando bien.

Kate se dio vuelta y se encontró con Jennifer que estaba a su lado y sonreía ante la observación. No se podía desprender de la médica que llevaba dentro.

—Cómo hubiera deseado que estuvieras aquí. "Tuve que aguantar que Stephen me cosiera y me ofreciera un pirulí.

—Me enteré. Mientras estabas en la sala de emergencias, hablamos por teléfono. Te sentirás feliz al saber que le traigo otra caja de pirulís ya que se estaba quedando sin los de cereza.

—Me van a seguir tomando el pelo toda la vida, ano es cierto?

Hubo un destello en los ojos de Jen.

—Así será hasta que alguien en la familia

tenga alguna noticia mejor de la cual hablar.

Kate escudriñó la expresión de Jennifer. ¿Ese destello tenía que ver con buenas noticias o malas?

—Por casualidad, esa serás tú?

Jen desplegó una sonrisa misteriosa.

—Lo sabrás después de la cena. —Me dejas otro rato en la línea de fuego.

—Eres buena para cubrir. Creo que me esconderé detrás de ti otra hora más.

—En ese caso, será mejor que me apure con la cena.

Kate se dirigió hacia la cocina adonde se encontraba Marcus recostado sobre la arcada observándola.

Extendió los brazos para abrazarla.

—Estoy feliz de que estés bien.

Kate exhaló un profundo suspiro, segura al amparo de los brazos de su hermano mayor.

—Sinceramente no me lastimé tanto.

—Hablé con los médicos. No se te veía nada bien.

—Es relativo. Casi me parten la nariz, pero Dave se interpuso y recibió el golpe.

—¿Richman?

—Diría que la lucha fue interesante durante unos cuarenta segundos.

—Hablé un poco con él por teléfono

cuando estabas en el hospital. No me mencionó eso.

—Tal vez no lo haya hecho porque el altercado le dejó el labio partido —y se echó hacia atrás y sonrió—. Gracias por las rosas.

—Fue un placer. Alguien tiene que malcriarte.

—De verdad te he echado de menos, Marc.

—Yo también. ¿Qué más ha sucedido en tu vida? ¿Escondes algún buen secreto? —dijo y le frotó los brazos, después se echó hacia atrás para estudiar su expresión—. Creo que deberías explicar el rubor de tus mejillas.

—Tal vez luego. Tenemos bistecs para la parrilla y también pollo. ¿Se los llevarías a Stephen y a Jack?

—Cuanto más esquives mi pregunta, más interesado estaré en la respuesta.

—La curiosidad te hace bien.

Marcus hizo un gesto señalando la cocina.

—Trae la comida.

En el patio de atrás se escuchaban las risas ahora que a Stephen y a Jack se les unieron Lisa y Jennifer.

—Trata de poner en orden a esos niños mientras estás afuera.

—Esta es tu jurisdicción, Kate, no la mía.

—Tú eres el adulto aquí. Yo me voy a unir a la diversión —dijo deslizando un brazo alrededor de la cintura de Marc—. Admítelo, te gusta ser el que está a cargo.

—En esta familia eso quiere decir que soy el que tengo que sufrir.

—Exactamente. Sé que no me va a gustar la respuesta, ¿pero cuándo vuelves a Washington?

—A primera hora de la mañana.

—Me lo temía.

—¿Por qué, tienes algo en mente?

—Esperaba que jugáramos un partido de baloncesto.

—Podrías esperar un par de días más para recuperarte —dijo Marcus y sonrió.

—Estoy un poco tiesa, pero estoy lista para jugar. Pensé que podías aprovecharte de mi discapacidad.

—¿Acaso Stephen te ha ganado últimamente?

—Con frecuencia. Mi marcador está al rojo vivo.

—Déjame ver qué van a hacer Stephen y Jack. Tal vez podamos ponernos de acuerdo para jugar un partido temprano en la mañana.

—¡Hola, Kate! Aquí estamos listos para la comida. Kate miró a Marcus divertida.

—Ya vamos, Jack.

Habían pasado seis meses desde la última vez que todos estuvieran juntos. La cena fue un bullicio. Kate se puso cómoda y disfrutó de la risa compartida. Tener a toda la familia reunida era algo que realzaba el significado de todas las cosas.

Mientras juntaban los platos para que se pudiera traer el postre a la mesa, Lisa se inclinó hacia delante para susurrar:

—¿Les vas a mencionar lo de Dave?

Kate le echó una mirada al grupo.

—¿Te parece que debería hacerlo?

—¿Y a ti qué te parece?

Kate tomó el tenedor y dio unos golpecitos sobre su vaso de agua.

—¿Me pueden prestar atención, por favor?

La familia se aquietó.

—Sabiendo que lo que mantiene unida a esta familia son los chismes —le sonrió a la principal culpable que estaba sentada a su lado mientras la risa de todos llenaba la habitación—, permítanme disipar un rumor que seguramente pronto andará dando vueltas. Es cierto que me he visto con Dave Richman desde el martes. No fue una salida, y no he cambiado mi norma de salir con policías. Ahora bien, ¿helado de chocolate o de frambuesa para el postre?

Se puso de pie encantada ante las miradas de asombro que había alrededor de la mesa.

—Kate sale con alguien —dijo Jennifer—. Eso es maravilloso.

—Totalmente —intervino Rachel—. Vamos, Kate, ¡detalles!

—Solo lo conozco desde hace dos días. Creo que seremos buenos amigos.

—Ya vemos. Lindo rubor, vaquita de San Antón —comentó Marcus—. ¿Cuándo lo conoceremos?

Kate conocía a sus hermanos.

—¿Traérselos a ustedes, malvados?

—Por supuesto. Invítalo al partido de baloncesto de mañana.

—Se lo van a devorar como si fuera el desayuno.

—Solo en caso de que no nos guste Jack metió la cuchara desde la otra punta de la mesa.

Kate sabía que era verdad. También se podría enterar si Dave era capaz de sobrevivir al examen. Nadie mejor que sus hermanos para que le dieran una opinión en cuanto a un muchacho.

—Quiero que me des una opinión sincera—le dijo a Marcus.

—¿Tan seria es la cosa?

No, pensó, *pero sin embargo...*

—Tal vez, algún día.

—Tráelo —dijo Marcus tomándola de la mano. Kate ayudó a Lisa a servir el postre.

—Como Kate ha roto el hielo, supongo que ha llegado la hora de hacer mi anuncio.

Mientras volvía a su asiento, Kate pensó que Jennifer se veía... nerviosa. Miró alrededor de la mesa y vio que todos esperaban malas noticias.

—Les agradezco muchísimo que hayan cambiado sus planes y hayan volado hasta aquí con tan poco tiempo de aviso. No quería decirles esto por teléfono.

Rachel se acercó y le tomó la mano.

—Conocí a alguien hace algunos meses. Tom Peterson es un médico que trabaja en el hospital junto conmigo. No lo he mencionado porque, bueno, por una serie de razones, pero principalmente porque no era más que un verdadero buen amigo. Estas últimas semanas se puso más seria la cosa —respiró hondo y sonrió de oreja a oreja—. Estoy comprometida.

Kate trató de asimilar la noticia. ¿Comprometida? Era muy rápido y Jen no era una persona impulsiva en sus acciones.

—Felicitaciones, Jen —Marcus fue el primero que habló. Kate lo miró y no solo vio

una sonrisa, sino que también se notaba...
¿aliviado? Sí. Sin duda se había preocupado
mucho por Jennifer. Era el guardián de la familia.

—No los quise preocupar a todos, el
compromiso surgió de manera natural.

Kate sonrió. Hasta a Jennifer le costaba
explicarla situación. A ciencia cierta, así era
el amor.

—¿Adónde está el anillo?

—¿Cuándo será la boda?

—¿Al menos trajiste una fotografía?

Cayó una lluvia de preguntas mientras se
amontonaban alrededor de Jennifer para celebrar, para disfrutar su gozo. Sacó el anillo
de compromiso del collar y se lo puso en el
dedo.

—Quiero traerlo para el 4 de julio, así todos pueden conocerlo. Me parecía que aparecerme ahora con Tom no era una buena
idea.

—Vamos, Jen, sabes que si dices que te
gusta, al instante nos gustará —protestó
Jack.

—¡Más les vale!

Kate la abrazó.

—¿Lo amas? —necesitaba escuchar la
confirmación, pues esta era su hermanita
menor.

—Más de lo que puedo expresar en palabras.

Kate podía ver la alegría. También podía ver algo que no comprendía. Jennifer miró a los demás y le apretó la mano.

—Te gustará, Kate.

No sabía bien qué era lo que quería decir, pero fuera lo que fuera, era algo para discutir en privado. Kate le devolvió el apretón. Más tarde.

Al retroceder y contemplar a su hermana, Kate se sintió incómoda debajo de su sonrisa; no por Jennifer, sino por el resto de ellos. En unos pocos meses, la familia crecería, sería diferente. Trató de imaginárselo y no pudo. Durante dos décadas, solo fueron ellos siete. Sintió la inesperada sensación de unas lágrimas amenazadoras y, de inmediato, se las secó y las contuvo.

Una mano se le apoyó en el hombro y cuando se dio vuelta, se encontró a Marcus.

—Este día tenía que llegar. Las cosas serán diferentes, Kate, pero serán mejores.

—¿Otra vez me lees la mente?

—Otra vez siento lo mismo.

La fiesta comenzó a disiparse cerca de las nueve de la noche. Rachel y Jennifer se quedarían con Lisa. Kate no tenía dudas de que se pasarían despiertas la mayor parte de la noche conversando.

—¿Jugamos a las seis de la mañana? —le dijo Marcus al darle un abrazo de despedida.

—Sí. Con Dave, si tiene interés.

No tenía idea de cómo iba a presentar aquella invitación. Jennifer entró a la cocina. Era la primera vez que Kate podía encontrarla a solas.

—Felicitaciones, otra vez, por tus buenas noticias.

—Gracias —dijo Jen con una sonrisa real, pero las sutiles señales de tensión, también eran verdaderas.

Había más noticias. Ahora Kate estaba segura.

—Esta no es la única razón por la que has venido.

—¿Podemos vernos mañana cuando salgas del trabajo?

—Puedo acomodar las cosas para que tengamos un largo almuerzo.

Jennifer vaciló.

—Por la noche sería mejor.

—Te llamaré cuando me desocupe y luego paso a buscarte —dijo Kate y le dio un abrazo.

—Gracias.

Kate manejó de vuelta a su casa con la radio apagada, satisfecha con sus propios pensamientos. La fatiga que acompaña a un día lleno de emociones estaba comenzando a presentar los primeros síntomas. ¿Qué más tenía que decirle Jennifer? Quería que estuvieran a solas y Kate no tenía idea de lo que eso podía significar. El reloj del tablero indicaba las 9:48. Si esperaba hasta llegar a su casa, podría evitar llamar a Dave con la excusa de que era, demasiado tarde como para molestarlo. Sus hermanos aceptarían esa excusa, pero era muy poca cosa. Nunca había sido cobarde. Si Dave decía que no, que dijera que no.

Tomó el teléfono del auto.

Dave tomó su tazón vacío.

—Sara, ¿quieres más palomitas de maíz?

Estaba recostada en el sillón usando el regazo de Adam como almohada.

—Claro —dijo y le alcanzó el tazón que estaba en el suelo—. Podemos ponerle, pausa a esta película.

—No te molestes. Ya vi esta parte.

Además, no quería tener que darle una razón para que se moviera. Le gustaba verla relajada y feliz con su esposo. Habían venido a su casa para pasar la tarde porque Sara quería mirar algunos viejos álbumes familiares; luego se habían quedado a cenar y a ver una película.

—Regreso en un minuto.

Dave se sirvió un refresco frío mientras esperaba que se hicieran las palomitas de maíz. Cuando sonó el teléfono, lo asió antes de que sonara por segunda vez.

—Richman.

—Lamento llamarte tan tarde, Dave.

Sonrió.

—¿No te dije que podías despertarme cuando quisieras?

Arrimó una silla a la mesa de la cocina, se sentó y estiró las piernas.

—No es tan urgente.

—No tiene que serlo.

A juzgar por el ruido que se escuchaba atrás, Kate se encontraba en la ruta, en alguna parte. La fatiga en su voz lo preocupó.

—¿Adónde estás?

—Creo que me perdí.

—¿Quieres que salga al rescate? Puedes enviarme señales de bengala o algo así.

—Me equivoqué al llegar a una obra en construcción y no puedo decir cuál es el norte y cuál es el sur.

—Bueno, es fácil. Dirígete hacia los edificios altos y al final te toparás con el lago. Es grande y no puedes dejar de verlo.

Su risita era mejor que la fatiga que había escuchado.

—Esto está mejor. Acabo de encontrar Yorkshire —y se escuchó la bocina de un auto que atronaba—. Disculpa que me fui por las ramas. ¿Por qué te llamé?

Dave rió con suavidad.

—No me importa. Simplemente estoy feliz de que lo hayas hecho.

—Dime lo que has hecho hoy mientras trato de recordar.

—Tuve un domingo tranquilo. Fui a la iglesia con Sara y con Adam. Cenamos shish kebab. Sobró algo si te interesa.

En lugar de responder, suspiró.

—¡Qué tonta soy!

—¿Qué olvidaste?

—Mi hermana se comprometió.

—Ay. Bueno, eso es un poco más que una distracción. ¿Cuál de ellas?

Jennifer.

—Debes estar muy emocionada, Kate.

—Creo que lo estoy. Será un gran cambio en el clan de los O'Malley.

Adam entró en la cocina y Dave sonrió.

—De acuerdo con mi experiencia personal, la familia política no es tan mala.

Adam arqueó la ceja y Dave susurró:

—Es Kate.

Adam sonrió, terminó de acomodar las palomitas de maíz y desapareció con un tazón lleno.

—Todavía no conozco al novio de Jennifer. Vendrá para el 4 de julio.

—Parece que será un feriado interesante.

—Será agradable. Jennifer ya ha conseguido los votos de aprobación de todos.

—Mejor para ella.

Escuchó que se encendía una radio.

—Tengo que hacerte un ofrecimiento.

Dave se inclinó hacia delante al escuchar la incomodidad en la voz de Kate. ¿De qué se trataba?

Jugaremos un partido de baloncesto mañana por la mañana, antes de que Marcus tenga que tomar su vuelo. ¿Té gustaría venir?

—¿Cuándo y adónde?

—A las seis, en el gimnasio de la calle Haverson.

Dave no era madrugador.

—Estaré allí.

Las cosas que hacía por una amiga. De ninguna manera le iba a mencionar esto a Sara.

—Entonces, te veré en unas ocho horas. Gracias, Dave.

—Será un placer. Buenas noches, Kate.

Se quedó unos momentos con el auricular en la mano antes de sonreír y colgar.

Sara dejó de mirar la película cuando entró en la sala y se sentó.

—¿Quién era?

—Una amiga.

Para felicidad de Dave, estaba muy concentrada en la película como para preocuparse en prestarle atención. Adam, sin embargo, meneó la cabeza y sonrió con timidez.

Capítulo Seis

EL gimnasio resonaba con los sonidos de cada juego: los rebotes del baloncesto, el chasquido de las zapatillas y, de tanto en tanto, algún resoplido. El tablero resonó debido al impacto de dos manos que pegaron contra el aro.

Kate y Stephen estaban en la cancha. De inmediato, Dave se quedó impresionado ante la intensidad del juego que se desarrollaba. Según parecía, hacía un rato que jugaban porque la camiseta de Kate estaba empapada. Le echó una mirada a su reloj y vio que había llegado a tiempo.

—Es demasiado para alguien como ella que está un poco fuera de práctica.

Dave miró a su izquierda y se dio cuenta de que el que se le había acercado era uno de los O'Malley, de acuerdo a la fotografía que le había mostrado Kate.

—Soy Jack —le confirmó—, y tú debes ser Dave. Le ofreció la mano con una sonrisa.

—Me alegro de que hayas venido Jack miró de reojo la cancha y meneó la cabeza—. Ya me estoy cansando de tener que pagarle el desayuno.

—¿Ese es el precio por perder?

Jack sonrió.

—Por lo general, pero eso hace que, de tanto en tanto, cuando uno gana, la victoria sea más dulce.

Bordearon el partido, cruzaron las tribunas y dejaron los bolsos de gimnasia.

Kate anotó un tiro largo desde la esquina.

-¡Sí!

Stephen se rió y la abrazó.

-Buen partido, hermanita. Los dos salieron de la cancha juntos.

-Hola, Dave.

Kate se sentó en el banco y tomó su botella de agua. Su respiración era agitada y se veía complacida consigo misma porque había ganado.

-Estuviste bien en la cancha.

-Estaba entrando en calor, nada más. ¿Conociste a la otra mitad del dúo dinámico?

Dave miró a Jack.

-Sí.

Stephen aceptó la segunda botella de agua que Kate le ofrecía. Jack, tenemos que hacer algo para ganarnos un sobrenombre distinto.

Tendrá que ser algo espectacular. Hemos

sido el dúo dinámico desde que teníamos catorce años.

-¿Qué me dices de "torres gemelas"? - sugirió Kate. Jack le hizo una llave de cabeza, lo cual la hizo reír.

-¿Adónde está Marcus?

Jack señaló hacia la puerta por donde entraba Marcus hablando por su teléfono celular.

-Llamada de Washington.

-Estos personajes públicos...

Estos eran los muchachos que habían formado la vida de Kate. No cabía duda alguna de que se sentía muy cómoda con ellos.

Marcus se les unió. Lamento la demora.

-¿Algún problema? -preguntó Kate.

—Esperará algunas horas más —sonrió y extendió su mano—. Es un gusto conocerte en persona, Dave.

Dave se dio cuenta de que lo estaba evaluando mientras le estrechaba la mano.

—Marcus.

—¿Cómo quieres que juguemos este? —preguntó Stephen. Marcus y Kate intercambiaron una mirada.

—Tres a dos. Kate y yo contra ustedes tres. Estaremos casi parejos.

Jack sonrió.

—Ah, ¿eso es un desafío?

—Me parece que no —dijo Stephen mientras tomaba el balón.

Kate dejó caer la toalla y sonrió.

—Vamos a planear la estrategia, Marcus.

Los dos se fueron a un rincón y se acurrucaron.

Dave los miró por un momento y luego se volvió a Stephen.

—Déjenme a Kate.

—Es muy buena; puede saltar y es veloz —dijo Stephen—. ¿Estás seguro?

—Estoy seguro. Además, debe ser más fácil que cuidar a Marcus.

Stephen se rió.

—Muy bien. Yo me haré cargo de Marcus y Jack puede cubrir.

El partido fue más intenso de lo que Dave esperaba. Jugaban por placer, pero también jugaban para ganar. A medida que el puntaje aumentaba, comenzó a surgir en la cancha la profundidad del talento. Todos eran buenos jugadores, pero el ritmo de Kate y de Marcus sugería que hacía años que jugaban juntos. Kate era una dínamo en la cancha, siempre en movimiento.

Dave respiró bien hondo, luchando por hacer que el oxígeno ingresara a sus músculos. Estaba en excelente estado, en su profesión tenía que estarlo, pero al jugar con este grupo recordó por qué no debía tomarse alguno que otro día libre en su rutina de gimnasia.

Retomó la velocidad que había perdido y se dirigió a la derecha, decidido a encestar. Esquivó el bloqueo de Kate por centímetros y observó cómo su tiro rebotaba alrededor del aro y caía hacia la izquierda. Kate atajó el rebote con los codos hacia fuera. Dave sabía de qué se trataba. Era Kate que olía la victoria.

Él se ocuparía de que tuviera que ganársela.

Con las manos hacia fuera, la miró a los ojos. Kate no envió ningún mensaje en cuanto a sus movimientos. Jamás había conocido a alguien que tuviera la habilidad que ella tenía para ocultar sus intenciones. Podía levantarse con brusquedad, cortar, luego dar la vuelta.

Hizo un pase sin mirar. Dave giró sobre sus talones y vio a Marcus que iba hacia el aro con la pelota. ¿Cómo lo había hecho? Tres contra dos y aun así les estaban ganando.

—Una más y estamos fritos.

Stephen le arrojó la pelota y Dave se secó las manos en los pantalones cortos.

—No será fácil.

Kate sonrió.

—Te estás ahogando, Richman.

Riéndose, Dave llevó el balón a la línea de la mitad de la cancha. Tocó la línea y giró hacia la izquierda. Stephen estaba en condiciones de recibir el pase, así que le arrojó el balón. Marcus obligó a Stephen a hacer un pase. Dave le echó una mirada a Jack y luego se dirigió hacia el aro.

Kate se le puso enfrente.

Dave giró con fuerza sobre sus talones para evitar la colisión, pero no pudo evitar el encontronazo. Kate se deslizó hasta detenerse boca arriba a una corta distancia.

—Falta.

Era el colmo, acababa de ganar una corona en vez de un golpe. Le ofreció la mano para que se levantara.

—Kate, ¡no es tan importante ganar! Kate lo miró confundida.

Marcus le pasó el brazo por los hombros con la respiración entrecortada.

—No todos están acostumbrados a la manera en la que te expones a lastimarte por un simple juego.

Kate se enjugó el rostro.

—Lo lamento, Dave.

Dave le lanzó el balón a Stephen con el ceño fruncido.

—Seguro. En menos que cante un gallo lo volverás a hacer para bloquear uno de mis tiros.

Kate sonrió.

—Llévate el balón, Marcus.

Los últimos minutos del partido se jugaron con un poco menos de contacto. Jack empató el contador antes de que un bombardeo de Marcus entrara de nuevo en escena para ganar el partido.

Kate se derrumbó sobre el banco.

—¿Quién me va a llevar a desayunar?

—¿Qué hay de aquello de ser un ganador compasivo? —le dijo Jack mientras le sacudía la toalla en la cara.

Kate se rió y le devolvió la sacudida.

—Te dejaré ganar en el partido de tenis.

—Podría hacerlo hasta dormido.

Sonó un localizador. Dave buscó el suyo y le causó gracia ver a todos buscando su localizador.

—Es el mío Jack asió su bolsa—. Me voy. Fue un placer conocerte, Dave.

—¡No tragues demasiado humo! —le gritó Kate mientras Jack corría hacia la puerta.

—Tendré cuidado. Confundido, Dave miró a Kate. Jack es bombero.

Bombero, paramédico, mariscal de los Estados Unidos. Sus hermanos tenían carreras interesantes.

Kate se volvió hacia Marcus.

—¿Estás a tiempo?

Estaba estirado con los hombros descansando sobre las graderías que estaban detrás de él.

—Una ducha rápida y tendré que salir para el aeropuerto. El rostro de Kate se tornó pensativo.

—Llámame esta noche.

Marcus la estudió unos instantes y luego asintió:

—Sí, claro.

Ver a Kate con su familia era verla con la gente que amaba. Estaba relajada, se reía y hacía bromas. A Dave le dio gusto que lo hubieran invitado. Comenzaba a ver otra cara de esta mujer. Marcus se puso de pie y extendió la mano.

—Me alegro de haberte conocido.

Dave se sintió como si hubiera pasado un examen. —El gusto fue mío.

—Stephen, ¿podrías llevarme al aeropuerto? Dejemos que Kate y Dave desayunen tranquilos y con tiempo.

Kate se sonrojó.

—Marcus O'Malley.. —con dificultad, se estiró para tomar su localizador. Su expresión cambió dando paso a la frustración—.

No importa. Tengo que irme.

Le dio un abrazo rápido a Marcus. Cuando se detuvo frente a Dave, él ocultó su preocupación para sonreírle.

—Hablaremos. Vete. Ten cuidado.

Kate asintió y salió trotando hacia la puerta.

Después de pasar una hora conversando con una mujer que amenazaba con saltar de la cornisa de un cuarto piso, Kate se sosegó por fin al regresar a la oficina. Levantó el teléfono y marcó el número de Dave. Le contestó la máquina. Luego de agradecerle por haber ido al partido, le dio una mirada a su calendario. «Tengo una reunión con Nathan Young el miércoles a las dos de la tarde. Si todavía sigues interesado en acompañarme, avísame».

Colgó el teléfono y se volvió a Franklin.

—¿La entrevista trajo algún dato nuevo?

No, pero ayer por la mañana llamó el ATE Rastrearon los explosivos hasta llegar a un subcontratista, ahora desaparecido, que hizo algún trabajo de demolición para la constructora Wilshire hace diez años atrás. A este tipo lo podremos dejar bien guardadito, Kate.

Miró las notas del caso que se encontraban sobre su escritorio.

—Lo sé.

Un par de días más y se lograrían atar los cabos sueltos de este caso. Casi deseaba que sonara el localizador a fin de lograr evitar pasar el resto del día haciendo la revisión final de las cintas de la negociación.

Kate se estiró para quitar el seguro de la puerta del auto.

—Jennifer, lamento haber llegado tan tarde.

Eran casi las ocho de la noche.

Jen se sentó en el asiento del acompañante.

—Deja de disculparte. Está bien. Si me hubiera ido más temprano, me hubiera sentido culpable de abandonar a Lisa y a Rachel.

—¿Ya te planearon toda la boda?

—La están pasando a lo grande haciendo sugerencias. Es maravilloso. Disfruto al compartir su alegría.

Kate se relajó y miró a su hermana con la esperanza de descubrir que las cosas no eran como parecían la noche anterior. Sin embargo, no era así. La tensión seguía latente.

—¿Qué te gustaría hacer?

—Compremos un refresco en el negocio de la esquina y luego salgamos a caminar.

Compraron las bebidas y Kate detuvo el auto en un parque cercano. Caminaron alrededor del estanque ovalado.

A Kate le hubiera gustado romper el silencio con algún comentario trivial, pero se obligó a guardar silencio. Cuanto más caminaban en silencio, más se preocupó.

—No vine solo con buenas noticias, Kate.

—Lo sé.

—De aquí me voy a la clínica Mayo.

—Por qué?

Jennifer le tomó la mano y se la apretó.

—Tengo cáncer.

—¿Que tienes qué?

—La semana pasada, tuve el resultado de los análisis —Jennifer encogió los hombros—. Son bastante malos. Esa fue una de las razones por las que Tom no quiso posponer la propuesta de matrimonio.

—¿Qué dicen los resultados?

El cáncer está alrededor de la columna. No es común. Y se ha extendido hasta el hígado, al menos por ahora.

Las emociones de Kate deseaban expresarse a gritos con un sonoro *no*, pero en cambio se volvieron hacia dentro y quedaron en terrados en lo profundo.

—Tenemos que decírselo a la familia, Jen.

—No. Todavía no. Regresaré para el 4 de julio. Para. entonces sabré bien a qué me enfrento. Solo se lo iba a decir a Marcus, pero en este momento no puede distraerse con algo así. Después de lo que sucedió el martes, no podía correr el riesgo de esperar otra semana más para decírtelo.

—¿Cómo puedes estar tan tranquila con todo esto?

—Ay, Kate, las emociones giran en torno a mil direcciones. :Aun así, encuentro consuelo al saber que estaré bien aunque suceda lo peor. Tom me ha ayudado a comprender lo que es la fe. Tengo que hablarte de Jesús. Lo que te sucedió el martes me asustó terriblemente.

Los pensamientos de Kate se aceleraban ante la arremetida de la noticia inesperada.

—Primero Dave, ahora tú.

—¿Qué?

—Me dijo prácticamente lo mismo las otras noches —Kate respiró hondo y dejó salir el aire poco a poco—. ¿En qué forma te puedo ayudar?

El brazo de Jennifer se posó alrededor de los hombros de Kate.

—Sé que esto es un impacto muy grande. Sé que estoy poniendo sobre ti una carga demasiado abrumadora. La noticia afectará a todos en la familia y se van a apoyar mucho en ti y en Marcus.

Ay, Jen, ¿qué importa cuánto nos afecta en comparación con la realidad a la cual te tienes que enfrentar? ¿Sientes mucho dolor?

—Me duele el costado derecho y tengo cierto entumecimiento en la pierna izquierda, pero no tuve muchas señales de aviso.

—¿Qué te harán, cirugía, quimioterapia, radiación?

—Me envían a Mayo para que allí me digan cuáles son las opciones. No te voy a engañar; cualquiera que sea el tratamiento es probable que sea experimental.

—Tiene que haber opciones.

—Los médicos me avisaron que será una semana difícil con muchos exámenes. Veremos a qué conclusión llegan. Como médica, me siento mejor frente a los hechos que frente a las especulaciones Jennifer le dio un abrazo a Kate—. Me preguntaste qué puedes hacer. Cuando regrese, quiero hablarte acerca de Jesús. Siento miedo por ti.

Jen sentía miedo por *ella*. Se sentía tan impotente ante un pedido tan intangible.

—Me encantaría poder prometerte que no habrá más llamadas peligrosas, pero mi

117

trabajo es así.

—Lo sé, Kate, ¿pero comprendes por qué la fe se ha convertido en un asunto tan importante para mí? No quiero presionarte, pero si algo te sucediera, me resultaría muy difícil soportar la idea de que nunca te lo dije. Quiero que leas el libro de Lucas y que cenemos juntas. Entonces, quiero que me digas con sinceridad qué piensas acerca de Jesús.

—Jen, temo que voy a herirte.

—No lo harás. Prefiero escuchar razones sinceras por las cuales no tienes fe a no haber tenido una conversación contigo jamás —dijo y sacó un librito de su bolsillo—. Marqué la página.

Kate miró con torpeza el libro de cuero que le entregaba Jennifer.

—Quieres que lea el libro de Lucas.

—Lo escribió un médico y es uno de mis Evangelios favoritos —Jennifer trató de ofrecerle una sonrisa tranquilizadora—. Si aun así me dices que no crees, no hay problema. Sencillamente, necesito hablarte de esto.

¿Se suponía que Kate tenía que creer en Dios siendo que su hermana tal vez iba a morir? Sin fuerzas para pelear luego del golpe que se asestaba contra su familia, su mano apretó el libro. No podía decirle que no a la petición de Jennifer, ¿pero cómo podía hablar con calma de algo que la ponía tan furiosa? No tenía alternativa. Haría cualquier cosa que Jennifer le pidiera.

—Cenaremos juntas.

El reloj parpadeaba las 3:22 de la madrugada. Kate sacó otra página de la impresora. El artículo de la Publicación de Oncología le llenaba algunos vacíos más en cuanto a lo que sabía. Le ardían los ojos mientras luchaba por concentrarse para leer, pero al menos ahora le ardían de cansancio y no debido a la sal de las lágrimas.

Ansiaba con desesperación hablar con Marcus, pero en cambio, escuchó la voz de su contestador telefónico cuando lo llamó a las once de la noche. Si él escuchaba el tono de su voz, lo sabría. Por el momento, no se le había ocurrido ninguna mentira convincente, ni siquiera para cubrirse y poder hablar con él. Esta era la primera crisis en años en la que no se había podido apoyar en él.

Cáncer. Lo que les decían las páginas esparcidas por su escritorio la aterrorizaban. Era probable que Jennifer tuviera dos por ciento de posibilidades de vida en el primer año. La muerte prematura era parte de su mundo, no del de Jennifer.

No había nada que Kate pudiera hacer. Eso era lo que más le dolía.

Apoyó la taza de café haciendo a un lado el pequeño libro de cuero con las palabras *Nuevo Testamento* en la cubierta. Le había prometido a Jennifer que leería Lucas, y lo haría... en algún momento... pero por ahora, lo único que deseaba era que el libro se cayera por accidente en la basura.

Comprendía que Jennifer no hubiera querido mezclar las buenas noticias con las malas el domingo por la noche, y también entendía la precaución de esperar hasta tener más detalles antes de decírselo a toda la familia, pero guardar este secreto era lo más difícil que había tenido que enfrentar en años.

Capítulo Siete

KATE buscó cambio para pagar el peaje, contenta de no tener que hacer este viaje hasta el aeropuerto internacional O'Hare muy a menudo. El tránsito para salir de la ciudad era terrible. Como necesitaba alejarse de la oficina, le había ofrecido a Franklin tomar su lugar en la entrevista mensual con Bob Roberts, jefe de seguridad de O'Hare. Era un día hermoso; el sol iluminaba un cielo azul y había una ligera brisa. Se echó dos confites en la boca. Luego de la reunión, se iba a tomar algunas horas para cuestiones personales y para recuperar el sueño que tanto necesitaba.

El impacto de la noticia de Jennifer había pasado. Ahora, pensaba en las preguntas que les haría a los médicos. Esta sería una larga batalla que ninguno de los O'Malley aceptaría perder. Si los médicos le daban una probabilidad del dos por ciento, Jen entraría en ese dos por ciento.

Kate revisó los mensajes de su contestador y se sintió aliviada al escuchar uno de Jennifer. El vuelo de la mañana había llegado bien. Se preparaba para tomar un taxi hacia la Clínica Mayo. Kate tomó nota mentalmente para acordarse de llamar en una hora, cuando Jennifer ya estuviera instalada.

Llegar a O'Hare por la I-190 y ver la pista de carreteo que construyeron encima de la autopista era algo majestuoso. Bajó la velocidad para seguir el ritmo del resto del tránsito y observó a un enorme Aerobús de la Aerolínea Turca que cruzaba de la terminal internacional a la pista de carreteo. El avión era de un blanco brillante y la cola roja se alzaba como un halcón. El auto de Kate pasó bajo la sombra que arrojaba su ala.

Miró el reloj. Eran las nueve y veinte. Había llegado unos minutos antes.

Abrió la agenda y encontró el número de Bob. Lo llamó desde su teléfono celular y se puso de acuerdo para encontrarse junto al mostrador de United en la terminal 1.

Caminó por el aeropuerto sin prisa, observando a las multitudes por costumbre y vio a su amigo que venía en dirección a ella.

—Buenos días, Bob.

Bob era un hombre de unos cuarenta y ocho años que estaba siempre en movimiento. Las reuniones con él eran paseos; en su opinión, la mejor clase de revisiones.

—Kate. Me alegro de que te hayan enviado a ti. A Franklin siempre tengo que explicarle todo.

—Cualquier excusa era buena para salir de la oficina.

Sacó el paquete de confites y le ofreció a Bob. Se acordó que era goloso.

—Gracias —Bob hizo un gesto hacia la terminal C—. Caminemos.

—Hay un par de cambios que vale la pena destacar. La aduana tiene un nuevo programa que comienza este mes en el centro de cargas en Cargo City. Van a agregar cinco perros. Espero que en los próximos meses haya varias confiscaciones. También tengo un nuevo juego de números telefónicos para que se pongan en contacto conmigo. Al fin tenemos listas las recomendaciones para el panel de revisión.

Caminaron por la terminal. Kate tomaba nota y se reía con frecuencia ya que Bob condimentaba la seria conversación acerca de los cambios en seguridad con algunos incidentes por demás de graciosos del último mes.

El localizador de Bob se encendió y él se fijó en el código.

—Tenemos un incidente. Me llaman de la torre de control de tráfico aéreo.

Un incidente podía representar desde un

avión con problemas hasta una amenaza terrorista. Fuera lo que fuera, no era la clase de información que escuchaba la gente que estaba alrededor de ellos. Bob utilizó su tarjeta de acceso para abrir una puerta lateral en la explanada. Subieron enseguida unas escaleras hacia la pista. El rugido de los aviones que despegaban, que en el interior no se escuchaba, ahora reverberaba en el cemento. Bob señaló uno de los vehículos de servicio de enlace.

—Tomaremos este para ir hasta la torre.

Kate asintió y se subió a bordo.

Bob cambió la radio a un canal privado.

—Elliot, aquí Bob. Estamos en camino. ¿Cuáles son los detalles?

—Recibimos una amenaza de bomba en la línea de cabotaje de ATC. Cuatro palabras: «Prepárense para una bomba». Voz masculina. No llegaba a tener un buen acento. Línea intermitente, tal vez de un teléfono celular.

—Utiliza el código 2, Elliot.

—Ya se están enviando las llamadas.

Kate conocía los procedimientos, pero como tenía un ejemplar del libro táctico, lo abrió.

—¿La amenaza es contra la torre, el avión o la terminal? pensaba en voz alta.

No tenían suficiente información como para saberlo. Miró su reloj y tomó nota de la hora: las 10:48. Se suponía que esta iba a ser una mañana de trabajo liviano. Dos bombas dentro de una semana no era exactamente lo que necesitaba.

Los pasajeros y las tripulaciones en las terminales ya se deberían dar cuenta del notable aumento en la intensidad de la seguridad. Se sacaría el equipaje que estuviera solo. Los perros controlarían las áreas. Las tripulaciones de tierra prestarían especial atención al preembarco de los vuelos y a los que estaban a punto de salir.

—¿Cuándo tuvieron la última amenaza de bomba? —preguntó Kate.

—Hace dieciséis días. Llegó a la oficina de una compañía aérea. Fue una broma.

La torre manejaba el tránsito aéreo dentro del espacio aéreo clase B, que podía controlarse muy de cerca. Fuera de esa zona, el manejo de los aviones estaba a cargo del centro de Control de Tránsito Aéreo regional.

—La llamada llegó a un teléfono de Control de Tránsito Aéreo regional. ¿Es ese número muy conocido? —preguntó Kate en busca de pistas.

Bob esquivó un carro con equipaje.

—Como es lógico; está registrado en el centro regional. Dentro de la propiedad del O'Hare, la gente de la torre lo conoce y los técnicos electricistas que la mantienen también. Es una línea restringida, pero está marcada en el centro de comunicaciones telefónicas del complejo.

—Entonces, puedes añadir a los conserjes y a la gente de mantenimiento en general. No es información confidencial, sino limitada.

—Sí. Podemos revisar los registros y ver cuándo se cambió el número por última vez.

Kate asintió con la cabeza mientras miraba las palabras de la amenaza.

—"Prepárense para una bomba". No hay reloj, así que no quiere darnos la hora en que la detonará, o bien, no sabe el momento exacto. Suena como si el dispositivo ya estuviera en su lugar.

Cuanto más miraba las palabras, menos le gustaban.

—Bob, es demasiado general como para ser una broma. Es la primera advertencia. Sin embargo, ¿por qué a la torre? Es la única clave que tenemos en realidad.

—Primera regla empírica: las llamadas de amenaza van a los medios de comunicación para captar la atención o al supuesto blanco a fin de recibir una respuesta.

Por lo general, las bombas en los aeropuertos tenían como objetivos a los aviones, pero no era una regla absoluta.

—¿El objetivo es la torre misma?

—Es posible, Kate. Al menos es un área restringida para buscar.

La torre se encontraba separada de los otros edificios, se elevaba muy por encima de las explanadas de pasajeros y miraba a siete pistas de carreteo, una de las cuales tenía tres kilómetros de largo. Kate siguió a Bob al interior del edificio y mostró su insignia para franquear la seguridad. Se dirigieron a la plataforma de observación.

La habitación estaba atestada de gente ocupada. Desde esta ubicación tenían una visión de trescientos sesenta grados del espacio aéreo. Kate podía ver a los aviones en las pistas, alineados de diez en diez, uno detrás del otro, esperando para despegar. En el aire, los aviones estaban amontonados en grupos definidos de espera, aguardando la autorización para aterrizar. Escuchó las escuetas conversaciones entre los controladores de la torre y los pilotos y entendió alguna que otra palabra.

Elliot agitó una mano para saludarlos.

—Tenemos a tres grupos trabajando en el problema. Explanadas, equipaje y cargamento, y naves. Se ha desplegado a todos los perros.

—Que un equipo revise esta torre —dijo Bob.

Elliot asintió y buscó la radio.

—¿Podemos rastrear esta línea de teléfono hasta el centro de comando en el edificio de administración?

—Tengo a un técnico dando un vistazo. Dice que deben haber pinchado la línea, ya que las líneas restringidas no forman parte del tronco principal.

—¿Qué te parece si traemos un equipo para rastreo, a ver si recibimos otra llamada? —preguntó Bob.

—Estoy trabajando en eso.

—Kate, ¿puedo pedirte la casetera? Si esto es real, espero poder obtener algo más que esta vaga llamada telefónica para poder trabajar.

Kate ya había puesto una nueva cinta en su lugar.

—Es lamentable, Bob, pero creo que obtendrás algo más.

Observó a los hombres que trabajaban y hablaban con los equipos desplegados, y su calma y eficiencia le recordaron cuántos incidentes similares manejaban en un año.

Eran precisamente las once de la mañana

cuando sonó otra vez el teléfono de ATC regional. El estado de ánimo de todos los que estaban en la torre cambió. La posibilidad de que esto no fuera una broma, sino algo real, acababa de presentarse de manera dramática. Bob respiró hondo, encendió la grabadora y descolgó el auricular.

—Torre O'Hare.

La ira le nubló el rostro y Kate captó la mirada de sorpresa que le dirigió. Al parecer, no le dieron la oportunidad de hacer preguntas. Colgó el teléfono y apagó la grabadora.

—Kate, ¿qué está pasando?

Rebobinó la cinta y comenzó a reproducirla.

«La bomba explotará a las once y quince. Avión habla a la torre. Dígale a Kate O'Malley que no me he olvidado del pasado».

Se sobresaltó porque lo que menos esperaba era escuchar su nombre. ¿Quién sabía que estaba aquí?

—No tengo idea, Bob. Pásalo otra vez.

Cerró los ojos y escuchó, con la esperanza de reconocer la voz. Estaba muy distorsionada; las palabras se entendían, pero estaban alteradas. No pudo discernir ningún rasgo distintivo. Es probable que se tratara de un teléfono celular digital; no poseía estática como una línea análoga a juzgar por la manera en que se cortaba y volvía a retomar. Tanto la cadencia del discurso como la elección de las palabras eran muy deliberadas. Miró a Elliot.

—¿Es el mismo que llamó antes?

—Sí.

—Bob, la amenaza parece ser muy real, pero no sé qué implica la referencia que hace a mí.

Tuvo que ocultar el miedo, no había tiempo para eso. Más tarde tratarían de resolver el enigma de la referencia. En este momento, había que tomar decisiones mucho más críticas y el tiempo se les iba de las manos.

—¿Cuántos aviones se encuentran en comunicación con la torre?

Bob ya se encontraba mirando el monitor.

—Ocho vuelos que despegaron siguen en nuestro espacio aéreo. Catorce vuelos entrantes están bajo nuestro control. Otros dieciséis se encuentran alineados en las pistas de carreteo esperando para despegar.

—¿Cómo hacemos para que desciendan los veintidós vuelos que están en el aire?

—No podemos hacerlo, Kate. En quince minutos es imposible. Sin embargo, podemos acercarnos —Bob miró al jefe de la torre, Greg Nace—. Que todos los que se encuentran en el espacio aéreo clase B desciendan a tierra. Tome un vuelo saliente por cada uno demorado. Dé prioridad de acuerdo al número de personas a bordo.

—De acuerdo —dijo Greg volviéndose a los controladores—. Alerten a los pilotos en el aire acerca de la amenaza. Díganles que desciendan con rapidez. Tendremos que pasar por alto las normas de distancia de la Fuerza Aérea para hacer que todos estos aviones bajen a tierra a tiempo. Infórmenle al control regional que no aceptaremos más naves en nuestro espacio.

Toda la habitación se llenó de una conversación rápida y controlada. Los hombres y las mujeres que hablaban con los pilotos comenzaron a orquestar una recuperación controlada de los aviones.

Bob se volvió al que lo secundaba en el mando.

—Elliot, ¿cuántas puertas de embarqué tenemos abiertas?

—Dieciocho.

—Habilita algunas más para que podamos usarlas. Dile a mantenimiento que retire los aviones vacíos de las puertas de embarque. Que un avión lleno de pasajeros explote en tierra no forma parte del plan. Envía agentes ele seguridad a las puertas para mantener a la gente en calma.

El jefe de la torre los interrumpió.

—Bob, tenemos tres vuelos retrasados que nos informan que tienen cargas de combustible superiores a lo que es seguro para abortar de inmediato. No tenemos otra alternativa mas que ponerlos al final de la fila.

Kate tomó unos anteojos prismáticos y observó a un Boeing 747 que tocaba tierra echando humo mientras las ruedas tocaban el pavimento. Había pasado mucho tiempo desde la última vez en que se había sentido tan impotente.

«Dígale a Kate O'Malley que no he olvidado el pasado». ¿Qué quería decir? ¿La conocía el que tenía la bomba? ¿De qué manera? ¿Y por qué un avión?

Miró el reloj, contó los aviones que tocaban tierra y escuchó a los controladores del tráfico aéreo.

11:12.

Todavía quedaban nueve aviones en el aire.

11:13.

Ocho aviones.

11:14.

Seis aviones.

Escuchó a uno de los controladores que

le daba autorización al vuelo 714 de MetroAir para aterrizar en la pista 32L.
11:15.

Capítulo Ocho

EL vuelo 714 de MetroAir explotó en el aire.

La onda expansiva de la explosión repercutió en las ventanas de la torre. El impacto en el edificio fue tan grande que las mesas que no estaban aseguradas se movieron algunos centímetros, las luces parpadearon, las tazas se tambalearon tintineando y se cayeron varias carpetas de un estante cercano.

Kate no podía apartar los prismáticos de la horrorosa visión. Partes enormes del fuselaje caían sobre la pista y el combustible encendido del avión las devoraba. El resto del avión cayó al oeste de la pista 32L.

Una segunda bola de fuego hizo erupción en el piso cuando estalló el combustible del avión. Cargo City era el edificio que albergaba a FedEx, UPS y a DHL. Acababan de atentar contra los aviones y los edificios de uno de los centros de correo más grandes. Bob fue el primero en moverse. Con la mano le apretó el hombro al jefe de la torre.

—Greg, desvíe a los cinco vuelos que están en el aire hacia Midway. Cierre el aeropuerto; en el futuro inmediato el espacio aéreo será para los helicópteros de transporte.

Comenzaron a fluir las órdenes para el personal que lo rodeaba.

—Elliot, enciende la línea roja. Necesitamos todas las ambulancias, todos los helicópteros médicos que puedan encontrar. Jim, envía los códigos de los localizadores; que todos entren en acción. Mantén el centro de comando abierto —Bob se dio vuelta para mirar la magnitud del campo de escombros que ya comenzaba a verse—. Frank, quiero al comandante de la Guardia Aérea Nacional en el teléfono. Necesito a su gente y lo necesito a él para que respalde la clausura inmediata del espacio aéreo.

Kate escuchó las órdenes mientras contemplaba a los batallones de camiones de bomberos y de personal de rescate apresurándose hacia la pista para comenzar una lucha que parecía irremediablemente perdida. A esta altura, con los prismáticos, tendría que haber visto a. algunos de los sobrevivientes del accidente. —Quiero que alguien se quede en este teléfono en caso de que el que puso la bomba decida hacer un comentario con respecto a su obra maestra. Quizá exista un segundo explosivo; no quiero que se pase por alto nada en la búsqueda. Necesitarnos a todas las agencias: al FBI, al NTSB, al ATF y a las Fuerzas Armadas.

Por toda la habitación había gente atendiendo los teléfonos.

—Elliot, cita a la primera reunión de actualización para la una de la tarde. Estaré con el jefe de bomberos. Kate, quédate a mi lado.

Kate asintió. Sentía la necesidad de que la lanzaran a la batalla para rescatar sobrevivientes. Era demasiado tarde, pero tenían que intentarlo. Tenía que haber esperanza.

Los helicópteros esperaban en la pista de aterrizaje para llevar a los sobrevivientes a los hospitales, pero no había sobrevivientes. Kate estaba demasiado atontada como para sentir algo. Se encontraba frente a lo que se había convertido en una escena de crimen masivo.

Esta sección del fuselaje no se había quemado, pero el humo lo nublaba todo. El metal todavía estaba caliente. Se arrastró abriéndose paso entre los asientos destrozados, haciendo a un lado valijas, libros, portafolios, revistas, cartas. Zapatos. Bolsas de compras. Muñecas. Trataba de no quedar atrapada entre los alambres, los pedazos de metal y el material aislante.

Tenía las manos ampolladas y lastimadas debido a un trabajo previo que había realizado en esta parte del fuselaje. Cuando terminó la amenaza de fuego, se quitó la chaqueta a prueba de llamas que le habían prestado.

Localizaron a la aeromoza que estuvo en la puerta del avión. MetroAir admitía embarques de último minuto. Los boletos electrónicos y de los pasajeros se encontraban en el bolsillo de la aeromoza. Aunque había copias en la terminal, el dato más importante que debían tener era el de las personas que hubieran pasado por la puerta del avión. Los registros en la terminal podían sufrir alteraciones voluntarias. Le resultaba difícil enfrentarse a la realidad de que un papel era su prioridad, que una lista de pasajeros era más importante que los pasajeros mismos.

Uno de los dos bomberos se le acercó en cuanto estuvo al alcance. Los tres estaban muy apretados en el lugar que estuvo la cocina.

—Muéstreme —dijo Kate.

El bombero levantó la pared.

Kate se arrodilló y entró a presión en

aquel espacio. La etiqueta de la mujer confirmaba su identidad. Cynthia Blake. La aeromoza parecía estar dormida.

Kate retiró suavemente los documentos del pasaje. Deseaba pedirle disculpas a esta mujer, a toda la gente que se sentiría conmovida por su muerte. Era una culpa que no sabía cómo procesar debido a que vio la explosión y fue incapaz de impedirla. Debido a que mencionaron su nombre en la amenaza. De un modo u otro, de una forma que Kate no comprendía, se encontraba involucrada en esta tragedia. Es probable que el bombero no sintiera culpa, pero ella sí.

Kate salió con gran esfuerzo.

—Dejen que el FBI registre su ubicación, luego pueden moverla.

La intensidad de afuera era peor que la le adentro del fuselaje. Todas las imágenes se fundían de manera borrosa. Muchas víctimas.

La muerte no era algo nuevo para ella.

La muerte violenta no era algo nuevo.

Toda esta cantidad de muertes al mismo tiempo sí lo eran. Kate no miró los boletos que llevaba, no leyó los nombres. Necesitaba tomar distancia, hacerlo en otro momento.

La sensación de náuseas en el estómago

le aumentaba. La capacitaron para reconstruir una vida a partir de pequeños datos. Cerca de doscientas personas subieron a este vuelo. Nadie salió con vida.

Llevaría días quitar el olor a combustible de, avión. La mayor parte ardió y quemó el pavimento de la pista. El fuego del avión se había trasladado hacia el edificio del centro de cargas donde todavía rugía la batalla. Un denso huno negro se elevaba por el aire. Kate tenía miedo de oír las noticias de las víctimas en ese lugar.

En algún lugar deberían estar Stephen y Jack. Había visto a sus dos hermanos desde lejos trabajando junto a otros de sus unidades. ¿Cómo lo iba a tomar Lisa? Como era patóloga forense del laboratorio estatal, sería una de las que llamarían específicamente para que ayudaran a identificar a los muertos, a reconstruir lo que había pasado. Quedaría obsesionada al tener que tratar con esta tragedia durante semanas.

¿Quién hizo esto? ¿Y por qué?

Kate miró hacia el sur. Aquella mañanaã la tierra era un campo abierto de flores silvestres, lo mejor de la belleza del verano. Ahora, un área de casi un kilómetro cuadrado presentaba un paisaje de metal retorcido, objetos personales y sábanas blancas que envolvían a los muertos. El personal de la Guardia Nacional estaba a punto de comenzar la tarea de convertir al campo en una gran cuadrícula.

El cielo azul brillante y el sol resplandeciente parecían un insulto.

Kate se dirigió al centro de comando delantero. Le entregó los documentos al mensajero que los esperaba y buscó un lugar apartado para esperar a Bob que estaba hablando con el comandante de la Guardia Nacional. Fue inútil que tratara de enjuagarse la suciedad de las manos; se miró los vaqueros que ahora estaban arruinados y deseó poder cerrar los ojos y convertir esto en una pesadilla de la cual se pudiera despertar.

Tenía que observar esta tragedia como los demás, pero al menos podía hacer algo al respecto. Fuera quien fuera el que había puesto esta bomba, lo pagaría. En algún lugar de aquella montaña de escombros que tenía ante sí se encontraba la evidencia que lo incriminaría. Al menos, se les haría justicia a las víctimas. Alguien cometió un error al hacer de esto una cuestión personal con ella.

—¡Alguien tiene a Kate como objetivo! —Dave se quedó mirando fijamente la pequeña casetera mientras escuchaba de nuevo la amenaza de bomba y sentía que se le retorcía el corazón. ¿Cómo lograría mantenerla a salvo debido a que ni siquiera se imaginaba de qué la tenía que proteger?

Miró a su jefe.

—¿Adónde está?

El centro de comando afuera de esta pequeña habitación de conferencia estaba atestado de gente, pero no había visto a Kate.

—Afuera, en el lugar del accidente. Se encontraba en la torre junto con Bob Roberts cuando entró esta llamada.

—Ah, grandioso. Está afuera en el lugar del accidente —y empujó a un lado la mesa—. Sea quien sea este tipo, anda detrás de su sangre.

—Dave, no lo sabemos, pero necesitamos descubrirlo. Tú la conoces mejor que ningún otro en la oficina regional. Necesitamos seguridad para ella de inmediato. Tienes que mantenerla con vida el tiempo suficiente como para que descifremos esto.

Dave echó una mirada a la sala de conferencias vacía. —No puedo dejar que ella sepa que la estoy protegiendo formalmente.

—Su jefe lo sabe, pero ella no es la clase

de persona que se aguanta tener a alguien siguiéndola de cerca. Hazlo con discreción.

En estas condiciones, su trabajo sería difícil o imposible. Habría que llevarla a una casa segura lejos de aquí. Suspiró. De todas maneras, jamás lo aceptaría.

—Sé a lo que te refieres —dijo Dave y ruego pensó un instante—. Todavía existe una razón por la que alguien puso como objetivo a un avión.

—Descúbrelo, agente Richman. Dave asintió y tomó su chaqueta.

—Iré a buscar a Kate.

—Dave...

Se dio vuelta antes de llegar a la puerta.

—Ten cuidado.

—Dalo por hecho. Escúchame, ¿podrías buscar a uno de sus hermanos? Es un mariscal de los Estados Unidos, Marcus O'Malley. Voló de vuelta a Washington ayer por la mañana temprano. —Lo buscaré y lo encontraré.

Le gustara o no, Kate tenía ahora una sombra permanente sobre ella. Se puso la chaqueta. Tenía la sensación de que antes de que esto terminara, Kate le iba a sacar canas.

Un helicóptero se elevó de la pista de asfalto y Kate tuvo que hacerse sombra en los ojos. Voló con lentitud sobre la escena del accidente. Había. visto que varios oficiales del NTSB habían subido a bordo. Sin duda, miraban el campo lleno de escombros.

—Kate.

Se dio vuelta, sorprendida. Dave estaba aquí. Tenía puesta una chaqueta liviana de color azul, incluso con este día de calor, uno de los muchos que había en la zona con los colores del FBI. Otros tenían chaquetas de las FAA, del NTSB y de la Cruz Roja, cada uno con su propio color. Esta identificación visual le permitía a la gente encontrarse enseguida en la multitud de investigadores asignados a distintas tareas.

Sus manos se posaron con firmeza sobre los hombros de Kate.

—¿Estás bien?

A Kate se le agolparon unas lágrimas inesperadas en los ojos, pero se las secó enseguida. Ya que no tenía a un O'Malley en el cual apoyarse, Dave venía bien.

—Oíste lo de la llamada.

—Sí.

Volvió a sentir toda la emoción reprimida de aquel horroroso momento.

—No sé por qué usó mi nombre.

—Vamos a descubrir por qué —le sacudió el flequillo—. ¿Has estado aquí afuera desde que explotó la bomba, arrastrándote por los escombros?

—En el campo de escombros y en algunas de las partes del fuselaje que no ardieron. Esperábamos encontrar sobrevivientes, pero no hubo ninguno. Incluso en las secciones en las que estuve, el impacto y el humo fueron demasiado grandes —se frotó los brazos—. No fue culpa de los bomberos, estuvieron aquí antes de que los restos del avión se vinieran abajo.

La sacudió ligeramente.

—Tampoco fue tu culpa. No sé a qué está jugando este tipo al mencionar tu nombre, pero tú no eres responsable de esto.

—Estoy relacionada de alguna manera, pero no comprendo cómo. He tratado de recordar viejos casos, gente que tuviera la capacidad para hacer esto, pero los pocos hombres de los que me acuerdo todavía están en prisión.

—Encontraremos la conexión, Kate.

Así era, él sentía la misma seguridad que ella. Sin embargo, era difícil saber qué se encontraría bajo el escrutinio de personas que jamás la conocieron antes de este suceso. Protegía su privacidad. Si otros espiaban su pasado, sacarían a ala luz viejas heridas que deseaba que permanecieran enterradas.

No debes estar aquí afuera. Vamos adentro.

Kate lo miró con una mirada perdida, demasiado cansada como para comprender cabalmente sus palabras.

—Tú eres el blanco, Kate —le dijo Dave con suavidad—. Hasta que entendamos por qué, no es buena idea que estés aquí afuera.

Kate no protestó cuando la guió hacia tino de los autos de seguridad del O'Hare. De todas maneras, era muy poco lo que podía hacer aquí., y ya casi era la hora de la primera reunión de información. Si Dave iba a hacer las cosas a su manera, ella estaba a punto de quedar sofocada bajo un manto ele protección, pero no tenía energía como para luchar contra él.

—Cuéntame el itinerario de hoy, todo lo que sucedió.

La línea del tiempo, pensó. Sí, sería muy importante. Sintió alivio de volver a un papel en el que sabía cómo moverse. —Entré a la oficina a las seis y cincuenta y cinco de la mañana. Lo sé porque cuando fui a buscar café, comenzaban las noticias de las siete. Franklin mencionó que en la agenda del día tenía prevista la revisión de la seguridad en el O'Hare. Yo no quería pasar el día en la oficina, así que hablé con mi jefe y le hice el cambio a Franklin. Dave, mi nombre no estaba en ningún programa. A lo sumo cuatro o seis personas centro de la oficina pueden haber sabido que venía. Me fin, me encontré con Bob Roberts en el mostrador de United aquí en el aeropuerto a las nueve y cuarenta.

—¿Llamaste a Bob antes de salir de la oficina para arreglar el lugar y la hora del encuentro? ¿Alguien en su oficina estaba sobre aviso?

—No. Lo llamé desde el auto cuando me encontraba a minutos de llegar. Deben haber sido las nueve y veinte o nueve y veinticinco —cerró los ojos, pensando en lo que había pasado—. Tuvimos noticias de la primera llamada telefónica a las diez y cuarenta y ocho. Está garabateado en un sobre que usaba en ese momento para tomar nota. Una hora de tiempo en la cual alguien quizá me vio aquí en el aeropuerto y decidió mencionarme —sacudió la cabeza—. Eso tiene más sentido que pensar en que había planeado usar mi nombre mucho antes de este día. No creo que mi presencia en el aeropuerto tenga nada que ver con esto.

—¿Algún caso del pasado, entonces? ¿Alguien que quisiera traerte a colación?

—He tenido varios casos que involucraban a hombres tan perversos como para hacer algo así, pero el problema es encontrar a uno que no esté en prisión en este momento. ¿Y por qué usaría un avión? Si alguien quiere vengarse de mí, existen muchas maneras más directas de hacerlo —Kate apreciaba la expresión sombría de Dave, pero hacía mucho tiempo que había aceptado vivir con esta clase de riesgo—. Quizá se trate de una pista falsa y nada más, ya que mi nombre ha estado en las noticias en estos últimos días.

Dave lo pensó y asintió.

—De esa manera, desviaría las pistas en los primeros días de la investigación, lo cual le daría tiempo para cubrir las huellas mientras estamos ocupados en otra parte. Me tomaré tiempo para revisar tus casos pasados.

—Volviendo a la línea del tiempo —dijo Kate—. La segunda llamada llegó precisamente a las once. Sabía que la bomba explotaría a las once y quince. ¿Qué nos dice esto? ¿Era un dispositivo con un reloj?

—Lo más lógico sería una bomba con reloj en la zona del equipaje del avión.

Kate frunció el ceño.

—Entonces, ¿las llamadas las habrá hecho desde un lugar cercano?

—Depende de cuáles hayan sido sus motivos para. elegir este avión en particular. Si quería ver toda la conmoción, tal vez haya estado cerca.

Distraída, se preocupó por una ampolla en la mano que se había roto mientras trataba de construir un perfil en la mente.

—Las palabras de la llamada fueron cuidadosamente pensadas. «La bomba explotará a las once y quince. Avión habla a la torre». Eso es específico. Le gusta tener el control. Dave, ¿te parece que la referencia a que el avión hablaba con la torre fuera tal vez tan literal?

—Puedes escuchar las conversaciones de la torre si tienes el equipo adecuado; pero una conversación normal con la torre no tiene más de doce palabras. Si esa afirmación no fue otra pista falsa, quiere decir que se refería a haber escuchado el intercambio entre la torre y el avión.

—¿Existe la posibilidad de que la referencia a mí y a la torre sean superfluas?

De repente, Kate se dio cuenta de cómo se simplificaban las cosas si se miraban desde este ángulo.

—La sencilla verdad es que puso una bomba para que detonara a las once y quince. La ubicación del avión no era relevante. Si el avión hubiera estado detenido en la puerta de la terminal, hubiera estallado allí.

—Exactamente. Como pistas falsas, esas dos declaraciones son brillantes. Al añadir las referencias a la torre, crea confusión en los momentos previos a los que explota la bomba. Al mencionar tu nombre, complica la investigación inicial.

—Y, por otra parte, existe la posibilidad de que ninguna de las dos hayan sido pistas falsas.

Dave asintió.

—Si especulamos con que son pistas falsas, e incluso si creemos que esto es posible, eso no cambia la realidad. Debemos descartarlas.

Su pasado. ¿Qué pensaría Dave cuando se enterara de lo que eso quería decir en realidad? Hizo a un lado el pensamiento ya que no quería añadir más problemas. Las palabras *«Dígale a Kate O'Malley que no me he olvidado del pasado»*, al menos le decían algo alentador: su nombre no había sido siempre Kate O'Malley. No tendría que revolver el pasado más antiguo.

—Me alegra que estés aquí, Dave.

La mano de Dave cubrió la suya.

—Yo también me alegro.

Llegaron al edificio de administración. Bob Roberts venía del lugar del impacto. La gente comenzó a reunirse para la primera reunión informativa.

Dave le acercó una silla a Kate junto a la gran mesa ovalada. Por costumbre, ella tomó un bloc de papel y un bolígrafo, y anotó de inmediato el día y la hora. Conocía a una tercera parte de la gente que se encontraba en la mesa.

Bob llamó al orden.

—Esta es la hora T+2 de actualización. Elliot, ¿a qué hora llegarán los que vienen de Washington?

—Todo el equipo del NTSB estará en el lugar a las tres de la tarde. La FAA llegará treinta minutos después. El ATF y el FBI traerán personal durante las siguientes veinticuatro horas.

—¿Han habido más llamadas?

—No. Ni a nosotros, ni a los medios.

—¿Cómo estamos con respecto a la búsqueda de una segunda bomba?

—Se revisaron las terminales; los aviones, el equipaje y el cargamento, nos llevarán por lo menos otras tres horas hasta terminar. Hasta ahora, no se ha encontrado nada.

Bob miró al representante de la aerolínea.

—¿Tiene la lista completa de los pasajeros?

—Necesitaremos por lo menos otras dos horas para confirmar los nombres.

Kate pensó que esa era una estimación optimista. Alguien que fuera soltero, anciano o que no tuviera familiares cercanos generaría un problema de identificación; podía llevar días confirmar que en verdad estaban en el avión. A los policías rendidos de cansancio les encanta terminar la tarea diciendo: «pensamos que están muertos». Y existía otra complicación aun mayor: *MetroAir permite los embarques de último momento* escribió Kate en un anotador que tenía enfrente y lo inclinó para que Dave lo viera.

Dave escribió debajo de su nota: *¿Cuántos había en este vuelo?*

La aeromoza de la puerta piensa que había una docena, escribió Kate. Habría menos papeles disponibles sobre los cuales trabajar, menos información con respecto a esos pasajeros. Esta clase de pasajeros son, por lo general, los que han perdido la conexión con el vuelo de otra aerolínea. No se espera que estén en el vuelo, así que quizá le lleve tiempo a una persona darse cuenta de que un ser querido estuviera a bordo.

Bob se dirigió al representante de la Cruz Roja.

—¿A quién tenemos dándole información

a las Familias de las víctimas?

—Jenson de la FAA. Está trabajando en coordinación con la Cruz Roja, la aerolínea y los medios. Se ha habilitado la línea telefónica gratuita para las familias.

—¿Hay cantidad suficiente de gente calificada en los teléfonos?

—Tenernos tres hileras. Información, consejeros y apoyo de viaje. Hemos fijado actualizaciones cada media hora para las familias y les hemos asignado una persona como contacto principal. Hemos destinado lugares libres de reporteros en la terminal y en el hotel del aeropuerto para las familias.

—Dígale a Jenson que haga los arreglos para disponer de un par de pisos en el hotel Chesterfield también. Vamos a darles una opción a los miembros de las familias en cuanto a dónde quedarse —dijo Bob—. Asegúrese de que los vuelos lleguen a Midway o a Milwaukee. No queremos que los familiares sobrevuelen la escena del accidente una vez que el aeropuerto vuelva a abrirse.

Bob volvió a mirar a Elliot.

—¿Qué me dices de la recuperación y la identificación?

—Se ha instalado una morgue provisional en el hangar 14. Estamos desocupando el hangar 15 a modo de prevención, en caso de que necesiten más espacio.

—¿Habló Jenson con las familias acerca de lo que sería de ayuda para la identificación? ¿Alhajas, ropa, particularidades en la dentadura, radiografías? —preguntó Bob.

—Tiene a los consejeros para casos traumáticos de la Cruz Roja trabajando en eso.

Bob le echó una ojeada a sus notas, luego volvió a mirar al representante de la aerolínea.

—Hábleme acerca del vuelo.

—Vuelo 714 de MetroAir partía de O'Hare a las diez y cincuenta y cinco de la mañana con destino a Nueva York. Un Illiad 9000 Serie A de cuerpo ancho, el primer accidente de este tipo de aeronaves. Era un vuelo de conexión que se originó en Los Ángeles.

¿Un avión nuevo?, garabateó Dave.

Kate trató de recordar los comentarios de Bob durante las últimas revisiones de seguridad. Había hablado acerca de los aviones nuevos y se había referido a ellos como «papis orgullosos». Kate contestó: *¿Entró en servicio el año pasado?*

Dave escribió: *¿Hay posibilidad de que sea una, falla mecánica y no una bomba?*

Lo dudo, escribió Kate. *La explosión partió al avión en dos.*

—¿Alguna amenaza reciente que haya recibido la aerolínea? —preguntó Bob.

—No.

—¿Problemas con el sindicato o con la dirección de la compañía?

—Nada que se sepa.

Se abrió la puerta y entró el jefe de Kate y tomó asiento contra una pared alejada. Se alegraba de ver a Jim.

—¿Quién trabajó en el vuelo?

Elliot revisó sus notas y luego contestó:

—El FBI está entrevistando a la tripulación de mantenimiento y a los representantes en la terminal. Estamos trabajando en la identificación de los maleteros y del personal del mostrador.

—¿Qué tenemos acerca de la tripulación del vuelo anterior? —preguntó Bob.

—Están en camino de vuelta a St. Louis.

—¿Cómo andamos con la llamada telefónica?

—Hay un equipo trabajando en eso. Ahora, la cinta está en el laboratorio forense de la policía. Los técnicos de la compañía telefónica están sacando el registro en la centralita para tratar de localizar un ingreso de facturación.

Dave le tocó el brazo para que prestara atención al bloc de papel. *¿Las palabras exactas fueron «Dígale a Kate que no me he olvida-*

do del pasado»?

Kate O'Malley, pensó. Era importante porque ese había sido su nombre legal desde los diecinueve años.

Bob miró a Elliot.

—¿Tenemos las cintas de las cámaras de seguridad?

—Se recuperaron todas y se sellaron herméticamente. Mientras hablamos, se están sacando las cintas de las dos últimas semanas.

—¿Los registros de las claves de las tarjetas de acceso?

—Se están imprimiendo ahora. Tenemos los registros de la guardia de seguridad escritas a mano todas juntas.

—Por ahora, que toda la información vaya a la sala de evidencias. Quiero a dos guardias en la puerta y que solo pasen las personas que se encuentran en la lista de acceso —ordenó Bob—. Necesitamos saber quién estaba en ese avión, dónde se colocó la bomba, de qué estaba hecha y cómo llegó al avión. Nos veremos de nuevo a las cuatro de la tarde.

Preguntas sencillas, pero ninguna de ellas era fácil de responder. Kate se abrió paso entre la multitud para llegar hasta su jefe. —¿Escuchaste la cinta?

—Sí. Por alguna razón quiso arrastrarte adentro de este caso. Ya he puesto personal para que busque los casos en los que has trabajado. Necesitamos una pista que nos ayude a buscar algo en ellos. Ahora, esa es nuestra principal orientación. Dedica tiempo a repasar la lista de pasajeros. Encuentra algo sobre lo cual podamos trabajar, Kate.

Asintió, temerosa de revisar los detalles de doscientas vidas.

—Una vez que termines con la lista de pasajeros, comenzaré a revisar los casos pasados.

—Pídele a uno de los oficiales de la patrulla que recoja cualquier cosa que necesites de tu departamento. La tormenta periodística ya comenzó y cuando se dé a conocer la llamada telefónica, te encontrarás en el centro de todo. No quiero que regreses a tu casa hasta que sepa a qué nos enfrentamos.

Era una petición, pero bien hubiera podido ser una orden. Se quedaría aquí a trabajar durante la noche, así que en lo inmediato no había mucha diferencia.

—Lo haré.

Bob llamó a jim.

Kate se frotó los brazos. No podía decidir con quién de los que estaban en la habitación hablar primero.

Dave le tocó la mano.

—Quédate pegada a mí. Trabajaré en la lista de pasajeros contigo. Aunque el que puso la bomba te conozca, todavía sigue habiendo una razón por la cual escogió ese avión. Es probable que alguien que estuviera a bordo fuera el objetivo. Esa es mi tarea inmediata, así que progresaremos mejor si trabajamos juntos.

—¿Dónde quieres que nos instalemos?

—Elliot nos preparó una sala de conferencias en el piso de arriba. Susan y Ben, de mi oficina, ya están trabajando con la lista.

Kate y Dave tuvieron que dar vueltas por los corredores durante algunos minutos para encontrar el lugar en el que se instalaron Susan y Ben. Se apropiaron de la sala de conferencias de una oficina que no se usaba. Sobre la mesa había toda clase de copias impresas y escritas a manos esparcidas por todas partes. En el pizarrón blanco había una lista de nombres escritos con diferentes colores. Kate ya se sentía como en casa.

Dave acercó dos sillas y la presentó a sus colegas. —¿Dónde nos encontramos?

—Las listas todavía son tentativas —Susan deslizó dos copias—. Estamos trabajando con el grupo de la aerolínea a cargo del problema de obtener actualizaciones reales.

Kate miró los datos: dieciséis páginas.

—¿Tenemos un diagrama de la disposición de los asientos en el avión?

Ben sacó los papeles del centro de la mesa para desplegar un diagrama ampliado.

—Si la gente se encontraba en el asiento que tenían asignado es una pregunta abierta, pero esto se correlaciona con la información de los pasajes que sale en las listas impresas.

Kate revisó los nombres. Había muy pocas posibilidades de que reconociera algún nombre, pero era evidente que debía comenzar por aquí.

Dave dejó su lista y miró el pizarrón blanco.

—Comencemos desde arriba. ¿Cuántas personas tenían pasajes, pero no se presentaron?

Susan revisó sus notas.

—En principio, cuatro. Travis se encuentra trabajando en ese problema.

Kate tomó su copia y el marcador y se dirigió a la pizarra.

—¿Qué tenemos en cuanto a la variación? ¿Cuánta gente despachó el equipaje, pero no subió a bordo?

—Las etiquetas parecen coincidir, pero este era un vuelo de conexión. Va a llevar tiempo confirmar en forma física los bultos y ver si hubo alguno extra que subió al avión.

—Susan, ¿recibimos una respuesta en cuanto a quiénes pagaron sus pasajes en efectivo?

—Acaba de llegar. Fueron dos. Suponiendo que se trata de nombres reales, son Mark Wallace, domiciliado en Colorado, no hay información, y Lisa Shelby, domiciliada en Milwaukee, no hay información. Travis también tiene esos nombres.

Dave le dio unos golpecitos a su lapicera.

—¿Hay alguien en este vuelo que pueda parecer un blanco? ¿Tal vez algún agente de la ley? ¿Un juez, un mayor, el representante de algún estado? ¿Hay alguien que tenga antecedentes penales?

—Solo voy por la cuarta parte de la lista y he encontrado un par de posibilidades —Ben buscó los nombres en la pantalla de su computadora—. Los más interesantes son un juez federal retirado y también el vicepresidente de una compañía petrolera.

—¿Podemos obtener alguna información acerca de ellos?

—Pronto recibiremos un fax acerca del vicepresidente, pero tengo problemas para conseguir algo del juez. Su nombre se encuentra protegido por el código de un mariscal de los Estados Unidos.

Dave se inclinó hacia delante en la silla.

—¿De verdad?

—¿Qué quiere decir? —preguntó Kate al ver que Dave se interesaba tanto en la noticia.

—Quiere decir que tiene un alto nivel de seguridad. No proporcionan ningún dato a través de los canales normales —miró a Ben—. ¿Viajaba con alguien?

—No.

—Eleven la urgencia a Washington. Necesitamos saber por qué contaba con esa clase de seguridad.

Sonó la terminal que estaba usando Susan. Leyó la última información.

—Tenemos otra confirmación. Un pasajero de último momento. Nathan Young. No despachó equipaje.

—Dilo otra vez —pidió Dave.

—Nathan Young.

Kate cerró los ojos y se sintió como si estuviera cayendo en un hoyo con forma de espiral. El mundo acababa de convertirse en un lugar muy pequeño. Miró a Dave.

—Cancelada nuestra reunión del miércoles con él.

Capítulo Nueve

—SI buscamos una conexión entre un pasajero y yo, aquí mismo tenemos una—comentó Kate—. Sin embargo, ¿quién querría matar a un banquero?

—Buena pregunta —Dave la miró intrigado—. Lo único que encontré fue un indicio de que estaba recaudando dinero. ¿Encontraste alguna otra cosa en tu búsqueda?

Kate meneó la cabeza, pero su mente recorría a toda velocidad todas las clases de conexiones posibles.

—¿Qué hay de Henry Lott?

—Usó dinamita, y eso no es lo típico para hacer volar un avión. No tenía la esperanza de quedar con vida el martes pasado y ahora está en prisión; pero es una pregunta muy interesante —Dave se volvió hacia Ben—. Necesitamos una lista de la gente que ha visitado a Henry desde que lo arrestaron el martes.

Ben tomó el teléfono.

—Haré que nos envíen el fax aquí.

—Dave —dijo Susan señalando el reverso de la lista de pasajeros—, tenemos a

161

otro Young en el vuelo. Un tal Ashcroft Young.

Kate tomó la página.

—¿Existe alguna relación entre ambos?

—Espera —Susan trabajó rápidamente y luego asintió—. Son hermanos.

Kate se inclinó sobre la mesa para ver de nuevo el diagrama de los asientos del avión.

—¿Fue Nathan un pasajero de último momento? ¿Adónde estaba sentado?

—Nathan se encontraba en la última fila de primera clase y Ashcroft... clase turista, asiento 22E.

Kate miró a Susan:

—¿No viajaban juntos? ¿Cuándo y cómo compró su boleto Ashcroft?

—El 24 de mayo con tarjeta de crédito.

—Así que tenía pensado viajar en clase turista —Kate le echó una mirada a Dave—. Por lo visto, no era tan rico como su hermano.

—Sería útil saber por qué los dos se dirigían hacia Nueva York. Ben, ¿tenemos alguna información acerca de Ashcroft Young?

A ver... ¡Vaya! Diez años en prisión por distribución de cocaína. Quedó en libertad hace once meses.

—¿El presidente de nuestro banco relacionado con un vendedor de drogas? —Kate trataba de establecer tina conexión entre las implicaciones, pero no podía. Era demasiado increíble como para ser verdad—. ¿Estás seguro?

—Sí. Son hermanos. Qué familia tan interesante. Me pregunto si siquiera se hablarían.

—No sé por qué, pero lo dudo —contestó Dave—. Qué ensalada. Necesitamos un perfil completo de estos dos. Susan, envíale la información a Karen y dile que se apure. El presidente de un banco y un vendedor de droga despiertan preguntas interesantes en cuanto al lavado de dinero.

Kate miró los dos nombres que ahora se encontraban escritos sobre la pizarra blanca y meneó la cabeza.

—Esta sería una pista perfecta si no fuera porque los dos están muertos.

Dave rió entre dientes ante la ironía.

—Resolvimos el caso. *Está muerto.*

Kate dejo el marcador sobre la mesa.

—Exactamente.

—Supongamos por un momento —dijo Dave—. Imaginemos que Ashcroft salió de la cárcel y comenzó a presionar a Nathan para que hiciera la vista gorda ante el lavado de dinero. Nathan se resistió y puso a Ashcroft en un aprieto con sus empleados. A los traficantes no les gusta el fracaso. ¿Qué probabilidad hay de que alguien haya puesto una bomba para matarlos a los dos?

Kate hubiera deseado encontrar el marco que hiciera posible esta opción, pero tuvo que negar con la cabeza.

—Lo mires por donde lo mires, Nathan entró al vuelo en el último minuto. Hasta último momento no se sabía que tomaría ese vuelo en particular. No se puede llevar a cabo algo tan complejo sin mucho tiempo de planificación.

—Tienes razón, pero mi primera apuesta va para ellos.

El fax comenzó a funcionar. Dave se echó hacia atrás para tomar la página.

—El vicepresidente de la compañía petrolera. Era el responsable de los programas de la compañía en cuanto al medio ambiente, entre otras cosas.

—¿Volar un avión irá en contra de la ética de un ecologista?

—Supongo que nos enteraremos. Vamos a añadirlo también a la lista.

Kate tomó el marcador rojo.

—Con este tenemos a cuatro pasajeros en la lista posible: un juez federal retirado, el vicepresidente de una compañía petrolera, nuestro Nathan Young y su hermano Ashcroft Young. Uno de ellos, con una evidente conexión conmigo

—¿Qué otras sorpresas tenemos escondidas en esta lista de pasajeros?

Kate necesitaba llamar a su familia. Se recostó sobre la pared de la sala de conferencias y por un momento se desconectó de la discusión que se llevaba a cabo. ¿Cómo estaría Jennifér? A estas horas, tal vez toda la nación había escuchado la noticia del estallido del avión. Aun así, no tenía por qué contarle lo de la llamada telefónica para añadirle semejante tensión. Sin embargo, el resto de la familia debía saberlo.

—Kate.

Dirigió la mirada a Dave.

—¿Estás lista para bajar a la reunión de actualización?

—Sí —dijo despegándose con trabajo de la pared.

Habían progresado bastante con respecto a los nombres y aunque estaban lejos de llegar a una conclusión, habían seleccionado con cuidado una lista de diecisiete personas a las cuales debían inspeccionar con más detenimiento. Nathan era el único pasajero que al parecer tenía una conexión con ella, pero cuando llegó el fax desde la prisión confirmando que con el único que habló

Henry Lott fue con su abogado, la conexión con el incidente del martes, que parecía evidente, disminuyó.

La sala de conferencias estaba abarrotada de gente que había llegado de Washington. Kate se acomodó en Una silla junto a Dave en la parte de atrás del salón.

Ahora, había más gente a cargo de la investigación, pero Bob seguía siendo el coordinador de la información. Pidió orden en la sala.

—Esta es la actualización de la hora T+5. ¿Cómo estamos con respecto a la lista de pasajeros?

El representante de la aerolínea estaba ahora mejor preparado para ser el centro de la atención.

—Se ha confirmado el noventa por ciento; las copias están frente a ustedes. Doscientos catorce, incluyendo a las nueve personas miembros de la tripulación.

—¿Cuándo darán a conocer esa información a los medios?

—Mañana al mediodía, suponiendo que tengamos la confirmación total y la notificación de los familiares de las víctimas. Dave escribió en el anotador: *¿Quién recibirá la notificación de la muerte de Nathan y Ashcroft Young?*

Su pregunta hizo que Kate se diera cuenta de que habían pasado por alto una interesante vía de especulación. Buena pregunta. Le contestó en el papel: *Es evidente que será la esposa de Nathan. ¿Quién otro?*

Dave escribió: *Debemos averiguarlo.*

—¿En qué condición nos encontramos en cuanto al rescate de víctimas? —preguntó Bob.

Elliot se inclinó hacia atrás para confirmar el dato con el patólogo que se encontraba detrás de él.

—Debería estar completo para el atardecer.

—¿Estamos preparados para trabajar durante la noche?

—En este momento están trayendo los reflectores.

—Bien. ¿Se encontraron las cajas negras?

El coordinador del Comité Nacional para la Seguridad del Transporte, el NTSB, asintió.

—Se han recuperado las voces y los datos de la cabina de mando. Se han localizado cuatro de las quince cajas de datos que se encontraban en la nave.

—¿Tenemos evidencia física que confirme la bomba o su ubicación?

—De acuerdo al daño causado a los motores, nos estamos concentrando en la parte trasera de la aeronave. Podremos tener las primeras evidencias estructurales cuando las grúas levanten los pedazos de fuselaje.

¿La zona de equipaje ocupa todo el largo del avión?, escribió Kate.

Por lo general, sí, contestó Dave.

Kate escribió: *¿Puede ser que la bomba estuviera en el compartimiento de los pasajeros y no en el del equipaje?*

Un pasajero suicida?, contestó Dave. *Lo dudo. Tal vez un empleado de la aerolínea podría ubicar una bomba en el interior.*

—¿Cuándo estaremos en condiciones de mover los restos? —preguntó Bob.

—En un par de horas. Se han separados los hangares 16 y 17 para la reconstrucción física.

—¿En qué situación nos encontramos con respecto a la llamada telefónica?

—Hemos comfirmado dos hechos: la realizaron desde un teléfono celular y quienquiera lo haya hecho colocó una cinta grabada. De esa manera se consiguió la distorsión de la voz.

¿Por qué?, garabateó Kate. *¿Para ocultar su voz o para permitir que otro ubicara la llamada?*

Logró ambas cosas, escribió Dave. *Pero no buscamos a dos personas.*

168

O era alguien que trataba de confundir, contestó Kate. Era probable que hubiera grabado el mensaje varias veces hasta obtener con exactitud lo que quería. Eso quería decir que la referencia a ella fue deliberada, no algo de lo cual se hubiera echado mano a último momento.

Sus casos del pasado. Cuando terminara esta reunión, ese sería el próximo punto a investigar.

La reunión duró cerca de una hora y cuando terminó, se fijó la siguiente para las nueve de la noche. Kate cerró el anotador que tenía enfrente.

—Dave, dame unos minutos. Necesito llamar a ini familia. Nos encontramos de nuevo en la sala de conferencias.

—Te veré en la planta alta, Kate.

No fue fácil buscar un lugar tranquilo en el edificio administrativo. Encontró una habitación de recreo para los empleados que estaba vacía, se acomodó en la mesa y marcó el número del hospital.

—Jen, soy Kate.

—He escuchado las noticias. ¿Adónde te encuentras?

—En el aeropuerto. Estaba aquí haciendo una inspección de seguridad cuando sucedió el incidente. Stephen y Jack están aquí en alguna parte. Y Lisa también.

—Debe ser horrible.

—No hay sobrevivientes. Solo quería que supieras que estaré trabajando aquí durante los próximos días.

—Sé que debe haber mucho trabajo. No te olvides de dormir un poco.

—Me las voy a ingeniar. ¿Cómo salieron los exámenes de hoy?

—Los médicos realizaron unos cuantos, pero todavía no me han dicho los resultados.

—¿Estás cómoda? ¿Te tratan bien?

—El personal del hospital hace todo lo que puede para que esto sea lo más placentero posible. ¿Hay algo que pueda hacer por ti, Kate? ¿Llamar a otros miembros de la familia o algo así?

—Llama a Stephen y a Jack más tarde y asegúrate de que estén bien. A Lisa también, si es que puedes encontrarla. Han visto cosas horrorosas. Por ahora, estoy bien; estoy trabajando con Dave.

—Los llamaré. Me alegro de que él esté allí contigo.

Kate tuvo que hacer un esfuerzo para relajarse:

—¿Sabes a qué hora comenzarán los exámenes mañana? —A las ocho.

—Te llamaré a primera hora de la mañana para ver cómo te fue esta noche.

Se despidió y vaciló antes de hacer la siguiente llamada a Marcus. ¿Qué era lo que le quería decir? ¿Qué era lo que le quería preguntar? Le dejó un aviso e hizo algo que casi nunca hacía: añadió su código personal de emergencia.

Marcus la llamó en menos de un minuto. Pudo escuchar ruidos apagados y, con sorpresa, se dio cuenta de que la llamaba desde un avión.

—¿Kate? ¿Te encuentras en el aeropuerto?

—Sí.

—Mi vuelo se encuentra a veinte minutos de Midway.

—¿Entonces sabes lo de la cinta?

—Escuché que se cayó un avión en el que se encontraba un juez federal al cual protegí una vez, y recibí un mensaje de Dave que he estado tratando de contestar. ¿De qué cinta hablas?

—Un momento, Marcus. ¿Protegiste al juez retirado Michael Succalta?

—Hace tres años. Se trataba de un caso de dinero de la droga fuera de Nueva York.

Otro O'Malley que tiene una conexión con este vuelo, pensó Kate.

—Kate, ¿de qué cinta me hablas?

—Las amenazas de bomba se hicieron a través de llamadas telefónicas. La primera tenía cuatro palabras: «Prepárense para una bomba». La segunda entró a las once de la mañana. y la tenemos grabada. Las palabras exactas de la llamada fueron: «La bomba explotará a las once y quince. Avión habla a la torre. Dígale a Kate O'Malley que no me he olvidado del pasado».

—Utilizó tu *nombre?* ¿Por qué no me avisaste enseguida? Kate interpretó que su enojo no era otra cosa más que temor.

—Durante las primeras horas estuve arrastrándome en medio de los escombros. He tenido reuniones y he tenido que hacer una investigación profunda de la lista de pasajeros desde entonces.

—Estaré allí tan pronto como pueda. ¿Adónde te encuentras trabajando en O'Hare?

—En el segundo piso del edificio de administración. Dave y yo estamos revisando la lista de pasajeros.

—Quédate con él, Kate.

—¿Por qué? ¿Qué supones?

—El contexto político de la situación va a ser riesgoso. Existen razones por las cuales el juez Succalta puede haber sido el objetivo, razones confidenciales. No querrás verte más involucrada en esto de lo que ya estás.

—Grandioso. Ahora tenemos dos problemas reales. ¿Recuerdas el incidente del banco del martes pasado? El propietario, Nathan Young, me envió flores al hospital. Tenía una reunión con él para el miércoles. Se encontraba en el avión y su hermano también viajaba allí.

—¿Qué hay del pistolero, Henry Lott? —preguntó Marcus.

—Solo ha hablado con su abogado desde el martes.

Tenía muchos deseos de contarle acerca de Jennifer, pero no podía; había dado su palabra. Todo se le venía encima como un maremoto.

—Apresúrate, Marcus. Cada vez entiendo menos.

—Estaré allí tan pronto como pueda.

Nadie respondió en casa de Rachel. En lugar de dejar un mensaje, decidió llamar más tarde. No estaba en condiciones de recibir otra sorpresa.

Kate se tomó su tiempo para regresar a la sala de conferencias mientras trataba de comprender este último giro. Marcus estaba ligado a un juez retirado que iba en el vuelo. Ella estaba ligada al presidente de un banco que iba en el vuelo. *«Dígale a Kate O'Malley que no he olvidado el pasado».* ¿Sería posible que estas palabras se refirieran a un nexo con el pasado de la familia O'Malley? ¿Cuántas hebras tendrían que desenredar?

Parecía que en su vida todo se venía abajo al mismo tiempo. Llegó a la sala de conferencias y respiró hondo antes de entrar.

—Dave, tenemos un nuevo giro.

Marcus arrojó otro archivo sobre el montón de los sospechosos con una clara expresión de molestia.

—Kate, pensé que te había enseñado a esconderte.

Miró el número del caso y se estremeció. No le había contado acerca de ese. Ante su insistencia, comenzaron a revisar sus viejos casos mientras otros trataban de obtener información acerca del nexo entre Marcus y el juez, retirado. La primera revisión de sus casos puso al descubierto casi sesenta banderas rojas. Dave cerró el archivo que leía y lo dejó caer sobre la pila.

—Tomémonos un corto descanso y veamos si conseguimos algo para comer. Es probable que Ben traiga algo de la reunión de actualización que nos ayude a orientarnos en esta búsqueda.

Como nadie se opuso, Kate aceptó la sugerencia con gratitud. Bajó las escaleras con Dave y Marcus. Luego de ordenar la cena, encontraron una esquina de la sala de descanso donde habían puesto bebidas frías. El solo hecho de salir del problema le daba a Kate una perspectiva diferente.

—¿Por qué no volvió a llamar? —preguntó Kate. Dave la miró sorprendido.

—¿Qué?

—¿Voló el avión y no desea hacer ningún comentario al respecto? ¿Por qué no volvió a llamar a la torre, a los medios o a alguien?

—Es probable que no sea un verdadero incidente terrorista —contestó Dave,

—A eso me refiero. Hemos dado por sentado que el objetivo era una persona; pero si eso es así, tantas muertes fueron una exageración.

Marcus frunció el ceño.

—Una tremenda exageración.

—¿Tu juez retirado justifica esta clase de daño colateral? Marcus lo pensó y dijo:

—Tiene algunos enemigos acérrimos, pero yo hubiera esperado que contrataran a un francotirador, no a un terrorista con una bomba.

—Exactamente. Lo mismo sucede con el presidente de nuestro banco. Si alguien quería sacarlo de en medio, ¿por qué no dispararle? El que puso la bomba se ha ubicado en el primer lugar de la lista de los Más Buscados del país.

—Está pretendiendo la gloria —dijo Marcus.

—O el poder —añadió Dave—. Esta es una tremenda declaración de destreza.

Kate comprimió la lata que tenía en la mano y observó cómo se doblaba el metal. Las pistas se desviaban en demasiadas direcciones: los pasajeros a bordo, la relación con Marcus, sus casos del pasado. ¿Cuál era la dirección adecuada? Sería bueno tener hechos. Detestaba trabajar solo con especulaciones.

Llegó la cena y la llevaron escaleras arriba para compartir con el grupo. Kate apoyó la comida sobre un aparador.

—¿Qué tenemos, Ben?

—Copias de la cámara de seguridad de la puerta de la terminal y de diversas fuentes: licencias para conducir, pasaportes, fotos familiares, fotos de los pasajeros.

Kate sonrió.

—Hechos. Me encantan los hechos.

Susan buscó entre las fotos.

—Aquí están los dos hermanos.

Kate estudió las fotos de las licencias para conducir. No se veían parecidos, pero en tanto que uno de ellos había llevado una vida muy difícil, el otro había vivido en medio de la comodidad.

—¿Tenemos una fotografía del juez retirado o del ejecutivo de la petrolera?

—Aquí.

Kate puso las fotografías una al lado de la otra sobre la mesa. ¿Alguna de estas cuatro fotos sería la de la víctima contra la cual se produjo el atentado?

—Veamos el vídeo, Ben.

Eran dos horas de grabación y, con frecuencia, lo detenían relacionando las fotografías con el vídeo. El juez y Ashcroft Young llegaron temprano y se sentaron en la sala de espera. Los dos habían traído periódicos para leer. El avión llegó de Los Ángeles, varios pasajeros descendieron en Chicago como su destino final. Con el tiempo, el lugar se fue llenando de pasajeros que se amontonaban alrededor del mostrador. No había sonido, pero resultó claro cuando la aeromoza comenzó a hacer los anuncios del preembarco. La gente se reunió, trajo el equipaje y tiró los vasos de café. Los hombres de negocios cerraron las computadoras portátiles y los portafolios. La zona se despejó de manera ordenada cuando el avión comenzó a admitir a los pasajeros.

Graham señaló la pantalla.

—Allí se encuentra nuestro rezagado, Nathan Young.

Era un hombre alto, vestido de traje y corbata que llevaba un portafolio. Dos pasajeros más entraron después de él, luego se cerró la puerta.

Ben detuvo la cinta. La habitación estaba en silencio. Qué cantidad de gente había desaparecido para siempre.

¿Alguien vio algo que pareciera sospechoso? —preguntó al final Dave.

Nadie había visto nada.

Ben sacó la cinta.

—La voy a pasar otra vez y voy a obtener imágenes de los rostros que no hemos identificado.

—Gracias, Ben. Mientras lo haces, anota a qué hora llegó cada pasajero para el vuelo y también la hora a la que subieron al avión. La información nos puede servir más tarde.

—Muy bien.

Dave le echó una mirada a su reloj.

—Ya es pasada la medianoche. ¿Deberíamos seguir trabajando o seguimos mañana por la mañana?

Kate miró los archivos de casos, los nombres sobre la pizarra blanca y luego suspiró.

—El tiempo no está de nuestra parte. Trabajemos otra hora más.

—No —dijo Marcus—. Comenzaremos a perder información. Están armando catres en un par de salas de negocios. Durmamos unas seis horas y luego empecemos de nuevo al amanecer.

Sabía que tenía razón, pero se sentía mal al pensar en terminar el día habiendo hecho tan poco progreso. Kate asintió. Dave retiró el bolso de viaje que habían traído del apartamento de Kate y su propio bolso de gimnasia.

Marcus la detuvo al final de las escaleras, junto al centro de comando, para darle un corto abrazo.

—Veré qué fue lo que sucedió con el juez. Deja que Dave te acompañe hasta la terminal.

—No te quedes mucho tiempo.

—No lo haré.

—Buenas noches, Marcus.

Dave sostuvo la puerta para que ella pasara. La noche había refrescado. Kate respiró hondo y trató de evadir el recuerdo de tantos casos revividos en pocos instantes.

—Podemos tomar uno de los transportes internos —dijo Dave.

—Preferiría caminar.

Dave le tomó la mano. Kate se sentía cansada hasta los tuétanos y le hacía bien saber que no estaba sola. La mano de Dave era firme, fuerte y tuvo que reprimir el deseo que sentía de recostarse sobre él. Era deprimente mirar por encima de la pista de aterrizaje y ver los escombros resaltados por las luces brillantes.

—Murieron tantos niños...

—Lo sé, Kate.

—No puede haber misericordia en este caso. El que haya hecho esto merece morir.

—Se enfrentará al tribunal y a lo que decida la ley.

—¿Cómo puedes estar tan tranquilo?

Las emociones de Kate habían pasado de la conmoción al horror durante todo el día.

—Hay un versículo en la Biblia en el cual el Señor dice: «Mía es la venganza». Tengo que creer que Dios puede manejar esto. De otra manera, es una atrocidad demasiado grande.

—Tu Dios permitió que sucediera esto.

Dave le apretó la mano, pero no dijo nada.

—Lo lamento. No fue mi intención atacarte.

—Está bien, Kate. Comprendo cómo te sientes.

—¿Se encontrará al que puso la bomba?

—Tú sabes que sí.

Necesitaba explicarse:

—Tengo miedo de que en realidad sea alguien que me conoce.

—Uno de esos casos en los que trabajaste? —le preguntó Dave.

—No me gusta pensar en alguien que acaba de matar a doscientas catorce personas pensando en mí.

—Diría que es un temor saludable. ¿Te ayudaría saber que puedes meterte en serios problemas si te alejas unos pocos pasos de Marcus o de mí?

Kate sonrió, demasiado cansada por el momento como para registrar más de una protesta.

—Jamás lo hubiera imaginado. Téngo guardaespaldas, ¿no? Dave se encogió de hombros, pero Kate vio el fuego en sus ojos y sintió un saludable respeto por lo que significaba esa intensidad.

—Alguien hizo mal los cálculos. Al perseguirte a ti le pellizcó la cola al tigre.

—¿Te refieres a Marcus?

—En realidad, me refería a mí —dijo y le lanzó una sonrisa irónica—. Marcus se parece más a una silenciosa pantera negra. Hasta es un poco más protector contigo que yo.

Kate se detuvo y dejó que las palabras le penetraran en lo profundo.

—Gracias. Necesitaba esa imagen. Debido a las circunstancias te permitiré que pisotees mi independencia durante algunos días. Por favor, toma nota de la palabra *algunos* — y comenzó a caminar de nuevo—. Suponemos que el pasado se refiere a mis días de policía. ¿Qué pasaría si hiciera referencias a un tiempo anterior?

—¿Tienes enemigos de hace tanto tiempo?

Mi padre, pensó Kate, *pero está muerto.*

—¿Kate? ¿Te encuentras bien?

—No me gusta hacer suposiciones. No me olvido de que el pasado puede ser cualquiera. ¿A qué pasado se refiere? Es probable que no sea importante para mí, en tanto que lo es para él. Algo que para él haya sido un desaire quizá fuera suficiente como para crear una obsesión.

Dave le dio un apretón en el hombro.

—Alguien que se tome tan a pecho una rencilla, quizá no tendría la habilidad como para crear semejante desastre.

—Puso una bomba a bordo de un avión, Dave, ¿por qué?

—Para matar a alguien.

—Sin embargo, otra vez nos encontramos

frente al problema de una matanza exagerada. No tiene sentido eliminar a doscientas catorce personas para matar a uno. Podría haberse comprado una pistola.

—¿Y si quería matar a más de una persona?

—Es probable... había familias que viajaban todas juntas. No obstante, ¿cuál es el motivo? ¿Un seguro? ¿Una herencia?

—El dinero siempre es un gran motivador —señaló Dave. Aun así, sigue siendo una matanza exagerada, y la mayoría de los casos que tienen como objetivo a un familiar suceden en el hogar o en la oficina. Un terreno cómodo tanto para el asesino como para las víctimas.

—A pesar de eso, sería bueno echar una mirada a lo que hereda cada uno como resultado de este desastre.

Kate permaneció en silencio varios minutos y luego dijo:

—Si Nathan y Ashcroft Young no hubieran muerto juntos, vería esa clase de animosidad en su familia. El hermano malo trata al bueno para quedarse con todo el dinero.

—O el hermano bueno mata al malo por arruinar la reputación de la familia —dijo Dave.

—;Qué otras razones conducirían a poner una bomba?

—Un golpe contra la compañía aérea la pondría fuera del negocio.

—¿Te parece que alguien es capaz de odiar tanto a la compañía?

Dave dio la vuelta para abrirle la puerta.

—Hay un equipo de agentes en las oficinas de la aerolínea investigando ese asunto.

Pasaron la seguridad y entraron a la terminal. Había silencio y estaba casi desierto. Un policía caminaba por el pasillo. Uno de los empleados del aeropuerto les indicó en silencio por dónde ir. El salón de negocios adonde los dirigieron se había convertido en zona de catres. Kate escogió tino y se hundió en él, cansada más de lo que podía explicar con palabras.

—Te despertaré a las seis, Kate.

—Cuando esto termine, voy a necesitar dormir durante un mes —dijo y ocultó el rostro en la almohada—. Gracias.

—¿Por qué?

—Por no decirme que no sueñe.

—El día de hoy equivale a uno o dos sueños malos y señaló un catre abierto—. Estaré allí.

—Muy bien.

Dave titubeó. Le cambió la expresión a

medida que la preocupación del trabajo desaparecía y Kate alcanzó a leer algo de sus pensamientos, lo cual la dejó sin respiración.

—¿Qué?

Luchaba por mantener los ojos abiertos. Dave comenzó a decir algo y, de: repente, Kate sintió temor. *Dave, ahora no*, pensó. *Apenas si puedo coordinar lo que pienso. Si dices algo bonito, me pondré a llorar.*

Dave le pasó la mano por el cabello a la par que su cara se suavizaba con una ligera sonrisa.

—Puede esperar. Buenas noches, Kate.

Dave levantó la pequeña almohada que tenía detrás de la cabeza. No había manera de ponerse cómodo en uno de estos catres. Kate debía estar exhausta de verdad para quedarse dormida con la rapidez que lo hizo.

Por fin, estaba comenzando a comprenderla. Al leer los casos en los que había trabajado se había enterado de muchas cosas. La mayoría de los archivos tenían adjuntadas transcripciones parciales de las negociaciones. La capacidad que Kate tenía para tratar de manera calmada con hombres violentos le sorprendía, a pesar de que la vio hacerlo. Parecía que se convertía en otra persona en esos momentos. Cuando se trataba de un incidente de violencia doméstica las notas que escribía acerca del caso eran más escuetas, pero este era el único cambio que había podido encontrar.

En aquellas notas vio a una policía cuya compasión la hacía anhelar la justicia. Cerró los ojos tratando de controlar la emoción que se revolvía en su interior. Si a propósito hubiera definido los rasgos que esperaba encontrar en la mujer que iba a amar, no lo hubiera podido hacer mejor.

Sin embargo, no era cristiana y quizá nunca lo fuera después de esta tragedia.

¿Cómo le explicaría que un Dios justo permite que un avión vuele en pedazos? En sus ojos había visto las imágenes de cada víctima.

Muchas veces había pensado en los comentarios que Kate hacía acerca de Dios, tratando de encontrar las palabras adecuadas para responder a sus preguntas. La falta de fe de Kate era razonada, y él se sentía incapaz de contradecirla, sobre todo en este momento. Sus propias declaraciones mostraban que pensaba en Dios con mucho más cuidado que la mayoría de la gente. *«Mi trabajo es restablecer la justicia en una situación injusta. Si tu Dios existiera, mi trabajo no existiera».* ¿Cómo la convencía de que Dios era bueno a. pesar de las circunstancias?

Se necesitaba una fe fuerte para hacer frente a la violencia y seguir creyendo que la soberana mano de Dios la permitió por alguna razón, que no era un caprichoso acto del destino y que tal vez la mente humana jamás lograría comprender esa razón.

Señor, ¿no hubieras podido detener todo esto? Esta noche hay muchas familias de duelo. ¿Cómo tengo que interpretarlo? ¿Cómo puedo explicárselo a Kate? Pareciera que la estás alejando de ti en lugar de atraerla hacia ti. No tiene sentido. Es probable que a causa de esto cierre la puerta para considerar el evangelio, y no sé qué hacer. Esta situación ha llevado las cosas a un momento crucial.

Las palabras que siguieron a continuación fluyeron a través de su mente, pero no de la manera en que él esperaba.

«¡Qué profundas son las riquezas de la sabiduría y del conocimiento de Dios!¡Qué indescifrables sus juicios e impenetrables sus caminos!¿Quién ha conocido la mente del Señor; o quién ha sido su consejero?»

No le servía de mucha ayuda que le recordaran que Dios no siempre da explicaciones de lo que hace. Dave no quería esta clase de complicación en su vida. Sencillamente quería tener la posibilidad de ser amigo de Kate, de presentarle el evangelio y de mantener su corazón intacto en el proceso. En cambio, había alguien que la amenazaba, lo que le hacía bullir sus instintos protectores y se desataban sus emociones.

Señor, ¿y si alguien la alcanza antes de que crea...?

Capítulo Diez

—DORMISTE bien? —preguntó Dave reclinado contra un poste de apoyo cuando Kate volvió de lavarse la cara. Ella miró la cara bien despierta de Dave, suspiró y le pidió prestada su taza de café.

—Ya veo que no eres una madrugadora —Dave revolvió los bolsillos en busca de los sobrecitos de azúcar—. Termínala y te traeré otra igual.

—Será mejor que me traigas una que sea el doble. Necesito una transfusión de cafeína.

—¿Tuviste algún sueño malo anoche?

—El catre no ayudó mucho que digamos. Mi sofá es más cómodo.

Dave se puso a sus espaldas y comenzó a frotarle el cuello que estaba algo rígido.

—¿Así está mejor?

Kate se apoyó en la tibieza de las manos de Dave y giró el cuello. Por una vez, el cuello no le hizo ruido.

—Mucho mejor, gracias.

Dave hizo un gesto señalando el edificio contiguo.

—Han trasladado la reunión de actualización a la sala de conferencias del ala este, a las siete de la mañana; Marcus dijo que nos vería allí.

—Anoche progresaron.

—Eso parece.

Caminaron hacia el edificio de administración. El agua que utilizaron el día anterior ahora se evaporaba poca a poco y envolvía a los escombros como una mortaja de niebla. Al saber lo que había debajo, a Kate le pareció sana fantasmagórica nube blanca.

—Lamento que hayas tenido que estar presente cuando sucedió esto, Kate.

—Yo también lo lamento. Es difícil prepararse para algo así. Miraba el reloj y sabía que quizá iba a suceder algo, pero jamás imaginé que sería el avión que aterrizaba —sorbió el café. Se vio un resplandor anaranjado frente al ala, luego pareció retroceder hacia el motor y allí se produjo la explosión. El avión se partió en dos y la torre se estremeció.

—¿Cómo te repones?

—Ni mejor ni peor que los demás. ¿Y tú?

—Me sentí un poco aterrorizado cuando escuché que habían mencionado tu nombre en la cinta.

—¿Por qué?

En mi experiencia con situaciones como esta, eso quiere decir que alguien te tiene en la mira para dispararte.

—¿Has protegido a personas como lo hace Marcus?

Dave sostuvo abierta la puerta de vidrio del edificio de administración.

—De vez en cuando.

Habían llegado unos minutos antes, pero la sala de conferencias se llenaba con rapidez. Dave fue a buscar dos rosquillas para ellos.

Bob pidió silencio.

—Esta es la actualización de la hora T+20. Entiendo que ahora tenemos evidencia física de que se trató de una bomba. ¿Qué sabemos al respecto?

—Detonó dentro de la cabina de primera clase, no en el almacén de equipaje, y explotó debajo de un asiento, es probable que fuera en la fila 3 o la 4; todavía se trabaja en ese detalle —contestó el representante del NTSB.

Kate buscó enseguida un lápiz y escribió: *Nathan Young. Fila 4.*

Dave le contestó: *El juez se encontraba en la fila 2.*

—¿Componentes? —preguntó Bob.

—Todavía no lo sabemos. El metal de la

estructura del avión nos ha revelado que explotó en primera clase y la orientación en cuanto a los asientos.

—¿Hemos identificado a todos los que trabajaban en este avión? —dijo Bob mirando a Elliot.

—Entre mantenimiento, servicio de comida, mecánica y servicio previo al vuelo tenemos treinta y nueve personas. Las entrevistas concluirán a media tarde. Los maleteros, los surtidores de combustible, etc., agregan diecisiete más.

—¿Sabemos si el dispositivo subió a bardo del avión en este aeropuerto?

—Pueden haberlo colocado debajo del asiento durante el vuelo desde Los Ángeles. Una de las teorías es que el terrorista la armó justo antes de bajarse del avión aquí

Dave frunció el ceño: *Gran error. No miramos quiénes bajaron del avión.*

Kate le contestó: *Ben tendrá sus fotografías. Los vimos bajar en el vídeo que miramos.*

—¿Qué hay de la llamada telefónica? —preguntó Bob. —Tres torres celulares en esta zona recogieron el mensaje en distintos niveles de energía —contestó el representante del FBI—. Una serie de pruebas que se realizarán esta tarde nos darán la ubicación precisa.

Kate comenzó a jugar con las posibilidades. A las once se hizo una llamada desde esta zona. Si lograban precisar la terminal de O'Hare a la cual entró, se concentrarían en los vídeos de seguridad.

La reunión fue breve y se programó la siguiente para las siete de la tarde. Kate se quedó sentada hasta terminar su lista.

—Dave, si la bomba estaba en el interior de la nave, eso coloca a la cabeza de la lista al personal del aeropuerto que tiene acceso al avión, a los pasajeros que bajaron del avión y a los posibles blancos en primera clase, dos de los cuales son Nathan Young y el juez retirado.

—Estoy de acuerdo.

—Propongo que miremos con mucha atención a la gente que bajó del avión y que luego nos concentremos en los antecedentes de todos los que estaban en primera clase.

—¿Qué estás pensando, Kate? —preguntó Marcus.

—Una bomba adentro del avión, debajo de un asiento, lo bastante pequeña como para que los pasajeros no advirtieran su presencia mientras se acomodaban, sugiere que tal vez no estaba diseñada para hacer caer al avión. Es probable que no se hubiera planeado que el avión aterrizara a las once y quince. Quizá la bomba solo tuviera como objetivo a alguno de primera clase. Eso implica que el terrorista sabía dónde se iba a sentar su objetivo. Nathan Young fue un pasajero de último momento. La asignación de su asiento no se conoció hasta minutos antes del vuelo.

—Entonces, de los dos de la lista de primera clase, el juez se convierte en el blanco más probable y perdemos la conexión contigo.

—Es por eso que debemos mirar con más atención quiénes estaban sentados en primera clase —dijo Dave.

Marcus asintió:

—Estoy de acuerdo. Debemos hacer eso.

Dave inclinó la cabeza hacia la puerta.

—Kate, ¿por qué no vas a la sala de trabajo? Te seguiré en unos pocos minutos.

Kate miró a Dave, luego a Marcus y se puso de pie.

—No demores.

Tenían que hablar a solas, lo cual quería decir que ella era el tema de conversación. Marcus le apretó la mano y la dejo pasar.

El lugar de trabajo tenía un aspecto muy parecido al del día anterior. Susan, Ben y Graham estaban rodeados de archivos de casos. Estaban muy compenetrados en una discusión relacionada con los nombres de la gente a bordo.

Kate arrimó una silla.

—La evidencia sugiere que la bomba explotó debajo de un asiento de primera clase, es probable que fuera en la fila 3 o la 4.

—Interesante —Ben alcanzó el cuadro de los asientos—. En primera clase solo había veinticuatro personas.

—¿Quién estaba cerca de Nathan Young?

Susan escribió con lápiz los nombres en el cuadro.

—Él estaba en el asiento 4-C. Al otro lado del pasillo a su izquierda se encontraba el vicepresidente de la compañía petrolera. El juez Succalta estaba aquí, en el 2-D.

Kate frunció el ceño.

—Linda combinación. Si pones una bomba debajo del asiento 3-C, todos son posibles blancos. ¿Podemos ver de nuevo el vídeo? Quiero ver quiénes bajaron del avión.

—No llevará más que un par de segundos rebobinarlo —dijo Ben mientras se levantaba para ponerlo—. Puedes usar las fotografías como referencia. Conté diecinueve personas que bajaron del avión, tres de los cuales eran miembros de la tripulación.

¿Existe alguna forma de saber quién puede haber estado sentado en primera clase?

Susan le entregó la copia de un fax.

—Esta es la asignación de los asientos en Los Ángeles.

—Gracias. ¿Existe alguna posibilidad de que obtengamos la cinta de seguridad de Los Ángeles? Me encantaría saber si alguien subió con equipaje de mano allí y bajó del avión aquí sin nada en las manos.

—Llamaré al agente que se encuentra trabajando en la conexión con Los Ángeles.

Bob Roberts pidió silencio para comenzar la reunión de la noche.

—Este es el informe de la hora T+32. Qué novedades hay acerca de la bomba?

Kate esperaba que alguien tuviera alguna. La inspección de la gente que se bajó del avión y de los pasajeros de primera clase no reveló nada nuevo. Habían dedicado horas a la revisión de los archivos de casos viejos. Era frustrante saber que estaban tan cerca, pero que no tenían a ningún sospechoso concreto.

El coordinador del NTSB encendió el retroproyector.

—La bomba se encontraba debajo del asiento 4—C de primera clase. Allí estaba sentado el señor Nathan Young.

Kate soltó la respiración que había contenido. Estarían en condiciones de explicar la referencia a su nombre sin tener que escarbar en su pasado antiguo.

—Volvemos al señor Young—dijo Bob—. ¿Cuáles eran los componentes de la bomba?

—Penemos un portafolio achicharrado que al parecer se perforó de adentro hacia fuera. Es probable que una computadora portátil fuera la que llevara el dispositivo.

¿Un portafolio? garabateó Dave. *Alguien se tiene que dar cuenta si queda un portafolio en un avión.*

Nathan llevaba un portafolio, contestó Kate, y vaciló antes de escribir: *¿Suicidio?*

No, escribió *Dave. Alguien quería que llevara la bomba que lo mataría. Alguien consumido por la ira.* Dave hizo una pausa y añadió a la nota: *Y está enojado contigo también.*

Gracias por recordármelo.

El coordinador del NTSB puso otra transparencia.

—Al parecer, la bomba se encontraba en el lugar de la batería. Fíjense la forma en que explotó. Había láminas de metal en la parte de atrás de la batería recargable a fin de enviar la explosión hacia fuera del portafolio en lugar de hacerlo hacia la computadora. La máquina en sí se encuentra notablemente intacta ante la naturaleza de la explosión, teniendo en cuenta que la encontraron embutida en la estructura del avión.

—¿Qué clase de explosivos se utilizaron? —preguntó Bob. —El análisis químico acaba de comenzar. Basándonos en el tamaño del dispositivo, es probable que fuera C-4, no mayor al equivalente a un cuarto de ladrillo.

—¿Cómo se activó? ¿Estaba preparado para explotar a una hora determinada o alguien tenía que activarlo manualmente?

—Todavía estamos buscando piezas que lo determinen.

—Háblenme de Nathan Young —pidió Bob.

—Cuarenta y siete años —contestó Dave—. Caucásico. Ocho años de matrimonio sin hijos. Segundo matrimonio para él, primero para ella. Licenciado en Administración de Empresas de Harvard. Propietario de cuatro bancos en Chicago, seis en Nueva York y acababa de comprar uno en Denver.

—Las preguntas obvias son: ¿Sabía Nathan Young que había una bomba en su portafolio? ¿Era suya la computadora? Si era así, ¿quién tuvo acceso a ella durante los últimos momentos? ¿Quién tendría motivos para querer asesinarlo? Nos encontraremos de nuevo mañana a las nueve.

La reunión terminó y quedaron grupos de personas.

Kate resumió los hechos que tenían.

—Presidente de un banco asesinado por una bomba que puede haber llevado, sin saberlo, a bordo del avión; un hermano que era traficante de drogas asesinado en el mismo avión y Henry Lott que estaba lo bastante enojado la semana pasada como para hacer volar uno de los bancos de Nathan. Tendremos que dilucidar muchas cosas.

Dave intercambió una mirada con Marcus y luego la miró otra vez.

—Le pediré a Ben que investigue de nuevo a Henry Lott. ¿Por qué no nos concentramos en la agenda y en las citas de Nathan? Kate sabía muy bien que los dos le estaban planeando la actividad, pero ya tenía suficiente de qué preocuparse como para tratar de pensar cómo librarse de la red protectora que le estaban echando encima. Quería saber algo acerca de esos componentes de la bomba.

—Su secretario también podrá ayudarnos a confirmar si se trata de su portafolio y de su computadora.

—La oficina central del banco abre a las ocho de la mañana. Seremos los primeros que estaremos en la puerta —dijo Dave.

Marcus se recostó contra la mesa.

—Veré que alguien se ocupe de estudiar los movimientos de Nathan en la cinta mientras estuvo en O'Hare, y conseguiré las últimas auditorías contables de los diversos bancos para ver si alguna cuenta se considera sospechosa. ¿Hay algo más que quieres que investigue, Kate?

—¿Puedes conseguir la trascripción completa del juicio de Ashcroft Young y el registro de la prisión? La biografía que tenemos es muy pobre.

Marcus tomó nota.

—Dalo por hecho.

—Cuando investigues los registros de los bancos, ¿puedes pedirle a alguien que también indague cuánto dinero en efectivo tenía Nathan Young en la mano? Dave vio que la tasa de ejecución de hipotecas era casi tres veces superior a la del año anterior, como si estuviera consiguiendo efectivo por algún motivo. Esa era una de las razones por las que teníamos una cita con él hoy.

—¿Algo más? —preguntó Marcus.

Dave se acercó y cerró la carpeta de Kate.

—Sí. La cena. Son casi las nueve y me estoy muriendo de hambre. Esto puede esperar una hora.

Kate se reclinó en la silla, le echó una mirada privada a Marcus y luego volvió a mirar a Dave.

—¿Siempre eres así cuando estás en medio de una cacería? ¿Siempre listo para tomar un descanso cuando comienza la buena racha?

—Es peligroso provocar a un tigre cuando está hambriento, Kate.

Kate parpadeó, sorprendida ante su respuesta.

—¿Quieres decir que también tendré que conseguirte carne roja para la cena?

Marcus retrocedió de la línea de fuego ahogando una risa.

Kate se rió mientras Dave la obligaba a levantarse de la silla que quedó dando vueltas.

—¡Muy bien, me rindo! Vamos a comer.

—Perfecto. Comenzaremos haciéndote tragar la derrota.

—Dave, cuando estás cansado, tus comparaciones son espantosas.

—Deberías escuchar las tuyas.

Los tres terminaron caminando por el aeropuerto hacia la cafetería para empleados, se sentaron en una mesa cerca del mostrador de los postres y durante la siguiente hora se olvidaron del trabajo.

Después de dos noches en un catre, Kate se sentía estropeada. Se estiró mientras caminaba junto a Dave hacia su auto. Primero irían al banco a visitar la oficina de Nathan y luego le harían una visita a su esposa.

Kate esperaba que la prensa estuviera a montones afuera del aeropuerto, pero no contaba con que la policía había abierto un pasillo al otro lado de la puerta de seguridad para que ellos pudieran pasar.

—Hay casi sesenta personas aquí y no es más que la puerta de un estacionamiento.

—Bienvenida a la era de las noticias al instante —dijo Dave. Kate se dio vuelta para mirar a los reporteros.

—He estado evitando a propósito los monitores de la televisión. Es probable que sea una idea sabia. No necesitas más malas noticias.

Dave ni siquiera sabía la peor de todas: el cáncer de Jennifer.

—Ha sido una semana horrible.

—Te mantienes bastante bien.

—Solo porque no me detengo a pensar —dijo y miró sus notas—. Revisemos esto desde el principio.

—Comienza con el banco —dijo Dave.

—Hace una semana, el martes pasado, Henry Lott arremetió con una carga de dinamita y una pistola contra el Banco First Union por ejecutar la hipoteca de su casa. Lo arrestaron, se le negó la libertad bajo fianza y, al parecer, habló solo con su abogado desde entonces. El martes de esta semana, a las nueve y cuarenta de la mañana, me encontré con Bob Richards para hacer una revisión de seguridad. A las diez y cuarenta y ocho, entró la primera llamada telefónica que amenazaba con una bomba. A las diez y cincuenta y dos, Nathan Young aborda el vuelo 714 como pasajero de último momento, llevando consigo un portafolio. A las once de la mañana se recibe la segunda amenaza de bomba. El mensaje se grabó y en él se mencionaba mi nombre. La bomba detonó a las once y quince.

—¿Cómo lo logró Henry Lott? —preguntó Dave.

—No cabe duda de que no pudo hacerlo solo.

—¿Tiene algún familiar?

—No. Eso fue lo que dificultó tanto la negociación en el banco. No le importaba morir.

—¿Tenía dinero como para pagarle a alguien a fin de que reatara a Nathan Young?

Kate pensó en esa posibilidad.

—Veo tres problemas. Henry tendría que

haberlo arreglado antes de entrar al banco. Después de muerto o arrestado, el asesino hubiera desaparecido con el dinero sin cumplir con su misión. En segundo lugar, no tenía dinero. Por eso fue que le ejecutaron la hipoteca. En tercer lugar, una vez más nos enfrentamos a la matanza exagerada. Una sola pistola hubiera llevado a cabo la tarea. Si Henry hubiera estado fuera de la prisión, tal vez su motivación hubiera sido lo bastante intensa como para usar una bomba, pero un tercero hubiera preferido algo más práctico.

—Entonces, ¿quién más querría matar a Nathan Young?

—Es probable que su hermano; pero está muerto —dijo Kate.

—¿Qué me dices de su esposa? —preguntó Dave.

—Tal vez. Debemos ver si ella hereda todo. No obstante, si lo hizo por su cuenta, una mujer casi nunca usa explosivos. Y si recibió ayuda, ¿por qué usar una bomba que tenía que arriesgarse a pasar la seguridad del O'Hare? —señaló Kate.

—Muy bien. ¿Alguien en su oficina? ¿La ira de algún empleado? ¿Alguien que decide terminar con su jefe?

Kate suspiró.

—¿Por qué no le pusieron una bomba en el auto o le enviaron una bomba en un paquete? ¿Por qué poner una bomba en un avión? Tiene que haber una razón.

Llegaron al estacionamiento del banco. Kate se desabrochó el cinturón de seguridad.

—Veamos si podemos probar que Nathan fue el que subió esa bomba al avión.

Capítulo Once

LAS oficinas del Banco First Union daban la impresión de una riqueza antigua, con su elegancia clásica, sus mármoles y pinturas de finales de siglo. Luego de anunciarse en el mostrador de la recepcionista, condujeron a Dave y Kate al piso ejecutivo.

El hombre que vino a recibirlos caminaba con el porte de alguien que está acostumbrado al poder.

—¿En qué puedo ayudarlos? Soy Peter Devlon, vicepresidente del Grupo Unión.

Kate reconoció el nombre. Era el vicepresidente que le contestó la carta a Henry.

Dave sacó de nuevo su insignia. —¿Podríamos hablar con usted en privado? —Por supuesto. Pasen a mi oficina.

—Quisiéramos hacerle algunas preguntas con respecto al itinerario del señor Young — dijo Dave—. ¿Viajaba a Nueva York por negocios?

Peter asintió y dijo:

—Nathan debía estar a las cinco de la tarde en una reunión y planeaba volar de vuelta esta mañana.

—Entró en el vuelo de MetroAir como un pasajero de último momento. ¿La reunión surgió de repente?

—No, hacía casi un mes que estaba en el calendario. Por lo general, Nathan hubiera volado en el jet de la compañía. La decisión de tomar el vuelo de MetroAir fue una verdadera casualidad. Acabábamos de concluir una reunión en el salón de negocios que está junto a la puerta de embarque de MetroAir. Estaban subiendo al avión y si tomaba ese vuelo, ahorraría una hora, así que se subió. Nathan me pidió que volara a Nueva York en el jet de la compañía con su esposa Emily, tal corno lo habíamos planeado en un principio, que la dejara en el *penthouse* y que luego me encontrara con él en la oficina.

—¿Con quién se encontró en el aeropuerto? —preguntó Dave.

—En realidad, hubo dos reuniones. Una con el señor William Phillips, principal propietario del Banco First Federal de Denver y la otra con el propietario de la constructora Wilshire.

Kate se quedó inmóvil aunque el corazón se le aceleró alocadamente al escuchar el nombre de la compañía. *La constructora Wilshire. El antiguo empleador de Henry Lott.*

No podía ser una coincidencia que todas las hebras se estuvieran entretejiendo juntas: Henry Lott, Nathan Young, la constructora. Wilshire. —¿Por qué una reunión en el aeropuerto?

El señor Devlon extendió las manos.

—El señor Phillips estaba haciendo una escala en un vuelo rumbo a Washington. Era la única oportunidad en la que se podían reunir. A Nathan le quedaban solo unos minutos en la agenda y el problema de la constructora Wilshire tenía alguna urgencia, así que se le hizo un lugar. La compañía tenía algunos problemas de efectivo y deseaba extender sus préstamos, pero ya se los habíamos hecho flotar durante mucho tiempo.

—¿En qué condiciones se encuentra la constructora Wilshire ahora? —preguntó Dave.

Tienen diez días más para conseguir suficiente liquidez como para pagar los sueldos y conseguir una prórroga de treinta días con nosotros, pero dudo que logren sobrevivir. La construcción puede ser un negocio despiadado.

Problemas de dinero. Kate podía sentir que esta nueva hebra unía a todas las demás. Henry Lott tenía problemas de dinero; su antiguo empleador tenía problemas de dinero.

—¿Han sido clientes de ustedes durante bastante tiempo? preguntó Dave.

—Bueno, sí. Durante casi veinte años, pero el hijo es el que se hace cargo del negocio ahora, y es joven e inexperto.

—¿Cómo se llama?

—Tony Emerson.

Kate amortiguó el impacto como lo hubiera hecho con un acto repentino de violencia, sin permitir que los demás notaran sus emociones. *Emerson.* No pudo seguir la conversación ya que sus pensamientos comenzaron a girar en forma vertiginosa. Este era el nexo con su pasado. Su pasado lejano.

¿Cuántos Emerson podía haber en esta zona? Sin duda, los suficientes como para darle alguna cobertura, al menos hasta que supiera la verdad. Se obligó a respirar con lentitud a fin de recuperar la calma. Eso era. Tenía que manejar los hechos. Era un nombre. Un nombre que tenía razones para odiar, para temer, pero un nombre al fin. No necesariamente tenía que existir una conexión entre el nombre y la amenaza de la bomba.

Están conectados, pensó Kate. Lo sabía. ¿Qué iba a hacer cuando tuviera una prueba? Ya no era una niña indefensa. Tony Emerson, padre, estaba muerto. Largo tiempo atrás le había arrojado una piedra a la lápida de su tumba.

Volvió a la conversación.

—¿Alguien más asistió a estas reuniones? ¿Socios del señor Phillips o del señor Emerson? —preguntó Dave.

—Creo que el señor Phillips viajaba con su abogado y su secretaria. Se encontraban trabajando en una de las mesas al otro lado de la habitación. El señor Emerson estaba solo.

—¿Cuánto duraron las reuniones?

—Llegamos al aeropuerto a eso de las nueve y quince de la mañana —contestó Devlon—, y a las diez y cuarenta y cinco tuve una llamada en conferencia luego de dejar a Nathan en la puerta de MetroAir, así que supongo que habrá durado cerca de una hora.

—Dijo que tomó nota de la segunda reunión. ¿Le importaría si las veo? —preguntó Dave con un tono despreocupado, pero Kate notó su interés. También tenía en mente la teoría del problema de dinero.

—Me temo que estaban en la computadora portátil de Nathan. Le envié una copia por correo electrónico al gerente de sucursal. Si quiere, puedo pedir que le manden una copia.

Kate se preguntó cómo caería esta noticia cuando llegara al aeropuerto. A los investigadores, que habían llegado a la conclusión de que la bomba se encontraba en la computadora de Nathan, les encantaría escuchar que la habían usado justo antes del vuelo y dentro de la seguridad de la terminal.

—¿Tienen un sistema de inventario, algún registro para el seguro que nos permita identificar esa computadora? ¿Número de serie o algo por el estilo? —preguntó Dave.

El señor Devlon llamó a alguien en el banco y le pasó la petición.

—Scott les dejará una copia en el escritorio principal.

—¿Podrían darnos también un calendario de sus últimas semanas?

Devlon asintió.

—Su secretaria puede darles copias de todo lo que necesiten.

—Muy agradecido. ¿Por casualidad sabe por qué Ashcroft Young volaba a Nueva York?

—Lo lamento, pero no lo sé. Yo quedé tan sorprendido como todos los demás cuando supe que se encontraba en el vuelo. —¿Cómo definiría la relación entre los dos hermanos? —preguntó Dave.

—Sin temor a correr riesgos, diría que

tensa. Supongo que conocen los antecedentes de Ashcroft.

—Sí, así es —dijo Dave.

A Nathan le trajeron problemas durante la auditoría contable antes de la compra del banco de Denver. Hasta donde yo sé, no se hablaban.

—Entiendo que Nathan no tenía hijos —dijo Dave.

—Exacto.

—Entonces, ¿es su esposa la heredera de todo?

—No tengo conocimiento directo del testamento de Nathan, pero siempre se supuso que el control de los intereses pasaría a Emily si algo le sucedía a él —contestó el señor Devlon—. Ella ya es una accionista minoritaria que, de vez en cuando, asiste a las reuniones de la junta directiva.

Kate quedó sorprendida ante esta noticia, y a juzgar por la expresión de Dave, él también había quedado sorprendido. —¿La señora Young tomará un papel activo en la dirección de los bancos?

—Tiene el talento para hacerlo. Dirigía uno de los pequeños bancos comunitarios de Nueva York que adquirió Nathan; así fue como se conocieron. Si no lo hace, el banco tiene gerentes capacitados, y yo puedo hacerme cargo de la dirección diaria de la corporación. Nos adaptaremos a lo que ella desee.

Dave asintió y se puso de pie.

—Muchas gracias por su tiempo, señor Devlon.

Al ver este movimiento, Kate cerró su anotador, feliz de que hubiera terminado esta entrevista. Nada la había preparado para que este caso se dirigiera al corazón de su pasado. *Tony Emerson.* Había pensado que nunca más tendría que escuchar ese nombre durante su vida.

Se obligó a esperar con paciencia junto a Dave mientras la secretaria hacía una copia del calendario de Nathan de las cuatro semanas anteriores. Se detuvieron en la recepción para obtener la lista del inventario.

Dave sacó las llaves del auto.

—Tenemos tres nuevos jugadores sobre el tablero y podemos tener acceso a todos ellos. Peter Devlon, el vicepresidente que orquesta las cosas, William Phillips, antiguo propietario del banco que se engulleron y a cuyo hijo echaron de una patada, y Tony Emerson de la constructora Wilshire, a punto de perder su negocio —dijo y abrió la puerta del acompañante—. Kate.

—Ay, lo lamento.

—¿Qué pensamientos te mantienen tan enfrascada?

—Aún no estoy segura.

Dave la miró con curiosidad mientras encendía el motor. —¿Puedes darme una pista?

Trató de sonreír, pero meneó la cabeza.

—Debemos ver los vídeos de seguridad del salón de negocios. ¿Regresamos al aeropuerto?

Necesitaba con desesperación tener acceso a una computadora para verificar un nombre.

Primero veamos si podemos encontrar a la viuda de Nathan mientras estamos en el centro.

A Kate no le quedó otra alternativa más que asentir. De ninguna manera podía mencionar su temor.

Capítulo Doce

EMILY Young estaba dormida bajo el efecto de los sedantes que le prescribió el médico. Eso fue lo que le dijo a Dave la sirvienta que lo atendió. Al posponerse esta visita, se cumplió el deseo de Kate de ir hacia el aeropuerto. El localizador de Dave comenzó a sonar y él sacó su teléfono celular.

—Aquí Richman, tengo una llamada —miró de reojo a Kate—. Hola, Marcus.

La sorpresa estremeció a Kate y la sacó de sus pensamientos.

—¿Estás seguro de que quieres manejarlo de este modo?

—Dave asintió—. Muy bien. Estaremos esperándote. Entonces Dave se dirigió a Kate.

—Kate, el contenido de la amenaza de bomba acaba de filtrarse a la prensa.

—Grandioso —se frotó la nariz—. Eso garantiza una tarde de diversión.

—Kate, la lista de pasajeros se dio a conocer hace una hora. Nathan Young se encontraba en ella. Los medios ya están especulando con la conexión entre el accidente y el incidente del banco la semana pasada. Tu jefe quiere que te mantengas al margen. Por citar a Marcus, esto se ha convertido en una tormenta de fuego.

¿Acaso la paz no podía durar unas pocas horas más?

—No puedo retirarme de esta investigación; estoy en medio de ella. Entonces, llévame a la oficina. Trabajaré desde allí y esta noche me quedaré. en la casa de Lisa, ya que mi apartamento quedó clausurado —Kate vio la expresión en la cara de Dave—. ¿Qué sucede?

—Marcus sugirió que sería mejor un lugar más seguro, tanto para que trabajes como para que vivas.

—¿Por qué? La prensa es exasperante, pero no peligrosa.

—Quien mató a las doscientas catorce personas quiere ver e te retuerces bajo la arremetida de la prensa.

—¿Qué sugiere Marcus?

—Que te quedes en mi casa.

Quedarse con Dave. Claro. Marcus no podía con su genio.

Quería protegerla las veinticuatro horas del día.

—Eso es un poquito exagerado, ¿no te parece?

Kate tenía una duda inquietante que quizá no fuera cierta, pero no iba a dejar que los fantasmas la persiguieran hasta tener la evidencia en las manos.

—En este momento, la prensa es tu enemiga, no es una simple molestia. Si descubren dónde estás, este tipo puede llegar hasta tu puerta. ¿Quieres que esa sea la puerta de la casa de Lisa? Ese pensamiento era escalofriante.

—No.

—En mi casa hay lugar para trabajar, la seguridad es buena y yo no tendré que preguntarme dónde estás.

—¿Desde tu crasa tienes acceso a los archivos? —preguntó Kate.

—En mi casa puedo hacer prácticamente todo lo que hago en mi oficina de la ciudad.

No valía la pena pelear. Perdía tiempo precioso.

—Muy bien. Vamos a tu casa.

Dave observó a Kate desde la puerta de su oficina y la vio leyendo un fax.

—¿Encontraste algo útil?

Kate casi pegó un salto de la silla y se apuró a dejar en blanco la pantalla de la computadora mientras giraba para mirar a

Dave. Era evidente que, cualquiera que fuera la pista que perseguía, la preocupaba y era algo sobre lo que no quería hablar.

Había estado distraída al salir del banco. ¿Qué fue lo que él pasó por alto? Pensó en la información que Peter Devlon les había dado. Era útil, pero no había nada que justificara esta clase de respuesta.

Dave sospechaba que era algo de su pasado, ¿pero qué?

No quería hostigarla, menos ahora, cuando por encima de todo necesitaba que confiara en él. Le puso la mano en el hombro.

—¿Puedo traerte algo para comer?

—Tal vez, más tarde.

Le apretó el hombro y se fue.

—Voy a revisar la seguridad de la casa. Si escuchas que abren la puerta, soy yo.

Aunque ella no se diera cuenta, esta casa se había convertido otra vez en un hogar seguro. Ya había doscientas catorce víctimas. No habría doscientas quince. Kate estaba asustada y eso era una advertencia suficiente para él.

Un auto se dirigió hacia la puerta mientras Dave revisaba el sistema de seguridad. Pulsó el botón para que la puerta se abriera y esperó a que Marcus saliera del auto.

—No esperaba que vinieras tan pronto.

Pasa.

—Le pedí a Ben que cubriera la reunión de actualización de la tarde. Estas deben ser las copias de todas las cintas de seguridad de la sala de negocios —Marcus le ofreció a Dave la caja sellada que traía. Después echó una mirada a la casa—. Lindo lugar. ¿Dónde está Kate?

—Trabajando en mi oficina —Dave vaciló—. Marcus, hay algo que no anda bien. Desde que salimos del banco ha estado muy distraída.

—¿Dónde está tu oficina?

—Por el pasillo, la segunda puerta a la izquierda.

—;Podrías ordenar de alguna manera esas cintas? Volveré para verlas juntos.

Marcus se dirigió a la oficina de Dave.

Al escuchar el llamado en la puerta, Kate por instinto movió la ruano sobre el teclado preparada para despejar la pantalla.

—Hola, Kate..

Marcus. Se relajó.

—Pasa.

Su hermano abrió la puerta. La miró, entró en la habitación y se aseguró de que la puerta quedara cerrada.

¿Le dijiste algo a Dave? —preguntó Kate.

—No. Piensa que vine a traer las cintas de

seguridad —y se sentó en el asiento que había al lado y le pasó el brazo por los hombros—. Veintidós años y nunca antes me enviaste un mensaje al localizador para que deje todo y venga volando. ¿Qué sucede?

No estaba segura de cómo prepararlo para lo que había descubierto. La aterrorizaba.

—Nathan Young tuvo una reunión en el aeropuerto con su vicepresidente, Peter Devlon, y el propietario de la constructora Wilshire—al decir esto, hizo girar la pantalla hacia él—. Revisa los papeles de incorporación de la compañía.

Momentos más tarde, Marcus se quedó helado.

—¿Cuándo se archivó esto?

—Hace cuatro años se realizó un cambio de nombre y dirección del agente registrado.

Marcus le frotó el brazo mientras continuaba leyendo.

—¿Quién tiene esta información?

—No quiero adelantar nada, pero es solo cuestión de tiempo —dijo Kate.

—¿Tu cambio de nombre forma parte del archivo de personal en el distrito policial?

Negó con la cabeza. Aquella era la única pequeña buena noticia.

—Sin embargo, los registros del tribunal

no estaban sellados. Si no se encuentra ya entre los montones de papeles de datos que se están revisando, pronto se encontrará.

—¿Qué me dices de tu vieja dirección?

—Está sellada como toda la información concerniente al caso archivado del juzgado del distrito contra mis padres. Mi pasado llega hasta la Casa Trevor y allí termina; pero si tienen mi nombre verdadero y mi fecha de nacimiento, la prensa al fin encontrará la dirección. ¿Dos Emerson en el caso de una bomba, uno de los cuales se cambió el nombre? Conflagración instantánea.

—¿Cómo quieres manejar esto? —le preguntó Marcus.

—En primer lugar, quiero saber si en verdad tengo un hermano. Luego, quiero saber si fue quien hizo volar un avión con doscientas catorce personas a bordo. Si lo hizo, es probable que yo misma lo mate.

Marcus hizo una mueca.

—¿Conseguiste su certificado de nacimiento? ¿Estás segura de que no es un primo ni algún otro pariente?

—Tony Emerson hijo, en honor al nombre de papá, sin duda —dijo con amargura mientras recuperaba en la pantalla el certificado de nacimiento para mostrárselo a Marcus—. Tiene veintiséis años. Concuerda. Debe haber nacido al año siguiente de que me sacaran de la casa.

Le temblaba la mano cuando apagó la pantalla. Cuánto dolor había tenido que soportar por no haber sido un varón... los tribunales lo denominaron abuso infantil, pero aquella frase era demasiado amable para describir lo sucedido. Temblaba de ira y de temor.

Marcus le tomó el mentón y le dio vuelta la cara con suavidad para que lo mirara.

—Olvídalo_ Vamos, vaquita de San Antón. Olvídalo.

La arrancó de sus recuerdos a fuerza de su voluntad.

Como policía que era pudo detener la ira... la ira de sentirse impotente e indefensa.

—Tengo que saberlo, Marcus.

Marcus le acarició la mejilla. —Quédate aquí. Déjame averiguar.

—Necesito ir contigo.

La miró durante un momento.

—No.

—Marcus...

—Lo matarás. Se llama Tony Emerson, es probable que se parezca a tu padre, y tú lo *matarás*. Existe la posibilidad de que no tenga nada que ver con este caso.

222

Cerró los ojos y ni siquiera se atrevió a preguntarse si Marcus tenía razón.

Él la tomó entre sus brazos.

—No necesitas los recuerdos. Quédate aquí. Si te parece que puedes soportar verlo, revisa las cintas de seguridad con Dave y recibe la primera impresión a la distancia.

—¿Qué le digo a Dave?

Lo poco o mucho que quieras. Me va a llevar algún tiempo. Te llamaré en cuanto pueda, pero debes mantenerte ocupada.

—Ten cuidado, Marcus.

—Te doy mi palabra.

Luego de un abrazo final, se puso de pie y se marchó.

Kate observó la puerta que se cerraba y poco a poco abrió el puño. Los O'Malley eran su familia, no alguien llamado Tony Emerson. No alguien nacido del hombre que casi le destruye la vida. Deseaba salir corriendo.

Deseaba esconderse. Salir de esta realidad. Tenía un hermano.

Si esto era verdad, ¿cómo le iba a hacer frente?

Cuando era pequeña, hubiera dado cualquier cosa por tener un hermano de verdad. Ahora, lo único que podía desear era que no fuera cierto.

Capítulo Trece

Dave dejó el control remoto. Era evidente que Kate estaba lista para cualquier cosa menos para mirar vídeos de seguridad. Caminaba de un lado al otro de la sala con los brazos cruzados, como si se sintiera enjaulada. Cualquiera que fuera el motivo que la preocupaba, bastó como para que Marcus se fuera de inmediato después que habló con ella.

—Nunca te dije gracias por ofrecerme un lugar en el cual estar.

¿Por qué le agradecía algo por lo que estuvo protestando horas atrás? Un frío le recorrió la columna vertebral.

—No me importa tener compañía y la seguridad está de acuerdo con tus necesidades.

—¿Crees que descubriremos quién hizo esto, Dave?

—La respuesta está en los vídeos de seguridad.

Se quedó sorprendido ante la desesperación que se reflejó en el rostro de Kate al escuchar esta idea.

—¿Conoces a alguna de las personas que mencionó Peter Devlon?

—¡No! —Miedo. Le cruzó el rostro como un relámpago y luego despareció, lo ocultó detrás de su expresión acorazada—. Jamás he visto a ninguno de ellos.

Dave estaba seguro de que le decía la verdad, pero al menos había oído hablar de alguno de ellos.

—¿Recibiste alguna otra llamada como la de la noche en que comimos pizza?

Le preguntó lo primero que se le vino a la mente para distraerla y entonces se dio cuenta de lo que había dicho. La llamada.

Dave recordaba con precisión la risa y las palabras del autor de la llamada. *«Parece que tendrás problemas. Pronto será más de lo que puedas manejar».*

El que haya hecho esa llamada sabía lo que iba a suceder; pensó Dave.

Kate abrió los ojos como platos:

—Dave, *necesito* esas cintas del contestador telefi5nico. Están en mi portafolio en la estación de policía.

—¿Cuántas llamadas había?

—Tres. No, cuatro —meneó la cabeza—. No sé si la tercera era de la misma persona; pero las otras sí lo eran, sin duda. La última la recibí el lunes por la mañana.

—¿Todas están grabadas?

—Sí.

—Vamos. Podemos ir hasta tu oficina y volver en menos de una hora.

Kate inició la marcha hacia la puerta, luego se detuvo.

—No, tengo que esperar a Marcus. Eso es más importante. Se mordía el labio dando muestras claras de que no sabía qué hacer.

—¿Quién más puede tener acceso a tu portafolio? —preguntó Dave.

—Cualquiera del equípo puede tomar las cintas.

—Llama a tu jefe y pídele que envíe a alguien a traerte lo que necesitas. Yo trataré de conseguir una copia limpia de la llamada a la torre.

Levantó el teléfono celular.

—Kate —Dave la interrumpió mientras distaba—, dile que envíe a un oficial a tu apartamento para que recupere el casete que está ahora en el contestador y que se asegure de poner uno nuevo. No has estado en tu casa desde que sucedió el desastre. ¿Y si esa llamada posterior que esperábamos la hizo a tu casa?

Asintió y marcó los números. Pronto, se encontraba hablando en detalles con su jefe.

Dave hizo su propia llamada. Se sintió aliviado al enterarse de que el laboratorio había podido quitar la mayor parte de la distorsión de la voz. Ya se encontraba en camino una copia del casete limpio.

—¿En verdad piensas que existe la posibilidad de que el que me persigue con las llamadas sea el que puso la bomba? Parecía que la idea... le agradaba.

—No soy de los que creen en las coincidencias se preguntó si la necesidad que ella sentía de justicia la cegaba y le impedía ver los riesgos que aceptaba—. Pasará algún tiempo hasta que lleguen las cintas. —¿Y si cenamos?

—No tengo mucha hambre.

—Si primero quieres mirar las cintas de seguridad, no hay problema —dijo Dave.

—Dime en qué te puedo ayudar—Kate lo siguió a la cocina.

Era una distracción interesante observar a Dave revolviendo los armarios de la cocina. Kate se apoyó contra el mostrador y se quedó jugando con una ramita de apio mientras miraba.

—¿Te gustan los espaguetis? —preguntó Dave.

—¿Podemos comer pan de ajo, también?

—Depende. ¿Atacas al ajo de la misma manera que el azúcar?

—No seas tonto.

—Bueno, si se me ocurriera correr el riesgo de desatar una tormenta emocional dándote un beso de buenas noches, preferiría que ese beso no tuviera gusto a ajo.

Kate salió de su lugar junto al mostrador de la cocina y se estiró por encima del hombro de Dave para alcanzar un frasco de vidrio con salsa casera que había en el estante. Al parecer, él había decidido romper sus propias reglas con respecto a esta amistad.

—¿Si qué? Claro, supones que te dejaré besarme.

Dave le rodeó la cintura con las manos y la apartó hacia un lado.

—Se llama preservación propia. Si... pasara algo entre nosotros... —se aclaró la garganta y prosiguió—, un beso de buenas noches no haría otra cosa más que asegurar que me guardaría las manos en los bolsillos durante bastante tiempo.

Kate pestañeó ante el impacto que le produjo su sonrisa. Si alguna vez le dirigiera a propósito aquel encanto hacia ella, estaría perdida. Pronto volvería a guardar distancia, pero aun así... Sonrió.

—La mano.

Dave la soltó.

—Te tomas las cosas muy al pie de la letra.

Kate se rió y le dio una palmadita en el brazo.

—Todavía quiero pan de ajo si vamos a comer comida italiana.

—Entonces lo prepararé.

—¿Bien tostado pero no quemado?

—¿Qué ha sucedido con el beneficio de la duda? Puedo cocinar.

—Los hombres O'Malley. Todos dicen lo mismo. Dave sonrió.

—¿Saben cocinar?

—Si hay que usar fuego, no.

Dave le buscó una olla para la salsa.

—Siento que es mi obligación defenderlos ya que no están presentes para hacerlo.

—No te molestes. Una vez que hayas comido una de las delicias carbonizadas de Jack, sabrás que la mejor defensa es una buena ofensa.

—Entonces, ¿quién cocina el 4 de julio?

Jack. Le damos los fósforos y está feliz. Luego Stephen custodia la comida como un buldog. Cuando está cocida a la perfección, Lisa recibe una discreta señal y distrae a Jack mientras yo robo la comida. Lo hemos perfeccionado hasta convertirlo en una ciencia —la risa de Dave la hizo sonreír— Ya lo sé, parece una locura, pero lo hacemos por Jack. No queremos herir sus sentimientos.

—¿Puedo ir a presenciar esa aventura?

—Supongo que sí, si así lo quieres.

—Créeme, Kate. Quiero. Pásame el cuchillo del pan. La cena llegó a la mesa en medio de un clima amigable.

—Cuéntame algo más acerca de tu familia. ¿Los conociste en la Casa Trevor?

—El grupo creció allí a lo largo de varios años.

Dave vaciló.

—Tengo entendido que el orfanato era hostil.

—Tenía a Marcus.

—Me lo sospechaba. Ustedes dos parecen tan unidos que pueden leerse la mente.

—Teniendo en cuenta que lo dejé tendido en el piso de un golpe la primera media docena de veces que nos vimos, estábamos destinados a ser amigos o enemigos para siempre —sonrió ante el recuerdo—. Cuando tenía nueve años, yo era una fierecilla peleadora. Él sabía que no debía golpear a las niñas, así que lo dejé sentado en el barro algunas veces para dejar las cosas en claro.

—¿No se desquitaba poniéndote apodos?

—No. Él era el que trataba de ser amable.

—Ah.

Kate lo miró.

—No me gusta esa mirada dolorosa de comprensión. Yo era una niña furiosa y él quería meter la nariz en mis asuntos. Eso a mí no me gustaba.

—Entonces, lo golpeabas.

—En ese momento, parecía que era lo que debía hacer.

Dave se reclinó sobre la silla con la taza de café.

—¿Qué te hizo cambiar de opinión?

—Marcus me regaló una mascota. Dave se atragantó con el café.

Kate lo miró con ojos desafiantes ante la posibilidad de que dijera una palabra. Dave entrecerró los ojos, pero guardó silencio.

—Era una bola de pelos negros que tenía dientes Filosos y un carácter... y trataba de morderme cada vez que yo quería acariciarlo, alimentarlo o desenredarle los nudos de su pelo sarnoso. Marcus sencillamente pasaba por allí, me lo tiraba en el regazo y decía *aquí*. Yo estaba demasiado ocupada tratando de que esta cosa se mantuviera oculta del personal como para pensar por qué él estaba tan decidido a meterse conmigo. Cada. vez que ese perro desaparecía, Marcus tenía que rastrear el vecindario y lo traía de vuelta en una caja.

—¿Cuánto tiempo duró esto?

—Seis meses, tal vez. Luego, un auto atropelló al perro. Casi pulverizo a Marcus por no encontrarlo con vida. Esto terminó de algún modo con las hostilidades de mi parte.

—Lamento lo de tu perro.

—Verás, nunca lo llamé *mí perro* hasta después que murió. Siempre se lo tiraba a Marcus haciéndole un escándalo por lo que había hecho su perro aquel día.

—¿Cuántos años tenía Marcus?

—Once.

—Eso lo convierte en un amigo para toda la vida.

—Tal vez. Uno de estos días tendré que devolverle el favor de aquellas mordidas. A lo mejor le regale uno de esos terrier histéricos.

—Usted es peligrosa, señorita.

Kate se rió.

Dave se levantó para buscar el helado para el postre.

Ya casi había llegado la hora de mirar las cintas de seguridad. El aspecto de Kate se ensombreció de nuevo.

Dave le ofreció un cuenco.

—¿Qué sucede?

Lo miró por un momento, luego bajó la

mirada al helado. —Cosas de las que no puedo hablar.

Le hubiera encantado poder contarle todo: lo del cáncer de Jennifer, el temor que le generaba el nombre Emerson, pero no podía. A esta altura, ella no era la única involucrada; había que proteger a los O'Malley costara lo que costara.

—¿Estás segura?

Asintió y luego vio, por el rabillo del ojo, el destello rojo de la red de seguridad. Entonces, se dio vuelta.

Dave se levantó para ver de qué se trataba y se mostró frustrado ante la interrupción.

—Mi equipo ha llegado.

Kate tomó los cuencos y los apiló.

—Ve a recibirlos —le tocó el brazo cuando Dave todavía vacilaba—. Dave, no intento dejarte afuera. Solo no tengo libertad para hablar de ciertos asuntos todavía. Lo lamento. Es probable que pueda decírtelo más tarde.

—Lo único que te pido es que no te guardes secretos que afecten tu seguridad, ¿de acuerdo?

No pudo responder; no le iba a mentir.

Dave salió a recibir a Susan y a Travis.

Un oficial llegó con las cintas mientras Travis y Susan caminaban junto a Dave. Kate instaló el contestador telefónico. No comprendía por qué Dave sentía la necesidad de tener a dos agentes en el lugar aquella noche, pero era inútil tratar de hacerle cambiar de opinión sobre algo que ya había resuelto.

Miró hacia arriba cuando entró Dave:

—¿Con cuál comenzamos?

—El que acaban de retirar del contestador. Quiero saber si volvió a llamar después que explotó la bomba.

Kate encontró la cinta adecuada. A juzgar por el bombardeo de llamadas, no cabía duda de cuál fue el momento en que su nombre se filtró a la prensa. Nada que sirviera.

Kate puso el primer casete con la llamada del miércoles por la tarde y tomó un anotador y un bolígrafo para asegurarse de transcribirlo palabra por palabra.

«Hola, Kate O'Malley. Te he estado buscando y, ¿con qué me encuentro? Anoche fuiste noticia. Pronto tendremos que encontrarnos».

—¿Pronto tendremos que encontrarnos? ¡Ese tipo te está acechando!

Kate había escuchado demasiadas amenazas a lo largo de los años como para darle tanta importancia.

—La llamada se refiere al incidente del

banco. Pareciera ser un convicto de algún caso en el que trabajé, pero eso no quiere decir que ya me haya localizado.

Pasó por alto el ceño fruncido de Dave y puso la otra cinta.

—Esta es la que escuchaste.

«Hola, Kate. Grabé las noticias de esta noche. Parece que tendrás problemas. Pronto será más de lo que puedas manejar».

La risa de la grabación la hizo estremecer.

Si ese es el que puso la bomba, sus palabras quizá fueran una referencia al avión.

Miró las notas garabateadas en los casetes.

—Este debe haber entrado el sábado por la tarde.

Kate reprodujo el tercer mensaje. *«Creo que te has dado por vencida y no tratas de atraparme. Eso quiere decir que gané?»*

—Esa voz es diferente —dijo Dave de inmediato—. Se trata de una persona diferente.

—Sí. Ya casi tenemos una idea de quién es este. Tenemos una importante garantía para arrestarlo por una cuestión que no tiene que ver con este caso.

Kate trazó una línea tachando las palabras que había escrito, luego cambió la cinta.

—Este es el último. Es del lunes por la mañana.

235

«¿*Disfrutaste el fin de semana? Será el último por bastante tiempo*».

—Esto parece ser otra referencia al avión —dijo Dave.

Kate miró las palabras.

—Es probable.

—Escuchemos la copia limpia de la comunicación de la torre. Buscó la grabadora de bolsillo, insertó el casete y oprimió el botón para reproducir.

«*La bomba explotará a las once y quince. Avión habla a la torre. Dígale a Kate O'Malley que no me he olvidado del pasado*». —Esta sí es la misma voz.

Con la mano algo temblorosa, Kate rebobinó la cinta para escucharla otra vez. *Era* la misma voz.

—Llama a Jim. Dile que saque mis registros telefónicos.

El terrorista la estuvo llamando. ¿Hubiera podido prevenir todo esto?

—No volverás a tu apartamento hasta que encontremos a este tipo, Kate.

Por una vez, estaba totalmente de acuerdo con él. Alguien quería verla muerta. Jugaba con ella, se burlaba de ella y le advertía que pronto vendría. Sus emociones se agitaron.

—¡Kate! —Dave le tomó el cuello y le

echó la cabeza hacia delante—. No te vayas a desmayar.

Necesitaba esa voz aguijoneante para volver en sí y no caer por el abismo.

—Lo lamento —farfulló mientras sentía que la sangre le volvía al rostro.

Dave le frotó la espalda.

—¡No vuelvas a hacerlo! Me asustaste.

Con suavidad, Kate le sacó la mano y se sentó.

No le prestes atención, se dijo. *Juraste que nunca permitirías que alguien controlara tu vida a través del temor.* Este recuerdo la calmó. *Así está mejor. Controla la situación, no permitas que ella te controle a tí.*

Kate se levantó y se puso a caminar.

—Los investigadores iban a hacer unas pruebas esta tarde para descubrir dónde se originó la amenaza de la bomba. ¿Qué novedades hay?

—Espera, voy a ver.

Llamó a Bob Roberts, hablaron unos minutos y luego colgó.

—La llamada no provino de adentro de ninguna de las terminales. Los niveles de potencia fueron uniformes a lo largo de una franja de tierra que va desde la terminal de aviación general hasta el estacionamiento. Encontraron una zona elevada junto al estacionamiento desde donde se pueden ver las pistas. Si el terrorista quería observar lo que sucedía, esa quizá fuera una buena ubicación.

Kate asintió, pero el centro de su preocupación cambió. ¿Había oído esta voz antes? Si era así, ¿cuándo? ¿Dónde? La amenaza de bomba tenía toda la claridad que le pudo dar el laboratorio. Cerró los ojos mientras la escuchaba otra vez, y otra vez, y otra vez más.

Vamos. Iba a crucificar a este tipo si tan solo lograba recordar la voz...

Caminó de un lado al otro, sosteniendo la grabadora contra su oído a fin de escuchar mientras volvía a reproducirlo una vez más. Era probable que se tratara de algún caso de bomba... Revisó uno a uno los nombres de la lista que habían estudiado de sus casos pasados, y uno a uno los eliminó. El laboratorio daría el resultado oficial cuando tuviera las cintas, pero ella quería descubrirlo antes.

—No reconozco la voz, Dave.

—Sería increíble si lo hicieras.

—No me olvido de las caras ni de las voces, y si a este no lo he conocido, tenemos verdaderos problemas. ¿Cómo vamos a atrapar a un fantasma?

Un auto se acercó a la puerta y Dave fue a mirar el monitor.

—Marcus está aquí.

Kate juntó la evidencia que iría al laboratorio de la policía, selló las cintas y marcó la bolsa con la evidencia. Marcus había regresado. Sin embargo, no la había llamado. Esto se podía interpretar de varias maneras y no sabía para cuál de ellas debía prepararse.

Marcus se detuvo justo al atravesar la puerta. Nunca antes había visto esa expresión en el rostro de su hermano.

Marcus le ofreció la mano.

—Kate, vamos a caminar.

Kate lo siguió afuera. El sol estaba bajo en el cielo y la brisa que antes se sentía se había disipado. Había pasado tantas cosas junto a Marcus que estaba preparada para las malas noticias mucho antes de que él hablara.

—Nadie lo ha visto desde la explosión. Se lo tragó la tierra. Había huido. Si tenía alguna duda acerca de la participación de Tony, si había tenido la esperanza de estar equivocada, las dudas y la esperanza se desmoronaron.

—¿No había nadie en su casa?

—Solo su esposa, Marla. Se notaba atemorizada y nerviosa, pero creo que decía la verdad. No lo ha visto desde el martes por la mañana.

Tony estaba casado. Kate no había pensado en esa posibilidad. Si tenía una buena vida, ¿por qué destruirla? ¿Tanto odio sentía por Nathan? ¿Perder el negocio era algo tan imposible de sobrellevar como para desquitarse con gente inocente?

—Hay hombres vigilando la casa de Tony —dijo Marcus—. Mientras se verifican los hechos, esto se considera muy reservado. Tendremos una buena biografía de él en las próximas dos horas; pero hay algo que ya sé y que creo que debes saber: trabajó como maletero en el O'Hare hace varios años, pero lo despidieron bajo circunstancias sospechosas. No había suficiente evidencia corno para acusarlo, pero otras ocho personas en su sección fueron a prisión por contrabando de drogas.

—Entonces, conoce tanto los procedimientos de seguridad como a las personas que todavía trabajan allí —dijo Kate.

—En eso no hay mucho margen de error.

Kate se estremeció al pensar en las piezas de este rompecabezas.

—Me estás diciendo que lo hizo, que él puso la bomba.

—No lo sé. Marla palideció ante la sugerencia. Le pregunté si sabía algo acerca de la reunión con Nathan y me sorprendió al ofrecerme acceso a los libros de la compañía. Es posible que la amenaza de perder la compañía fuera motivo suficiente. Quizá Tony tenía acceso a los explosivos. Tendremos que descubrirlo.

En realidad, no quedaban muchas dudas. Tuvo los medios, el motivo y la oportunidad.

—Ha desaparecido —dijo Kate.

—No son buenas noticias, ¿pero si pensó que había suficiente evidencia como para considerarlo culpable? Tal vez se aterrorizó. No sería la primera vez que vemos algo por el estilo.

—¿Sabe Marla que Tony tiene una hermana? Marcus meneó la cabeza.

Jamás te ha mencionado. Caminaron en silencio.

—Consígueme otro lugar para estar. —¿Qué? ¿Por qué?

No quiero estar aquí cuando esto se dé a conocer. Ya sabes cómo responderán los medios de comunicación. Hermano de una policía es el principal sospechoso en el caso de la bomba. No quiero arrastrar a Dave en todo esto.

No quería estar cerca de él veinticuatro

horas al día cuando las dudas y las sospechas rompieran en pedazos lo que hubiera podido ser una buena amistad.

—Necesitas la seguridad. Si Tony es el hombre responsable, mató a Nathan sin importarle a cuántos otros asesinaba. Te metió en todo esto directamente al mencionar tu nombre en la amenaza de bomba. Está arremetiendo contra los que considera responsables de sus problemas.

—No me conoce, Marcus.

—Es probable que piense que te conoce. Estoy seguro de que tu padre te culpó por todos sus problemas. Estoy seguro de que Tony piensa que todo el sufrimiento que soportó en ese hogar fue culpa tuya. En la búsqueda de venganza, fue detrás de Nathan e irá detrás de ti.

—¿Cómo se enteró Tony de quién soy?

—¿Te imaginas el impacto que causó el incidente del banco en el viejo vecindario? Algunas personas han vivido allí durante cuarenta años. Alguien puede haber recordado lo que le sucedió a la pequeña Kate Emerson.

—No he pensado en el nombre Emerson durante una década y ahora vuelve para arruinarme la vida.

—Kate... —Marcus le puso el brazo sobre los hombros.

—Está bien, tal vez durante los casos de violencia doméstica, pero una vez terminados, los cerraba y los dejaba atrás. Búscame otro lugar para estar. Necesito algo de espacio y Dave ya comienza a presionarme de manera sutil. Sabe que algo anda mal.

—Por esta noche, las noticias no se darán a conocer. Dame un día.

Kate asintió de mala gana.

—Stephen, Jack y Lisa vendrán más tarde.

—¿Ya se lo dijiste? —preguntó y ante la mirada de Marcus, suspiró—. Lo lamento.

Tony le producía vergüenza, pero Marcus tenía razón: era un problema de familia.

Con un apretón en los hombros le dijo:

—Más vale que lo lamentes. Nos mantenemos juntos, Kate. Te servirá de ayuda tener a tu verdadera familia alrededor.

—Gracias por tenerlo en cuenta, pero esta noche no. Déjenme dormir. Ven a buscarme mañana por la mañana.

—¿Estás segura?

Se esforzó por sonreír.

—Estoy segura.

Caminaron de regreso a la casa en silencio. Marcus le dio un prolongado abrazo antes de dejarla ir.

—Te veré a primera hora de la mañana.

Kate se quedó mirando hasta que el auto

de Marcus se perdió en la curva y luego cerró la puerta y caminó de regreso a la sala. Dave se encontraba repasando las cintas de seguridad. Levantó la vista, se puso de pie y vino a recibirla. Al ver la expresión en la cara de. Dave, Kate no pudo menos que pensar en el aspecto que tendría.

—Kate...

Sencillamente no podía decírselo. Quería que todo terminara. ¿Sería una cobarde? No le importaba.

—¿Te importaría si miro las cintas de seguridad mañana? Necesito dormir algunas horas.

Dave vaciló.

—No hay problema. Te llevaré a uno de los cuartos de huéspedes.

Kate tomó su bolso y Dave la condujo a una habitación en el piso de arriba. Le hizo recordar enseguida cómo funcionaba el panel de seguridad en caso de que tuviera que levantarse por la noche, luego le dio toallas limpias y un cepillo de dientes nuevo.

—Gracias, Dave.

Le acarició la mejilla con el dorso de la mano.

—Que duermas bien.

Cuando Dave se fue, Kate miró la ancha cama y se desplomó sobre el colchón a la vez que se envolvía con una punta del cobertor. Tal como se le presentaba la vida, lo único que deseaba era olvidarla por unas pocas horas.

Capítulo Catorce

KATE se despertó al escuchar un ruido. Afuera estaba oscuro y durante un momento, se sintió confundida antes de encontrar su localizador sobre la mesita de noche. Miró los números, vio el código de área y su ritmo cardíaco se normalizó. No se trataba de la central de mensajes; era Jennifer.

Kate buscó su teléfono, pero luego recordó que el último número al que había llamado era al de su jefe. En silencio bajó las escaleras, pero no encendió las luces. La luz de la luna era suficiente como para moverse. Se hizo un ovillo en una esquina del sofá, levantó las rodillas y miró los números brillantes del teléfono. Antes de discar, respiró muy profundamente. Sentía que se iba a desmoronar si recibía más malas noticias.

—Hola, Jennifer.

—Kate, acabo de recibir el mensaje que Marcus dejó en mi contestador. Hice una reservación para el primer vuelo que sale en la mañana. Llegaré a las seis.

Kate inclinó la cabeza sobre las rodillas y comenzó a llorar. Jennifer...

—Las idas y venidas en el hospital pueden esperar hasta cualquier otro momento, pero ahora será mejor que vaya a estar contigo.

Kate se rió en medio de las lágrimas

—Ustedes no tienen precio, ¿lo sabías?

—Por supuesto. Somos una familia.

Le hizo mucho bien sentir esa seguridad.

—En un minuto hablaremos de tu arribo. Primero, cuéntame cómo van los exámenes.

Dave escuchó que Kate se movía poco antes de las once; oyó el crujido de las escaleras cuando bajaba. ¿No podía dormir? ¿Habría tenido algún sueño feo? Cuando regresó de hablar con Marcus tenía una palidez casi mortal y Dave había tenido la esperanza de que pudiera dormir toda la noche. Detestaba la tensión que no lograba comprender, y no soportaba que ella no confiara lo suficiente en él como para decirle lo que sucedía. Cuando escuchó que no regresaba a la planta alta, se levantó y se vistió.

Bajó las escaleras preguntándose con qué se encontraría.

Kate estaba echa un ovillo en el sofá con las rodillas recogidas y el auricular del teléfono colgando de su mano. Al parecer, había finalizado una llamada, pero todavía no se había movido para colgar el auricular.

Cruzó la habitación, encendió la lámpara de la, mesa y se hundió en los almohadones del sofá al lado de ella. Lloraba en silencio. Dave tomó el teléfono de la mano que colgaba inerte.

—¿Con quién hablabas?

—Con Jennifer. Me envió un mensaje al localizador.

Dave sentía muchos deseos de enjugarle las lágrimas. Le enjugó dos, lo que trajo una débil sonrisa al rostro de Kate. Se pasó la manga por la cara.

—¿Qué sucede, Kate?

Kate lo miró.

—Está en la Clínica Mayo.

Cuando Dave la atrajo hacia sí, ella se dejó llevar de buena gana. Dave no tenía palabras para aliviar su dolor.

—Tiene cáncer. Es probable que sea un cáncer terminal.

Kate se quedó con la cabeza hundida en el hombro de Dave, escondiendo sus emociones. Él le frotó la espalda. Deseaba que le mostrara algo más que lágrimas silenciosas. Ahora las cosas cobraban sentido. Jennifer era parte de la familia y en el caso de Kate, eso era un golpe directo al corazón.

—Aún no se lo ha contado al resto de la familia. Eso lo hace más difícil. No tengo a nadie con quien hablar.

—Me tienes a mí.

Kate tocó la mancha húmeda en la camisa de Dave y sonrió atribulada.

—Ojalá Jen me hubiera dejado ir con ella. Hubiera estado lejos del accidente.

—¿Los médicos le están haciendo exámenes?

—Tratan de determinar un tratamiento —se mordió el labio inferior—. El cáncer se encuentra alrededor de la columna y en el hígado. Las tasas de mortalidad son horribles.

Dave se frotó la nariz.

—¿Y qué hay del compromiso?

—Tom no quiso esperar.

—Puedo entenderlo —Dave miró los círculos debajo de los ojos de Kate y recordó el partido de baloncesto—. ¿Cuándo te lo dijo?

—El lunes por la noche.

—Y el avión explotó el martes por la mañana. Kate se rió a medias.

—Ha sido una semana *en verdad* mala. Jennifer me dijo que quería venir mañana temprano, pero le dije que no.

Dave vaciló antes de preguntar:

—¿Jen es cristiana?

Debajo del cansancio, Dave vio algo parecido a la derrota y eso lo preocupó más que cualquier otra cosa que hubiera visto. —Sí. Me dio su Biblia y quiere que lea el libro de Lucas. Dave se quedó callado. Oraba pidiendo las palabras adecuadas. Kate...

—No quiero herirla, Dave. Se trata de Jennifer.

—No puedes creer simplemente porque ella desea que lo hagas —Kate no podía soportar la idea de herir a alguno de su familia. Ya había pasado la parte más difícil y no se daba cuenta: deseaba creer—. ¿Ya has leído Lucas?

Meneó la cabeza.

—Deja a un lado las ideas preconcebidas y solo léelo. Estoy seguro de que eso es todo lo que Jennifer te pide.

Se estaba desmoronando debido al cansancio, a la preocupación y, a causa de las llamadas telefónicas, a un temor justificado. Y, sin embargo, Dave pensaba que aquello no era todo lo que ocultaba.

—Ven aquí, Kate —la rodeo con los brazos y le acomodó la cabeza contra el hombro—. Podrás superarlo.

Kate suspiró.

—Algunas veces, te envidio.

Dave le echó el cabello hacia atrás.

—¿Por qué?

—Todavía puedes tener esperanza.

Se quedó en silencio y Dave aguardó con la esperanza de recibir otro indicio de lo que ella sentía. Todas sus defensas estaban bajas. Esta era la verdadera Kate que se encontraba debajo de todas las capas, y Dave se sentía cada vez más enamorado de ella. Cuando llegara la luz del día vería cómo manejar los problemas que acarreaba esa realidad. Pasados unos minutos, le frotó el brazo.

—Si no vas a dormir, al menos cierra los ojos.

La acomodó mejor sobre él, estiró la manta y luego tomó el control remoto.

—¿Qué habrá a esta hora de la noche? Pasó un par de canales.

—Aquí tenemos la repetición del partido de los Cachorros. Es mucho mejor cuando conoces el final. No tienes elite desperdiciar toda esa energía preguntándote quién ganará.

—Te vas a llevar muy bien con Stephen. Siempre tiene que mirar desde el primer lanzamiento hasta el último. ¿Me puedes alcanzar esa almohada, Dave?

Kate la acomodó a su gusto antes de recostarse de nuevo sobre el hombro de Dave con los pies envueltos arriba del sofá.

—¿Estás cómoda?

Las mandíbulas se le separaron en un bostezo.

—No del todo, pero eres mejor que el catre de anoche. Kate estuvo despierta hasta la tercera entrada. No roncaba, pero se relajó hasta quedar floja como una seda. Tenía el hombro hundido en el brazo de Dave. Con temor a que ambos salieran lastimados, Dave la despertó.

—Necesitas ir a la cama.

—Sí.

Se levantó, pero casi se cae. Dave la tomó del brazo.

—¿Estás bien?

Kate se frotó los ojos y asintió.

—Buenas noches, Dave.

Él sonrió mientras la observaba subir las escaleras.

Qué voy a hacer, Señor? Conoces mi corazón y sabes que acaba de posarse en algún lugar a los pies de esa dama. Cuando llegara la mañana, tendría que luchar como loco para guardar cierta distancia de modo que no se le detuviera el corazón cada vez que ella sonriera. Podía imaginarse flirteando con ella durante los siguientes cincuenta años.

Atraer a alguien hacia la fe es lo que mejor haces, Señor. Por favor, preferiría que no se me rompa el corazón.

Capítulo Quince

TODAVÍA faltaba una hora para que amaneciera, pero el cielo comenzaba a tornarse rosado. Kate se quedó recostada sobre las almohadas y observó cómo cambiaban los colores. El día de hoy iba a cambiar su vida de manera irreversible. Lo sabía. Las noticias acerca de Tony Emerson no podrían retenerse más de un día. Cuando cayera la noche la prensa la estaría buscando.

Tomó el pequeño libro que había encontrado en el bolsillo de su bolso de gimnasia y sonrió con agonía. El Nuevo Testamento de Jennifer. El oficial que había empacado sus cosas debió haber pensado que era importante.

Necesitaba hacer esto. Jennifer pronto estaría aquí y no había forma de prever cuándo tendría el próximo momento libre en su agenda. *«Simplemente léelo sin ideas preconcebidas»*. Para Dave era muy fácil decirlo.

Sacó el anotador y el bolígrafo de su bolso y abrió el libro. Si Jennifer quería hablar acerca del libro de Lucas, hablarían acerca del libro de Lucas. Su hermana era más importante que el malestar que le causaba este tema. Escribir preguntas, notas y observaciones le ayudaría a mantenerse concentrada. Comenzó a leer.

Tuvo que luchar para pasar los tres primeros capítulos. La historia nunca había sido una de sus materias preferidas.

Al final, escribió: capítulo 3, versículo 38. Hijo de Dios.

Alrededor de una hora más tarde dio vuelta a la última página. Se sintió aliviada de cerrar por un momento los ojos que le ardían.

Leyó las cuatro páginas de notas. Dejó de lado las preguntas y se concentró en resumir lo que había leído, uniendo las observaciones. El bosquejo que tenía de Jesús la hizo dudar porque era del todo diferente a cualquier otro perfil que hubiera hecho jamás.

No era un hombre ambicioso en busca de poder. Tenía poder en sí mismo. La gente que lo rodeaba, tanto los que lo apoyaban como sus enemigos, reconocían que hablaba como alguien que tenía autoridad. Era un hombre que atraía a las multitudes, pero no las buscaba. Parecía que prefería apartarse a un lugar solitario.

Era compasivo, amable, gentil y le gustaban los niños. Enseñaba en los días de reposo. Viajaba. Jamás dudó ni vaciló. Sanó a los enfermos: a una persona con fiebre alta, a los leprosos, a los paralíticos. Resucitó muertos. Los relatos eran increíbles.

Decía tener la capacidad para perdonar los pecados.

Le puso fin a su resumen con una declaración absoluta: A *Jesús no se le hizo justicia*. Era el Hijo de Dios. Era inocente. Y lo crucificaron. Volvió a las últimas páginas de Lucas y leyó acerca de la resurrección al tercer día, difícil de creer, pero al menos de esa manera se le había hecho algo de justicia. Jesús tenía que estar vivo; no había hecho nada que mereciera la muerte.

Dijo que el Padre era misericordioso.

Sin embargo, ¿por qué no dijo que el Padre era justo?

El libro mostraba a una sociedad dividida en cuanto a Jesús. Traición. Complots. Conspiraciones. Multitudes que lo adoraban. Gente con mucha influencia económica. Políticos.

Algunos murieron por creer en este libro.

Si alguien escribió Lucas como un engaño, hizo un trabajo muy convincente. Kate se había pasado la vida estudiando a las personas. Por naturaleza, la gente desea mentir de manera convincente. Si hubiera sido un engaño, lo hubieran escrito de manera menos grandiosa, a fin de que los demás lo aceptaran y no se burlaran de él. Para decir que esto era una mentira, tenía que aceptar que alguien escribió semejante falsificación. Era más difícil imaginar tal cosa que preguntarse si en realidad sería verdad.

Jennifer creía, al igual que Dave. Eso no era fácil de desechar. Se quedó mirando el techo tratando de obviar el asunto, pero sin lograr hacerlo.

Si Jesús es real y la Biblia tiene razón, ¿por qué no sana a Jennifer?

Grandioso. Esta era una pregunta maravillosa para hacerle a su hermana.

Tenía que salir de aquí, hacer algo. Dave protestaría, pero Marcus lo entendería. Si no hacía otra cosa, al menos podía hacer algunos tiros al aro en el gimnasio durante una hora. Kate buscó el teléfono y le dejó un mensaje a Marcus. Le contaría las noticias de la noche anterior mientras la llevaba al gimnasio.

Si seguía recibiendo golpes como los que había recibido en los últimos días, estaba segura de que no lograría guardar más la compostura. No quería que Dave lo viera. Las lágrimas de la noche anterior ya fueron lo bastante embarazosas. Estaba contenta de haberle dicho lo de Jennifer, pero era difícil imaginar lo que sucedería cuando descubriera la verdad acerca de Tony. Tenía la esperanza de que Marcus hubiera hecho los arreglos necesarios a fin de cambiar de alojamiento. La noticia impactaría como una bomba y deseaba estar bien lejos de aquí antes de que esa bomba estallara.

Dave hizo rebotar una pelota de tenis con una mano mientras observaba cómo daba vueltas el segundero del reloj de la sala. Kate casi ni lo había saludado esta mañana antes de dar una excusa apresurada y salir con Marcus. Hubiera deseado abrazarla y que ella le sonriera. En cambio, se metió las manos en los bolsillos y la miró partir.

Enamorarse de ella era uno de los desafíos más aterradores que jamás había tenido que enfrentar. Temía con toda su alma que terminara encontrándose en una situación en la que no tendría lo que más deseaba.

«Te envidio. Todavía puedes tener esperanza».

Al recordar las palabras de Kate de la noche anterior, Dave sonrió a medias. Valía la esperanza nacida de la desesperación? Kate se acercaba a una decisión en cuanto a la fe, pero todavía estaba lejos de ella.

Y estaba asustada. Eso lo tenía intrigado. Ya le había pedido a Ben que se fijara si podía descubrir el porqué. Tal vez, si podía hacerla sentir segura, al fin comenzaría a tener confianza...

La alarma de la puerta de seguridad del frente lo hizo ponerse de pie. ¿Kate había vuelto?

Se fijó en el monitor y frunció el ceño.

—Pasa, Ben.

Dave lo recibió en la puerta y lo condujo hacia el comedor.

—Tengo alguna información que debes ver.

Algo en la voz de Ben lo puso sobre aviso.

—¿Qué has descubierto?

Su amigo Ben dudó unos instantes antes de abrir la carpeta y sacar varios pedazos de papel.

—Tony Emerson es su hermano. Dave se dejó caer en una silla.

—¿Su hermano?

—Tuvimos que retroceder hasta los registros del tribunal juvenil para encontrar todas las piezas. Se cambió el nombre a los diecinueve años para convertirse en Kate O'Malley. Hasta entonces, era Kate Emerson. Una vez que entramos en los registros del tribunal, tuvimos acceso a los certificados de nacimiento —Ben le alcanzó las fotocopias—. Quedó bajo la custodia del estado cuando tenía nueve años. Te aseguro que no querrás leer el relato del tribunal.

Dave levantó una ceja ante el comentario y Ben continuó:

—La sacaron de su hogar un año antes de que naciera Tony. Dave, no creo que ella lo sepa.

—Lo sabe. Apuesto a que se enteró ayer —Dave se frotó los ojos—. Pienso que Marcus lo ha estado investigando, así que es probable que les haya contado a algunos de los de Washington y al jefe de ella. ¿Quién más lo sabe?

—Susan. No fue fácil encontrarlo. Si no me hubieras pedido que buscara una conexión entre Tony Emerson y Kate O'Malley, no creo que lo hubiera descubierto. El destacamento especial comenzó a montar guardia en la casa de Emerson anoche. Las patrullas lo buscan, así que la información se está filtrando. Algún alto jefe debe haber pedido que esto se maneje con mucha reserva.

Tony Emerson es su hermano, pensó Dave.

—¿Puedes cubrir la reunión de actualización de la mañana? Kate está en el gimnasio

259

con Marcus. Voy a ir para allí.

—Por supuesto. Lo siento, Dave.

Dave asintió lentamente. Cuando Ben se fue, se sentó inmóvil, mirando con fijeza la carpeta. *¿Por qué no me arrancas el corazón, Kate? Al menos, hubieras podido confiar en mí*

Marcus se encontraba solo en el gimnasio practicando tiros al aro cuando Dave entró resueltamente.

—Te he estado esperando, Richman.

Lo que Dave sintió al darse cuenta de que Kate no estaba allí fue más que temor, se sintió traicionado.

—¿Dónde está?

—A salvo.

—Marcus, no me salgas con eso. Es una testigo material de este caso, es un blanco. Está tan involucrada en esto que no puedo imaginar dónde está a salvo.

El balón cayó cerca de Dave con tanta fuerza que le dejó la mano ardiendo cuando lo atrapó.

—Y es mi hermana.

Se miraron con fijeza. Una palabra fuera de lugar terminaría en una pelea.

—¿Estás seguro de que está a salvo?

—Está con Stephen.

Dave lanzó la pelota sin la fuerza con que la había recibido.

—Y eso es sinónimo de "a salvo".

—En este caso, sí. Los dos sabemos que los medios se enterarán hoy de lo de Tony, y ella no quiere que te caiga como llovido del cielo. Está en algún lugar seguro y espero que distraída.

No quería que le cayera como llovido del cielo... fabuloso. En realidad, estaba huyendo. Huyó junto a sus hermanos. Al menos, había algún consuelo en eso; Pero para él sería mucho peor tenerla lejos en algún otro lugar.

—Quiero hablar con ella, Marcus.

El hombre lo estudió por un momento, luego se dio vuelta y siguió tirando el balón al aro.

—No creo que sea una buena idea.

—No te pedí tu opinión.

Marcus se quedó helado y le lanzó una mirada fulminante. Dave casi retrocede... casi. Todavía recordaba a Kate sentada en la mesa de la cocina, riendo mientras le contaba historias después de la cena. No iba a retroceder.

—Kate dijo que no aceptarías un no corno respuesta.

—¿Eso dijo?

Marcus caminó hacia el banco y tomó su toalla.

—Ve a tu auto, Richman. Estoy estacionado en el terreno de al lado. Puedes seguirme.

Marcus se dirigió a un bonito vecindario al norte del circuito, adonde los árboles daban su sombra a las calles y las casas antiguas mostraban el impacto de una costosa restauración. Se detuvo frente a una casa de ladrillos de dos pisos que estaban reconstruyendo.

Marcus se dirigió hacia el camino de entrada.

—Stephen siempre está restaurando algo. Es su vía de escape y también su pasatiempo.

—¿Cuál es el escape de Kate?

—Los deportes.

Marcus hizo girar la llave de la puerta de entrada y pasó al interior.

Habían derribado las paredes del pasillo que se debían sustituir por unas paredes nuevas de mampostería. Habían quitado un par de paredes para ampliar las habitaciones del piso principal. Stephen bajó las escaleras, secándose las manos con un paño.

—Volviste pronto.

—¿Dónde está Kate? —preguntó Marcus mirando a su alrededor.

—En el dormitorio de atrás. Anoche saqué la alfombra y me encontré con un piso de madera que está en perfectas condiciones.

—Excelente.

Marcus se dirigió escaleras arriba y Dave decidió quedarse. Stephen le bloqueaba el camino y no era por casualidad.

Esperaron en silencio.

Al final, apareció Kate. Cualquier clase de fragilidad que hubiera presentido ayer, ahora había desaparecido. Cuando bajó las escaleras, el fuego en sus ojos lo puso sobre aviso; debía tener cuidado y fijarse dónde ponía el pie. Estaba acorralada por la situación y ahora por él. Venía dispuesta a pelear.

—Stephen.

Marcus se ganó unos puntos por el tacto que tuvo. Dave esperó hasta que Stephen se uniera a Marcus en el piso de arriba. —¿Por qué no me lo dijiste ayer? ¿Por qué no confiaste en mí?

—¿Decirte qué? ¿Que tal vez tenga un hermano que sea un asesino?

Kate pasó con rapidez junto a él y se dirigió a la sala.

—Jamás he visto a este Tony Emerson. Hasta hace veinticuatro horas, ni siquiera sabía que existía.

—Kate, te está buscando.

—Entonces, vamos a dejarlo que me encuentre.

—No hablas en serio.

—No hay razón para que volara un avión solo por vengarse de mí, por vengarse de un banquero. jamás sabremos la verdad a menos que alguien lo atrape. Si se encuentra acorralado por un montón de policías, se suicidará o bien lo matarán en un tiroteo. Sería mucho más fácil si viniera tras de mí.

—Deja de pensar con las emocionas y usa la cabeza —respondió Dave—. Lo que debemos hacer es resolver este caso. Esa es la manera en la que al fin lo encontraremos.

—Entonces, ve tú a revisar los montones de datos. Yo no quiero saber nada de eso. ¿No lo entiendes? No quiero ser yo la que junte las piezas. Ayer me sentí como si estuviera atascada en la chimenea con un atizador caliente en la mano.

Dave sintió el dolor que brotaba de Kate y sintió deseos, de poder absorberlo.

—Muy bien. Quédate aquí por un día, recupérate y ponte en pie. Luego vuelve a entrar en el juego y deja de actuar como si fueras la única persona a la que le duele. ¿O te has olvidado de toda la gente que murió?

El dolor centelló en los ojos de Kate antes de que se volvieran fríos y Dave lamentara sus palabras.

—Eso fue un golpe bajo y tú lo sabes.

—Kate...

—No puedo ofrecerle nada a la investigación. No sé nada. He tratado de borrar el nombre Emerson de mi mente toda. mi vida. No conozco a Tony.

—Bueno, él te conoce a ti. Y si ahora te haces a un lado, te vas a sentir como una cobarde. ¿De qué tienes tanto temor? El miedo brilló en sus ojos y los oscureció; entonces, Dave recordó el comentario de Ben en cuanto a no desear leer los informes del tribunal. Su voz se suavizó.

—¿Estás segura de que no lo recuerdas?

Kate bajó la mirada, y para Dave esto fue como un golpe porque sabía que en este momento él era el que la estaba lastimando.

—Si necesitas escapar durante veinticuatro horas, hazlo; pero no huyas porque estás asustada. Jamás te lo perdonarás.

—Marcus no me dejó revisar los datos porque temía que matara a Tony.

Las palabras de Kate lo tomaron desprevenido.

—¿Qué?

—Si se repite la historia de mi padre, es probable que lo mate.

Dave acortó la distancia entre ambos y, por primera vez en esta mañana, se sintió en verdad aliviado. Apoyó las manos sobre los hombros de Kate.

—No, no lo harías. Eres una policía demasiado buena.

Kate parpadeó.

—Casi me muero junto contigo, ¿lo recuerdas? Te he visto actuar bajo presión —le acarició la mandíbula con el pulgar—. Regresa conmigo a casa y volvamos al trabajo. Los periodistas no se te van a acercar, lo prometo.

Marcus y Stephen regresaron a la planta baja, pero Kate siguió estudiando a Dave. Al final, se dio vuelta y miró a Marcus.

—Voy a volver con Dave.

—Pensé que lo harías. Te empaqué las cosas.

Dave buscó las llaves y escuchó un tanto divertido cómo Kate reprendía a su hermano por suponer tal cosa. En vista de todos los hechos, Marcus era un buen muchacho. Dave le puso la mano en el hombro a Kate y la hizo girar hacia la puerta, interrumpiéndola en medio de una frase.

—Stephen, ¿me llevarás cualquier cosa que Marcus haya olvidado?

—Dalo por hecho.

—Gracias. Vámonos, vaquita de San Antón. Kate se dio vuelta para mirar a Marcus.

—Grandioso, ahora lograste que Dave me llame así. ¿Alguna vez le dijiste lo que quiere decir?

Marcus se balanceó sobre los talones con los brazos cruzados.

—¿Te refieres a que a veces te pareces a un insecto y otras a una santa, según lo molesta que seas? Caro que sí, se lo dije. En este momento, zumbas como un mosquito molesto.

—Prueba a llamarme abeja y es probable que te clave el aguijón.

Marcus no hizo otra cosa más que sonreír.

— Me alegro de que haya terminado tu pánico. Vuelve a trabajar, Kate.

Capítulo Dieciséis

EL elegante comedor de Dave se convirtió en un salón de guerra en miniatura.

Al parecer, Marcus había tocado algunas cuerdas muy importantes, ya que había siete cajas grandes con archivos que ahora descansaban en el piso del comedor: copias de todo lo que se podía encontrar acerca de la constructora Wilshire, de Tony Emerson, de Nathan y Ashcroft Young y de Henry Lott.

Lisa, Jack y Stephen habían venido detrás de Marcus ayudándole a cargar las cajas. Cómo se las ingenió Marcus para conseguirles permiso para ver los archivos era algo que Dave no sabía y que no iba a preguntar. Cuando pensó que la casa ya estaba llena, llegaron en primer lugar Franklin y Graham de la oficina de Kate y luego Susan y Ben de la suya. Si los diez juntos no lograban encontrar algo en toda esta información, nadie lo hallaría.

Jack puso el vídeo en el comedor y se dejó caer sobre una silla.

—En estos vídeos de seguridad no hay

nada que muestre que Tony Emerson haya tenido algo que ver con la computadora portátil.

Dave levantó la vista del archivo que estaba leyendo para escuchar la conclusión de Jack.

—Ya lo he mirado tres veces. La computadora se pierde de vista en un lapso total de ocho minutos y cincuenta segundos. De esos, seis minutos estuvo en posesión de Peter Devlon, así que no puedo descartar que Tony la haya tocado. Sin, embargo, no hay nada que pruebe que lo hizo; lo único que se ve es que se encontró con Nathan Young.

Dave observó cómo Lisa revisaba los grandes trozos de papel pegados en la pared del comedor. Cuando encontró la nota relacionada con el asunto cíe las cintas, la quitó. En su lugar puso una nota amarilla. Lisa se valía de los colores. Cada segmento de información tenía asignado un color: rojo para culpable, verde para inocente y amarillo para inconcluso. Era una manera estrambótica de trabajar en un caso, pero luego de una hora, descubrió que daba resultados el sistema visual de lisa. Después de terminar la mitad de las preguntas, Tony aparecía circunstancialmente culpable.

—Entonces, todavía no sabemos cómo

llegó la bomba al portafolio —observó Dave.

—Tony la debe haber puesto allí, pero de la misma manera la pudo haber puesto Peter Devlon —respondió Jack.

Lisa miró las notas sin resolver.

—Muy bien. ¿Qué tenemos acerca de la constructora Wilshire? ¿Hay alguna pista que explique por qué la compañía de Tony tenía problemas tan serios de dinero en efectivo?

—Subraya la palabra *serios* —añadió Marcus desde la otra punta de la mesa—. De acuerdo con los informes que tiene el banco de su línea de crédito, parece que perdió casi un cuarto de millón de dólares el año pasado. Me sorprende que el banco no le haya cortado el chorro hace meses.

—Entonces, ¿qué andaba mal? ¿Faltaba trabajo? ¿Había exceso de gastos?

—Estaba muy corto de dinero, y todavía tengo que encontrar algún trabajo en particular que haya realizado y que tenga una hemorragia cíe tinta roja —comentó Ben.

—Aun así, despedía gente, ¿no es cierto? —preguntó Lisa.

—A diecisiete en los últimos tres meses. Este negocio estaba sobre un volcán y él hacía malabarismos todas las semanas para mantenerlo a flote.

—Creo que Tony le estaba pagando a alguien—dijo Kate. Dave estudió su rostro pensativo.

—¿Qué encontraste?

Apoyó sobre la mesa los libros de la compañía que había estado revisando.

—Al principio, no parece nada especial, simplemente otro subcontratista. Sin embargo, es extraño. No hay facturas por materiales archivadas como sucede con cualquier otro subcontratista, solo reembolsos. Es como si el subcontratista no existiera en realidad. Y cuando cavé más hondo, los pagos de cada mes se van sumando dando como resultado bonitos números redondos. Cinco mil, diez mil, divididos en unos pocos cheques. Esto ha sucedido durante meses.

Jack jugaba con una moneda entre los dedos.

—No lo entiendo. Si alguien lo estaba desangrando, ¿por qué no se desquitó con la persona que lo apretaba y no con el banquero que le mantenía la línea de crédito?

—Sí, eso sería lo lógico —expresó Lisa su acuerdo.

—A menos que los dos fueran la misma persona —Marcus levantó la vista para mirar a Dave—. ¿Podemos conseguir los cheques cancelados de esos últimos pagos para ver cómo están endosados?

Dave asintió y se dirigió al teléfono.

—¿Cuáles son los números de los cheques?

Kate anotó los números y los importes y luego deslizó el papel hacia Dave.

Una nota roja fue a parar a la pizarra. El chantaje era una muy buena razón para el asesinato.

—Muy bien, tenemos dos nuevos puntos para resolver: quién estaba chantajeando a Tony y por qué —dijo Lisa.

—¿Cuándo comienzan los pagos? —dijo Marcus mientras tomaba la carpeta azul que contenía la última auditoría contable del Banco First Union.

Kate buscó en el registro de cheques.

—Hace nueve meses. Parece que el primer pago de nueve mil quinientos dólares se produjo el 15 de octubre.

—¿Y cuánto te parece que devolvió en total?

—Tal vez doscientos mil, al toma y daca. Y todos los cheques están por debajo de la disposición federal de diez mil dólares, así que aunque los convirtieran y depositaran como efectivo, nadie los rastrearía de inmediato.

—El importe límite que no debe declararse: eso es algo que un banquero debe saber. O alguien que lava dinero de la droga —dijo Marcus.

Kate le echó una mirada a Graham.

—¿En la entrevista que se le hizo a Henry Lott, no dijo que sospechaba que en el pasado habían usado a la constructora Wilshire para lavado de dinero de la droga?

—Sí, pero hablé a narcóticos y era una noticia vieja. Periódicamente han llevado a cabo controles, pero el negocio ha sido limpio desde que el hijo tomó el control.

Marcus marcó una página en el papel impreso que había llegado.

—Creo que encontré la cuenta. El primer depósito es correcto: $9500, 18 de octubre. Todavía hay más de ciento cincuenta mil en la cuenta.

—¿A quién le pagaba Tony?

Marcus hizo una revisión doble de los números de cuenta.

—A Nathan Young. Da la impresión de que se puede haber desviado a otra cuenta al principio, pero en definitiva, el dinero terminaba en la cuenta de Nathan.

—¿Qué había en Tony que le permitía a Nathan chantajearlo de esa forma?

Jack revisó las notas pegadas en la pared.

—Tiene que estar relacionado con las

drogas. Ninguna otra cosa tiene sentido. Mires a donde mires, hay una nota que, de alguna manera, nos lleva de vuelta a las drogas.

Lisa juntó esas notas.

—Estoy de acuerdo en que esa es la dirección precisa, pero la evidencia directa es demasiado nebulosa.

—Hasta ahora, todo lo que tenemos es que Nathan chantajeaba a Tony y que Tony lo mató.

Kate cerró los libros de Wilshire y los deslizó una vez más al centro de la mesa.

—Déjenme ver la trascripción del juicio de Ashcroft Young. Dave buscó la carpeta gris y se la pasó.

—¿Sigues pensando que existe alguna conexión entre el asesinato de Nathan y de Ashcroft?

—Simplemente no puedo tragarme eso de que fue una coincidencia que murieran los dos.

—Es muy llamativo que el chantaje comenzara a los pocos meses que liberaran a Ashcroft de la prisión —dijo Marcus. Dave miró a uno y al otro.

—¿Creen que alguien planeó que Nathan subiera a ese vuelo a último momento?

—No sé qué pensar —contestó Marcus—.

Solo es... interesante que un hombre que tal vez tenía un montón de enemigos terminara muerto.

—Estoy de acuerdo con Marcus —dijo Ben—. Si Ashcroft salió de prisión en busca de problemas, es la clase de persona que los encontraría sin demora.

Ben se inclinó hacia delante en la silla y comenzó a bajar uno a uno los dedos mientras hablaba.

—Sabemos que Ashcroft traficaba drogas y que en algún momento tuvo una red que trabajaba a través del O'Hare. Sabemos que el chantaje comenzó poco después de que lo liberaran de prisión. Su hermano es un banquero. Aunque no logremos probar lo del lavado de dinero, todo hace pensar que era así.

—Entonces, ¿era Ashcroft la víctima a la que se apuntaba? Marcus sonrió.

—Buena pregunta. Apuesto a que podríamos encontrar una larga lista de motivos para matarlo.

Kate dio golpecitos con su bolígrafo sobre la mesa.

—Si Ashcroft era el objetivo, tenemos actividad criminal conocida, una lista de enemigos desconocida, pero quizá larga, y un problema muy grande con la línea del tiempo. No hay manera de relacionar el hecho de que Nathan subiera a último momento al vuelo de MetroAir. Si Tony perseguía a Nathan, tenemos los medios: tenía acceso a explosivos; tenemos motivos: lo estaban chantajeando; y tenemos la oportunidad: se encuentra en el vídeo como una de las dos últimas personas que vieron a Nathan.

—Además ha desaparecido —añadió Lisa.

—Aun así, sigue siendo una matanza exagerada y un gran riesgo que no tiene sentido.

—Aguarda, Kate —Dave revolvió sus apuntes—. Se suponía que Nathan no iba a tomar el vuelo de MetroAir. ¿Recuerdas lo que dijo Devlon? Nathan debía tomar el avión de la compañía para viajar a Nueva York. Recién después de la reunión con Tony cambió de idea y decidió a último momento tomar el vuelo de MetroAir.

—Entonces, Tony no fue el que planeó la matanza masiva. —Exactamente.

Por último, Kate meneó la cabeza.

—No lo sé. Estamos haciendo que este muchacho parezca un tipo astuto, con nervios de acero y con excelentes cualidades de planificación; pero no tiene antecedentes criminales serios, su esposa tiembla de pies a cabeza y Henry Lott lo llamó *ese joven malcriado.* Todavía hay algo que no cuadra —dijo y echó su cabello hacia atrás—. Necesito una caminata y un poco más de cafeína.

Las noticias de que Tony era su hermano llegaron a los medios justo antes de las siete de la noche. Kate miró los primeros cinco minutos del informe especial, luego se retiró todo lo que pudo, se fue al jardín de rosas y se sentó con un refresco apoyado sobre los vaqueros.

El grupo había decidido terminar la jornada después de las cinco a fin de que Marcus, Ben y Graham pudieran llegar a la reunión de actualización de la noche. En un sentido, para Kate era un alivio que su familia no estuviera allí. Esto era un dolor personal que la hería en lo muy hondo.

—¿Estás bien? —Dave se acomodó en un asiento cerca de ella.

Kate no hizo otra cosa más que menear la cabeza. Estaba ligada a un hombre que había hecho volar un avión. No podía expresar con palabras cómo se sentía.

—Kate, todavía sigue siendo una especulación. Estamos lejos de saber todo lo que sucedió. Apenas si estamos en el comienzo de esta investigación.

Era un buen gesto de su parte que tratara de darle confianza, pero el impacto de este gesto quedaba opacado por la realidad. La prensa gritaba la noticia a los cuatro vientos: «Sospechoso de terrorismo relacionado con la policía que investiga».

—¿Estás seguro de que puedes mantener alejada a la prensa? Esto se va a poner difícil.

—He tenido que hacer cosas peores. Kate, mírame. Kate volvió la cabeza de mala gana.

—No hay problema si estallas. Me estás preocupando. Kate reprimió el deseo de llorar.

—No puedo cambiar nada de lo sucedido. —No, pero te estás dando por vencida.

Kate le apretó la mano entendiendo cuánto deseaba ayudarla. —Me he retirado de momento, Dave. No te preocupes. Ya volveré a acostumbrarme al movimiento del barco. Es solo que *detesto* que mi nombre aparezca en todas las noticias.

No quería hablar más del asunto, no quería *pensar* más en el asunto. Tony Emerson le destruiría la vida antes de que esto hubiera terminado.

—Me van a pasar a trabajo administrativo

y me sacarán de este empleo —dijo admitiendo su mayor temor—. La presión que crearán los medios de comunicación exigirá que hagan eso.

—He hablado con tu jefe. Jim no permitirá que eso suceda.

—Tratará de protegerme, pero es probable que la decisión se le escape de las manos.

Dave le acarició el dorso de la mano.

—Si en el peor de los casos eso es lo que sucede, ¿cómo lo vas a tomar?

Kate cerró los ojos, aliviada de que Dave no tratara de fingir que no sucedería.

—He soportado cosas peores.

—Los O'Malley estarán a tu lado. Yo también estaré allí.

— Muchas gracias.

Dave dudó unos instantes.

—El centro de tu vida debería ser algo más que tu trabajo, Kate. Pon a Dios en el centro. Él no se moverá aunque te quiten todo lo demás.

Kate luchaba por comprender cómo encajaba lo que había leído en Lucas con lo que estaba sucediendo.

—¿Podemos cambiar de tema? No es que quiera contradecirse en lo que crees, pero se supone que tu Dios ya se encuentra en el centro de todo esto y no me gusta lo que veo. No tengo deseos de hablar del asunto esta noche.

Dave se echó hacia atrás como si le hubieran dado una cachetada y su expresión reveló el dolor que sentía antes de volver con cuidado a ser neutral. Kate le apretó con fuerza la mano para disculparse mientras él se la soltaba.

—Seguro. No hay problema. Será mejor que controle la seguridad de afuera para esta noche —se puso de pie—. Tardaré unos minutos.

Kate lo observó mientras se marchaba y luego se pellizcó la nariz. Sabía lo importante que era la religión para Dave. Ella tenía que darle libertad para mencionar el tema sin agredirlo. Se merecía algo mejor.

Había días en los que se comportaba como una tonta. Acababa de probarlo.

—Los cheques cancelados confirman que al parecer Nathan chantajeaba a Tony—dijo Dave. Se le pagaron ciento ochenta mil dólares al subcontratista ficticio y todo terminó en la cuenta privada de Nathan. Cualquier cosa que Nathan supiera era lo bastante importante como para que Tony estuviera dispuesto a pagar con generosidad para mantenerlo callado. ¿Tenemos alguna idea de qué puede haber sido? —preguntó Dave mirando alrededor de la mesa. El grupo se había vuelto a reunir temprano el lunes por la mañana, retomando lo que habían dejado pendiente. Ya iban por la segunda taza de café.

—Sigo pensando que está relacionado con la droga—opinó Jack mientras examinaba las notas pegadas en la pared—. Sabemos que Ashcroft una vez pasó drogas a través del O'Hare. ¿Y si hubiera una prueba que mostrara que Tony trabajó para Ashcroft? ¿Será posible que Nathan se haya enterado?

—Ashcroft estuvo en prisión durante una década. Alguien tuvo que guardar sus cosas, arreglar sus asuntos. Ese debe haber sido Nathan —dijo Graham. Un anotador, una grabación, es posible.

—Entonces, ¿dónde se encuentra la evidencia ahora? Nathan está muerto. ¿Estará en su oficina, en su hogar, escondida en algún lugar en el que nunca se va a encontrar?

—Será bastante difícil obtener una orden para revisar la casa de una víctima con los datos que tenemos —destacó Dave.

—Podemos tener equipos que vigilen ambos lugares. Si existe evidencia, es probable que Tony trate de destruirla —sugirió Susan.

—Buena idea   Ben se acercó al teléfono.

Kate se puso de pie y comenzó a caminar.

—¿Vale la pena matar por eso? Aunque lo
condenaran por drogas, Tony se enfrentaría
a... ¿diez años de prisión y saldría bajo libertad condicional en siete? Si encuentra alguien que haga una declaración decente,
puede estar afuera en cinco años. ¿Para qué
pagar casi doscientos mil dólares y luego
asesinar a fin de detener esa posible conde-
na?

Marcus meneó la cabeza.

—No tiene sentido.

—Exactamente —dijo Kate—. Algo se
nos está escapando. Algo grande. Solo hemos pescado una mojarrita y hay un pez ga-
to que todavía sigue acechando en el lodo.

Comenzaron a mirar los archivos otra
vez.

De todos... —Kate casi sale despedida de
su silla luego de unos instantes—. Ashcroft
fue a prisión durante diez años por distribuir
cocaína. ¿Les gustaría saber quién era su
compañero?

—¿Traficaba drogas tu padre? —preguntó Dave.

—Hizo un trato con el abogado del distrito. Al parecer, el juez tiró parte de la eviden-

cia obtenida en contra de él mediante un tecnicismo y decidió que su testimonio en contra de Ashcroft hacía que el trato valiera la pena.

Stephen silbó.

—Ashcroft debe haber deseado la sangre de Tony padre. —Manda a alguien a prisión durante diez años, y sí, te guardará rencor. Tony padre tuvo suerte de morir en un accidente automovilístico mientas Ashcroft todavía estaba en prisión ——dijo Kate. —¿Hay algo sospechoso en cuanto al accidente? —preguntó Dave.

Conducía ebrio y rozó el costado de un árbol con el auto.

—Es un nexo interesante. ¿Puede decirnos algo?

—Nada más que historia familiar —respondió Kate con tristeza.

—¿Quieres que yo termine de leer la trascripción? —Dave no estaba seguro en cuanto a cómo manejar la ira justificada que sentía Kate.

—No. Yo lo haré.

La habitación volvió a quedar en silencio... lo único que se oía era el sonido de las páginas que daban vuelta.

—Marcus, ¿dijiste que la esposa de Tony se llama Marla? —preguntó Susan.

—Exacto.

—También trabajó en el O'Hare en el departamento de equipaje durante el mismo tiempo que Tony.

—¿En serio? ¿Hay algo en la investigación policial que le hicieron?

Susan revisó los registros.

—No.

Veinte minutos más tarde, Kate se enderezó en la silla y acercó la carpeta del juicio hacia ella.

—Esto es interesante... Nathan envió una carta a la DEA mostrándoles una lista de depósitos sospechosos en una de las cuentas de su hermano. Eso fue lo que desencadenó la investigación que al final envió a Ashcroft a prisión.

—¿Nathan entregó a su hermano como sospechoso de tráfico de drogas? —preguntó Dave.

—¿Trataba de proteger sus bancos? —sugirió Lisa. —O pateó a su hermano donde le dolía —dijo Marcus. —El testimonio de Tony padre se utilizó para elevar los cargos a distribución de cocaína y no solo a lavado de dinero.

La droga volvía a escena en los últimos archivos. Faltaba poco para las cinco de la tarde cuando se cerró la última carpeta.

—Entonces, ¿qué vamos a creer que sucedió? —preguntó Lisa al final, mirando alrededor de la habitación. Dave estaba seguro de que nadie quería decir lo que a todos les parecía claro. Marcus miró a Kate con una expresión de compasión.

—A Tony hijo lo chantajearon y lo obligaron a salir del negocio. Ese es el motivo. Usó explosivos de su propia compañía. Se encontró con Nathan en el aeropuerto y pudo poner la bomba. Esos son los medios y la oportunidad. Tony pensaba que Nathan tomaría el avión privado; jamás tuvo la intención de matar a toda esa gente. Eso resuelve el problema de la matanza exagerada. Se encuentra desaparecido, lo cual no es la actitud normal de un inocente. Podernos equivocarnos, pero eso es lo que sugiere la evidencia. El conflicto entre Ashcroft y su hermano también está presente, pero pienso que no tiene relación con lo sucedido el martes; había una contienda familiar y ahora los dos están muertos.

Dave miró cómo Kate dejaba caer la cabeza entre, las manos. A esta altura, debía odiar este trabajo. Él seguía esperando que algo se volviera a. su favor y, sin embargo, cada día que pasaba hacía que la situación de Tony Emerson empeorara y, por lo tanto, la de ella también. ¿Hasta cuándo soportaría tanta presión? No tenía a Dios y no podía apoyarse en Él. Trataba de sobreponerse con sus propias fuerzas y él sabía que eso no era posible.

Deseaba tener la libertad de ir alrededor de la mesa, estrechar a Kate en sus brazos y hacerla descansar hasta que desapareciera esa tensión en su rostro. Podía mantenerla a salvo en el aspecto físico, pero era muy poco lo que podía hacer para protegerla en el aspecto emocional.

Al querer todo al mismo tiempo, se arriesgaba. a perderlo todo. Era tiempo de retroceder y dejar de lado sus deseos. Kate necesitaba un amigo. Él no podía convencerla para que creyera. Dios sabía mejor cómo atraerla hacia sí.

Señor, dame paciencia, por favor. Necesito más de la que tengo. Ella ira a su propio ritmo y yo no puedo arriesgarme a presionarla. No puedo soportar un fracaso... no en algo que es tan importante para el resto de mi vida.

Capítulo Diecisiete

LA familia de Kate pensaba que Tony era el que había puesto la bomba. Muy en lo profundo, ella había tenido la esperanza de que revisando los datos encontrarían algo que cambiara esta conclusión. En cambio, encontraron pruebas que lo confirmaban. Kate lo aceptó ya que no tenía otra alternativa.

Jennifer llegaría a la ciudad al día siguiente por la tarde. Kate estaba contenta porque Dave la había convencido para que invitara a Jen a quedarse en su casa. Deseaba tener una excusa para dedicar su tiempo y su encrgía a su hermana en lugar de a este caso, para serle útil a alguien en lugar de ser el centro de la compasión. Sin quererlo, al tratar de resolver el problema los O'Malley, la estaban asfixiando.

El patio trasero que daba al jardín de rosas se había convertido en su lugar favorito de retiro, un pequeño territorio en el dominio de Dave que ella se había apropiado.

—Kate.

Dio vuelta a la cabeza con cierta renuencia ante la interrupción de Dave.

Se sentó junto a ella en una silla de descanso.

—Una vez dijiste que querías un buen bistec, algo de beber frío y una siesta, no necesariamente en ese orden. ¿Sigues interesada?

Kate vio algo en su expresión que no había visto antes: un sincero deseo de compartir el dolor y quitárselo. Tomó aire lenta y profundamente mientras las palabras de Dave penetraban su tristeza. Se acordaba de lo que ella había dicho casi palabra por palabra. Había pensado que jamás volvería a sonreír, pero la sonrisa de ahora hasta le llegó a los ojos.

—Sí.

Dave le acarició la mejilla con la mano.

—Cierra los ojos y comienza con esa siesta. Te despertaré para la cena en un momento.

Una hora después, cenaron tranquilos en el patio de atrás. Cuando terminaron, las estrellas comenzaban a brillar. Kate llevó los platos a la cocina mientras Dave cerraba la parrilla y luego se escabulló escaleras arriba durante un momento. Ahora contaría con toda la atención de Dave y tenía que hacerle algunas preguntas.

Cuando regresó al patio, él le alcanzó un bol de helado. Comió la mitad antes de mencionar el tema que todavía no estaba segura de tocar con él.

—Leí el libro de Lucas la otra mañana.

—¿Sí?

Sonó complacido, pero continuó comiendo su helado. Kate tenía un cierto temor de que pegara un salto de alegría, pero no lo hizo. Tal vez, los dos habían aprendido algo de la última conversación abortada.

—¿Qué te pareció?

—La crucifixión fue truculenta.

Dave se quedó en silencio por un momento.

—Una policía que usa la palabra truculenta. Ayuda a ver esa escena con una visión nueva. A medida que pasa el tiempo, resalta fácil decir que lo crucificaron y seguir adelante sin más.

Kate dejó el helado a un lado.

—Tengo algunas preguntas que necesitaría responder antes de hablar con Jennifer.

—¡Haz las que quieras!

Dave abrió la tapa de la cafetera para ver cuánto café quedaba, llenó su taza y, luego de que Kate asintiera, llenó la de ella.

—Puede ser una conversación larga.

—Las discusiones acerca del cristianismo nunca deberían llevarse a cabo a la ligera. Tengo todo el tiempo que desees.

—Cuando hayamos concluido nuestra charla, todavía no voy a creer.

—No lo sabes y de todas formas, me seguirás gustando —le sonrió y en verdad se escuchó aliviado—. ¿Puedes relajarte? No me importan las preguntas, Kate.

Kate se dio cuenta de que tenía los músculos de los hombros tensos y se obligó a aflojar la tirantez. Se sentía molesta ante el hecho de que le resultaba más fácil hablar sobre un crimen que de este tema.

—Eso es algo que enseguida me llamó la atención de ti: te sientes cómodo con tu fe.

—Jesús animó a que le hicieran preguntas sinceras. En el libro de Job, Dios lo anima a dialogar. ¿Qué quieres preguntar?

Kate se sintió agradecida por la sencillez que él le ofrecía. No un discurso, nada de presión, solo una conversación de amigos. Aquella noche, eso era lo que necesitaba con desesperación. Buscó entre sus notas durante un momento, luego cerró el cuaderno y lo puso a un lado.

—Necesito algo de contexto. Tú crees que Jesús vivió en realidad.

—Así es. Los historiadores romanos de la época escribieron acerca de él. Los agnósticos pueden discutir quién fue, pero hasta ellos aceptan que existió un hombre llamado Jesús.

Kate pensó en lo que había leído aquella mañana.

—Si acepto la premisa de que Dios existe y que creó todo, es lógico suponer que puede hacer lo que le guste con su creación: sanar a alguien que está enfermo, calmar una tormenta, levantara los muertos, las cosas que leí en Lucas. El poder para crear otorga poder para controlar.

—Me sorprendes.

—¿Por qué?

—No tienes problema en aceptar la premisa de que Dios puede existir y que hizo lo que la Biblia dice que hizo. La mayoría de las personas no tienen problema en decir que hay un Dios y, sin embargo, descartan la posibilidad de que los milagros sucedieran en verdad.

—La Biblia tiene que ser toda cierta o toda falsa. De otra manera, se prestaría a la interpretación de cada uno. Eso no es lógico.

—Es toda cierta.

—Si lo es, tengo tres problemas iniciales con lo que he leído.

—¿Cuáles son?

—Dios debería ser justo. Sin embargo, a Jesús no se le hizo justicia. Era inocente y Dios permitió que muriera. Dios debería ser coherente. En la Escritura, Jesús sanó cada vez que se lo pidieron; sin embargo, Jennifer cree, ora y tiene que vérselas con un cáncer. Dios debería preocuparse. A juzgar por lo que he visto, no hace nada por intervenir y detener la violencia. Una de dos, o a Dios no le importa o tiene un lado oscuro.

Dave sorbió su café.

—El misterioso plan de la salvación, las oraciones no contestadas y el carácter de Dios. Un trío que no está nada mal. La mayoría de los estudiantes de teología se verían en dificultades tratando de armar una lista mejor —dijo y apoyó la taza de café—. Para responderte la primera pregunta acerca de la justicia, debes comprender la misericordia de Dios. Él es a la vez justo y misericordioso, en igual medida. ¿Por qué dijo Jesús que vino a la tierra?

Kate hojeó sus notas.

—La historia de... —vaciló al pensar en el nombre—, ¿Zaqueo? Jesús dijo que había venido a buscar y salvar lo que se había perdido.

—Parte del misterio de la salvación es que para salvar a los perdidos, es decir, a nosotros, Jesús tuvo que morir en nuestro lugar.

—Eso no tiene sentido.

—Según la justicia, ¿qué hubieran merecido los que mataron a Jesús?

—La muerte.

Dave asintió.

—Sin embargo, Jesús prefirió perdonarlos. ¿Por qué?

—Les mostró misericordia.

—No te gusta esa palabra.

Kate se encogió de hombros.

—Niega la justicia.

—Por instinto sientes el gran dilema. ¿Cómo pueden existir en igual medida la justicia y la misericordia? Si obviamos el error, desvirtuamos la justicia. Si obviamos la misericordia, la gente no tiene esperanza una vez que ha hecho algo malo, y todos hemos pecado.

—No pueden coexistir como iguales.

—Kate, Dios no desvirtuó la justicia para otorgar la misericordia. Él pago todo el precio.

Kate se quedó pensando.

—Pero cuando murió, era inocente.

—Así es. Jesús puede perdonar pecados; puede extender misericordia porque ya pagó todo el precio que demandaba la justicia. Él soportó nuestro castigo.

—Si pagó el precio por todos echando un manto de perdón, la misericordia es mayor que la justicia. No son iguales.

—Antes, en Lucas, Jesús advierte que si no nos arrepentirnos, pereceremos. La ira de Dios contra los que rechazan el sacrificio de su Hijo será feroz. Por ahora, se limita, para ver quién lo acepta, pero cuando Jesús regrese, el juicio será final. Los que no hayan aceptado la misericordia que se nos ha extendido a través del sacrificio de Cristo se enfrentarán a la justicia.

—¿Esa limitación es total? ¿Dios permite que suceda cualquier cosa, sin importar cuán inocente sea la víctima?

—Puedo entender por qué te parece que Dios está demasiado limitado. La explosión del avión es un ejemplo muy vívido de la violencia que el hombre puede cometer contra el hombre. Dios le dio a propósito una voluntad libre al hombre para hacer el bien o el mal. Permite el pecado porque permite nuestra elección. Sin embargo, no se queda atrás sin participar. Sé que la oración puede cambiar las cosas.

—Entonces, ¿porqué no ha cambiado las cosas para Jennifer? De acuerdo con lo que dice Lucas, Jesús sanó a todos los que se lo pedían.

—¿Recuerdas la parábola de la viuda y el juez?

—La única persona que la podía ayudar era el juez, así que lo molestó hasta que le hizo justicia.

—Jesús contó esa parábola porque quería recordarnos que debemos orar sin perder la esperanza. Sabía que tendríamos una lucha con las oraciones no contestadas. Si Dios decide decirnos que no o por ahora no, ¿significa eso que no nos ama, que no le importa o que es incapaz de hacerlo? Jesús sabía que no siempre íbamos a comprender los planes de Dios. Sencillamente nos aseguró que no debíamos desanimarnos y que debíamos seguir orando.

—¿Se supone que el cáncer de Jennifer tiene un final noble? —preguntó Kate.

—Hoy Dios lo permite por alguna razón. Mañana puede decidir curarla.

—Entonces, ¿cómo sabes que es amoroso?

—Porque la Biblia dice que Dios es amor. Lo tomas al pie de la letra, aunque no comprendas las circunstancias. Eso se llama fe.

Kate trató de luchar contra las emociones controvertidas.

—Ser cristiano no es nada fácil ni sencillo.

—No, no lo es —Dave se pasó los dedos por el cabello—. Yo creo y, sin embargo, sigo luchando con las preguntas que tú haces. El suceso del banco tuvo el efecto de acercarme más a Dios. ¿Acaso esa es una razón suficiente para explicar por qué permitió que sucediera? Tal vez, no. ¿El hecho de que nos conociéramos aquel día es razón suficiente? Si Henry Lott no hubiera entrado al banco, ¿se hubiera suicidado? No sabemos qué ve Dios en una situación, por qué permite que algo suceda. La bomba en el avión, solo Dios puede entender tragedias como esa. Aprendes a confiar en Él, aunque no comprendas.

—"No comprendas" describe con exactitud el lugar en el que me encuentro.

—Haces buenas preguntas, Kate. Es el lugar desde donde se comienza.

—Sé que te gustaría que creyera.

La miró y en su sonrisa había tristeza.

—Más de lo que nunca sabrás.

—No puedo creer solo porque tú y Jennifer quieren que lo haga.

—Lo sé. La fe es la decisión más personal. Nadie puede tomarla en tu lugar. Esa es razón suficiente para hacer todas las preguntas que uno quiera hacer.

Kate inclinó la cabeza hacia atrás. El cielo nocturno se extendía como una capa brillante de estrellas. Tanto poder, tan lejano. ¿Dios estaba cerca o lejos?

Se sintió agradecida al ver que Dave no trataba de romper el silencio. Las preguntas quedaron en suspenso. Desde su perspecti-

va, la fe era como tirarse desde un acantilado y no quería acercarse tanto al borde.

Capítulo Dieciocho

JENNIFER arrimó una silla de la cocina a la mesa luego de dejar un rápido mensaje en el contestador de su prometido, Tom, para que supiera que había llegado bien.

—Me gusta tu amigo Dave.

Kate le sonrió y le alcanzó un vaso de limonada.

—A mí también me gusta.

Ahora no había nada que hacer con respecto a Tony, solo era cuestión de esperar a que lo encontraran. Kate se había pasado el día esperando que sonara su localizador en cualquier momento. Cuando Jennifer llegó al final de la tarde, Kate sintió un gran alivio y su llegada cambió por completo el tono del día.

Cuando la miraba, no veía indicios de que algo estuviera mal. Ni siquiera se le notaba el cansancio del largo viaje a casa. Stephen y Jack la trajeron a la finca de Dave y los tres entraron riendo como si no pasara nada. Kate estaba segura de que ninguno de sus hermanos sospechaba algo. Jen había explicado su viaje como una consulta acerca de un caso. No había mencionado el hecho de que ella era la paciente.

Los ojos de Jennifer brillaban mientras jugueteaba con el vaso.

—Y bien... aquí está la compañera de cuarto de tu niñez hablando contigo. ¿Hasta dónde llega la relación entre ustedes dos?

Kate sonrió.

—Somos buenos amigos, Jennifer. Solo buenos amigos.

Si algún día su vida volvía a ordenarse, quizá tendría la perspectiva que necesitaba para decidir si alguna vez podía llegar a ser algo más. Dave no entraba en el molde de ningún policía que hubiera conocido antes. Para su sorpresa, se estaba dando cuenta de que su protección también se parecía mucho al cuidado de alguien que se preocupa.

Kate apoyó la barbilla en la mano.

—Dave es atractivo.

Jennifer le devolvió la sonrisa.

—Ya lo creo que lo es.

Se miraron con una historia de dos décadas compartidas y lanzaron juntas una carcajada.

—Siempre dijimos que conseguiríamos un novio al mismo tiempo —dijo Jen.

—Me alegro de que en realidad no hayamos planeado esto. Una cosa era cuando estábamos en la escuela secundaria y otra ahora cuando se supone que somos adultas — Kate usó la cuchara para pescar una rodaja de limón en su vaso—. Cuéntame cómo salieron los exámenes.

—Ahora sé por qué me gusta ser la médica y no la paciente. Los exámenes fueron como un desfile: muestras de sangre, tomografías, una biopsia y más muestras de sangre. Lo esencial es que estoy muy bien para alguien que tiene cáncer.

—Los médicos tienen un plan de ataque?

—Sugieren un cóctel agresivo de quimioterapia y radiación. La cirugía no es una alternativa.

—¿Cuándo comenzarás?

—Todo depende de si Tom desea tener una novia con o sin cabello.

—Jen...

—Fue una broma, Kate. Hablando en serio, dentro de las tres semanas próximas. Las radiaciones vienen primero. Tal vez me envíen a Johns Hopkins para la primera tanda a fin de atacar el cáncer que está alrededor de la columna.

—¿Te dijeron qué pronóstico puedes esperar?

—Me puede prolongar la vida un año más, Kate.

—¿Eso es todo?

—Se los saqué con tirabuzón. A ellos no les gustan esos números porque temen que los pacientes dejen de luchar.

—Entonces, no han conocido a un O'Malley.

—Exactamente. Lucharé contra este cáncer cada minuto que tenga. Aun así, puedo desechar la idea de una boda y sugerir, en cambio, una linda fuga.

—La familia lo entenderá cuando se los digas.

Jennifer trazó un círculo con el vaso sobre la mesa.

—Al próximo que se lo diré es a Marcus.

—Debe saberlo. Detesto ocultarle este secreto.

—Se lo diré después del 4 de julio, y a continuación los dejaré a ustedes dos que me ayuden a decírselo al resto.

Kate se sintió aliviada al escuchar que estaba lista para contarles a los demás.

—¿Qué sucede ahora que estás alejada del trabajo por un tiempo?

—Mis compañeros se han solidarizado para cubrir a mis pacientes y Tom tiene un amigo en el este que es un gran pediatra. Está dispuesto a venir por seis meses para familiarizarse con mis pacientes y con la práctica.

Kate sabía que esto debía ser terrible para su hermana. Siempre había querido una cosa: practicar la medicina.

La mano de Jen se posó sobre la suya.

—No, Kate. No hay problema. Podré seguir haciendo todo lo que pueda de acuerdo a mi energía, pero alguien estará allí para ayudarme y hacer lo que yo no pueda.

—¿Puedes entender por qué Dios no te ha sanado?

—No lo sé, Kate. La Biblia es clara y bastante escueta: Dios escucha y responde las oraciones. No entiendo por qué no ha habido una mejoría. La gente de la iglesia tiene muchas justificaciones confusas en cuanto a por qué no me sano, pero francamente, se parecen más a excusas. En los años que llevo como médica, he visto a muchos niños ponerse bien cuando todo mi conocimiento científico decía que eso no era posible. Ahora estoy convencida de que lo que veía era el poder de la oración. Para mí es un misterio el porqué Dios no ha actuado en mi caso. Solo Él lo sabe. Sin embargo, algo bueno ha tenido este cáncer. No cabe duda de que voy a entender mejor a mis pacientes; estar enfermo es lo peor que hay. Y debes admitir que me ha cambiado las prioridades en la vida.

Kate sonrió.

—Tu casamiento va a ser grandioso. —No veo la hora de que llegue. Dave entró en la cocina.

—Jen y yo vamos a mirar una película esta noche. ¿Quieres verla con nosotras?

—¿Será algo de mujeres? Kate miró a Jennifer.

—Podemos ceder y mirar una comedia. Las mujeres en el sofá y tú en una silla.

Dave las saludó con la mano.

—Vayan a buscarla; yo prepararé las palomitas de maíz.

Kate no llegó más allá de las sillas del patio, se sentó y se puso cómoda. La película había terminado y Jennifer se había ido a acostar. Kate había convencido a Dave para que también se fuera a dormir. No tardaría mucho en subir y ella se encargaría de activar el panel de seguridad.

Esa noche, las estrellas brillaban. Reclinó la cabeza hacia atrás mientras las estudiaba. Había tenido un día de grandes altibajos emocionales, así que necesitaba con desesperación este momento de descanso, de soledad.

Se estaba enamorando de Dave.

En este momento, se encontraba vulnerable emocionalmente y trataba de recordárselo al sentir que su corazón se ablandaba. El cáncer de Jennifer, la noticia de que tenía un hermano... Además del compromiso de Jen, conocer a Dave era lo único bueno que le había sucedido en los últimos tiempos. Era por eso que su constante apoyo tenía mucho significado en este momento.

No obstante, por más que trataba de no prestarle atención a sus emociones, estaba negando la verdad. Se enamoraba con rapidez.

Le daba miedo. No quería correr el riesgo de permitir que el corazón se le enredara otra vez en una relación que no podía llegar a ninguna parte. El abismo entre ellos no era solo una cuestión de fe; no tenía más que mirar a su alrededor y contemplar la casa de Dave para ver lo diferentes que eran sus entornos.

La idea de compartir su pasado con alguien la petrificaba, y más aun si deseaba que ese alguien pensara bien de ella. Y por más que Dave ya supiera bastante, no era más que la punta de lo que con el tiempo sabría si la relación entre ellos se profundizaba. Se volcaba con absoluta dedicación al trabajo porque sabía lo arriesgado que sería sacar a la luz el resto de su vida. ¿Estaría Dave en condiciones de comprender las cosas que le producían pesadillas, las razones subyacentes que hacían que los O'Malley fueran tan importantes para ella?

Le hubiera encantado poder dejar el peso de lo que sucedía sobre Dave, acurrucarse bajo la protección que le ofrecía y encontrar aquí un refugio seguro.

Suspiró y se obligó a abandonar esta línea de pensamiento. Estaban destinados a no ser otra cosa más que amigos y aquella noche tenía otras cosas en las cuales pensar.

Tenía un hermano biológico.

¿Deseaba la justicia o la misericordia para él? Tony era su hermano. Quería negar los lazos, alejarse del dolor, pero ya no podía seguir haciéndolo.

La evidencia circunstancial sugería de forma contundente que era culpable.

Cuando encontraran a Tony, ¿desearía conocerlo? Era su familia, pero lo único que lograría conociéndolo bajo estas circunstancias sería profundizar el dolor.

¿Debía tomar distancia del caso, de él, o debía buscar alguna clase de misericordia de parte de los tribunales? ¿Se lo debía a Tony por ser su hermano? ¿Se lo debía a sí misma?

Necesitaba misericordia; deseaba justicia. Podía sentir la paradoja que Dave dijo que existía en Dios: justicia y misericordia en igual medida. Dios sería capaz de crear una situación en la que se encontraran las dos, pero ella no podía hacerlo.

Miró la expansión de las estrellas.

«Jesús, todavía no estoy segura en cuanto a qué creer, pero intento comprender. Dijiste que escuchas y respondes la oración. Si existes, sé que comprendes la lucha a la que me enfrento. Eres más grande que yo. Tomas decisiones que jamás entenderé. Si existe una salida para este dilema, ¿podrías mostrármela?»

Prueba que él es inocente.

El pensamiento le vino mientras reflexionaba acerca del problema. Le trajo una tranquilidad inmensa. Al principio, sintió paz, luego se dio cuenta de la realidad de las palabras. Sí, aquella era la única salida para este problema. Le traería misericordia a Tony y justicia a las familias.

La evidencia apuntaba a la culpabilidad de Tony. Probar que era inocente... ¿Sería posible?

Kate se levantó de la silla del patio con una nueva resolución. Había solo una manera de descubrirlo.

Capítulo Diecinueve

DAVE luchó para ponerse los zapatos. La casa estaba silenciosa. Por lo general, Jennifer dormía hasta tarde, pero Kate... no sería bueno si andaba dando vueltas por afuera.

Varias veces en los últimos días la había encontrado en el patio de atrás mirando el cielo de manera ausente. Para una policía entrenada para reaccionar frente a lo que la rodeaba, esto era inquietante. Kate pasaba por alto de manera voluntaria la cacería para encontrar a Tony, siendo que Dave esperaba que fuera algo en lo cual se involucrara de forma activa. En cambio, durante los últimos días, había estado revisando los archivos. Dave no tenía idea de qué era lo que esperaba encontrar. Ella no lo decía, y cada vez que se ofrecía para ayudar, lo rechazaba con un distraído «gracias, ahora no».

Se dirigió escaleras abajo para preparar el desayuno. Al llegar al pasillo se detuvo sorprendido y se dio vuelta. Kate se encontraba en la sala, cómodamente recostada sobre una silla, con los pies apoyados sobre la mesita de centro. Había un montón de carpetas apiladas en el piso a su alrededor y tenía un anotador en el regazo.

—¿Te quedaste levantada toda la noche?

Kate asintió.

Dave se olvidó de preparar el café y cruzó la habitación hacia ella. Sin poder resistirlo, le acarició el cabello.

—¿Qué haces?

Kate reclinó la cabeza hacia atrás sobre la mano de Dave.

—Ahora sé por qué los gatos disfrutan tanto de su cacería. La sonrisa somnolienta que tenía era adorable. Dave deseó besarla, pero en cambio, sabiamente sonrió y le apretó los hombros.

—Estás grogui de cansancio.

—Tal vez. Tengo una idea. Dave se sentó frente a ella.

—Cuéntame.

—Se desenmaraña si tienes en cuenta el hecho de que Ashcroft quería matar a Nathan.

Ashcroft está muerto.

—Por un momento, obvia ese hecho.

Por un momento, obvia ese hecho, pensó Dave. Muy bien. De todas maneras, se acomodó para escuchar, aliviado ya que, al menos, Kate estaba dispuesta a hablar de lo que había estado haciendo.

—Adelante.

—Esto era algo más que una contienda familiar. Ashcroft deseaba matar a Nathan porque fue el que lo delató y lo envió a prisión durante diez años. Si aceptas el hecho de que Ashcroft perseguiría a su hermano por escribir aquella carta a la DEA y por comenzar la investigación de las drogas, sin lugar a dudas, perseguiría al hombre que testificó en su contra. Sin embargo, como Tony padre está muerto, eso nos lleva a Tony hijo y, por una de esas vueltas del destino, a mí.

Dave dejó de pensar en seguirle la corriente y comenzó a ver las conexiones que ella veía.

—¿A qué nos lleva esto?

—¿Qué pasaría si hubiera sido Ashcroft y no Nathan el que chantajeaba a Tony? Ashcroft hubiera podido implicar a Tony como el que movía las drogas para él en el O'Hare. Entonces, Tony tenía que pagarle para silenciarlo. Eso tiene más sentido que pensar que le pagaba a Nathan. Nunca se le pudo encontrar una explicación adecuada.

—Entonces, ¿cómo llegó el dinero a la cuenta de Nathan?

—Si Ashcroft odiaba a su hermano tanto

como para matarlo, es muy probable que quisiera destruir su reputación en el proceso.

—Son muchas suposiciones, Kate.

—Son factibles. Ashcroft planeó matar a su hermano y enredar a Tony. Se reía de mí cuando hizo aquella llamada el miércoles porque, al mismo tiempo, podía arrastrarme a mí también.

Dave asintió. Alguien había perseguido directamente a Kate al usar su nombre en la amenaza de bomba en las llamadas. Podía imaginarse a Ashcroft haciéndolo.

—A Tony lo están chantajeando y se está quedando sin dinero. Ashcroft lo presiona y lo chantajea para que mate a Nathan. Tony tiene suerte cuando Nathan decide tomar el vuelo de MetroAir y la bomba mata a Ashcroft también.

—Aun así, Tony sigue siendo culpable.

Kate arrojó el bolígrafo por el aire.

Dave miró cómo el bolígrafo se enterraba en la tierra de un helecho y pensó que este arranque de mal humor era una señal muy saludable. La idea era buena, aunque se sintiera disgustada; Dave tenía que recordárselo.

—Tu teoría es buena, Kate. Es solo que no libera a Tony.

—Bueno, detesto esta teoría.

—Observamos a Ashcroft Young en el vídeo. Se encontraba en la puerta de la terminal leyendo el periódico. No puede haber puesto la bomba. Por lo que muestran las cintas, sabemos que la computadora pasó los controles de seguridad. La bomba no estaba allí cuando Nathan llegó al aeropuerto. Así que si Ashcroft planeó matar a su hermano, tiene que haber tenido ayuda. Tony sigue siendo un conspirador asociado. Kate gimió y se frotó los ojos.

—¿Piensas que puede ser inocente? —preguntó Dave sorprendido. Sabía que Kate desearía que fuera así, pero la evidencia en contra de Tony era avasallador.

—Preferiría que así fuera —suspiró y lo miró—. Quiero ir hoy al Banco First Union.

Dave vaciló.

—Muy bien. ¿Puedo preguntar por qué?

—Necesitamos volver al comienzo. Quiero saber algo acerca de ese aumento en la tasa de ejecuciones. El gerente del banco quizá nos dé una respuesta directa.

—El banco abre a las ocho de la mañana. Podemos tomar el desayuno antes de salir.

Kate se levantó para recuperar el bolígrafo.

—Lamento haber tirado tus cosas por el aire.

La voz de Kate sonaba tan avergonzada que Dave rompió en una carcajada cuando la abrazó.

—Con esa puntería, al menos ya sabré qué pensar si recibo un golpe por accidente.

Cuando Kate y Dave caminaron por el estacionamiento sintieron que se repetía la historia de lo que vivieron semanas atrás. El asfalto se pegaba a las zapatillas de Kate. El banco había cambiado las puertas de vidrio del frente. Los empleados miraron sorprendidos cuando los vieron entrar y el gerente del banco vino a recibirlos.

—Gracias por lo que hizo aquel día.

Kate le devolvió la sonrisa y le dijo:

—No es nada, señor Tanner. ¿Podría respondernos un par de preguntas?

—Con todo gusto. Por favor, pasen a mi oficina y tomen asiento.

Lo siguieron y Dave esperó a que Kate eligiera una silla, luego se sentó a su lado.

—Nos llamó la atención que la tasa de ejecución de hipotecas fue excesivamente alta este año; da la impresión de que Nathan estaba juntando efectivo. ¿Tiene alguna idea de por qué era esto así? —preguntó Dave.

—En realidad, Peter Devlon era el que juntaba efectivo. Si alguien que tenía un problema con un préstamo podía evadir a

Peter para ver a Nathan y así lograr un acuerdo razonable, el préstamo se extendía. Todo el día recibía faxes de Nathan en los que dilataba ciertos préstamos.

Dave echó una mirada a sus notas.

—¿Existió algún acuerdo por el estilo para la constructora Wilshire? Entiendo que Tony tuvo una reunión con Nathan y que las notas se enviaron aquí por correo electrónico.

—Permítame revisar los archivos de los préstamos de negocios.

A los pocos minutos, el gerente volvió de los archivos con una gruesa carpeta azul.

—Sí, aquí están las notas de la reunión —las revisó y luego frunció el ceño—. Son de Peter y básicamente dicen que no se debe hacer ningún cambio y que se debe proceder con el corte de la línea de crédito.

Dejó a un lado la página, miró la siguiente y sonrió.

—Aquí está lo que ustedes buscan. Nathan nos envió este fax poco después de la reunión. Tony pidió una extensión de noventa días a fin de completar la construcción en Bedford, y estaba dispuesto a poner su casa como garantía. Nathan dijo que aceptaba la oferta.

—¿Era común esta dicotomía en las instrucciones? —preguntó Dave.

—Peter se atiene mucho a los libros, pero

Nathan tenía una manera de hacer negocios dándole un toque personal.

—¿Existe alguna inscripción en el fax que indique cuándo se envió? —preguntó Kate.

El señor Tanner revisó el documento.

—El martes a las diez y cuarenta y ocho de la mañana. Dave aceptó el documento.

—¿En qué situación se encuentra la constructora Wilshire ahora?

—Cuando recibimos el fax el martes por la mañana, le dimos la extensión de noventa días.

—¿Sabe por qué Nathan o Devlon juntaban dinero? —preguntó Dave.

—Es sabido que Peter hubiera querido que Nathan sacara a la bolsa al grupo de bancos Union. Cada tantos años, lograba convencer a Nathan para que endureciera las políticas y juntara más dinero en efectivo a fin de preparar a los bancos para esta maniobra.

—En cambio, Nathan usó el efectivo para comprar otro banco —dijo Kate.

—Exacto. Nathan se conformaba con mantener a los bancos como propiedad privada.

Kate se levantó y extendió la mano.

—Gracias, señor Tanner. Nos ha sido de mucha. ayuda. Esperó hasta que estuvieron de vuelta en el auto antes de hablar.

—Tony no tenía motivos para matar a Nathan Young; le habían extendido el préstamo.

—Aun así lo seguían chantajeando y no podía hacer esos pagos ni siquiera con la extensión de un préstamo—dijo Dave.

—Es verdad, ¿pero quién era el que en verdad chantajeaba a Tony? ¿Nathan o Ashcroft? ¿Y qué te apuesto a que ahora Devlon convence a la viuda de Nathan para que viva tranquila corno multimillonaria y que es hora de sacar los bancos a la bolsa? —Es probable, ¿pero qué tiene que ver con Tony? A él era al que chantajeaban.

Kate suspiró. No lo sé. —¿Adónde vamos ahora?

—De vuelta a tu casa. Quiero revisar otra vez los archivos. Hay algo que he pasado por alto; lo sé.

Al regresar a la casa, Kate revisó las cajas que se encontraban en el comedor y llevó dos a la mesa, siguiendo una corazonada. Dave trajo el almuerzo para los dos y se sentó a su lado.

—Los explosivos —le dio un mordisco al sándwich mientras revisaba el archivo—. Estas son las facturas de la constructora Wilshire. Aquí debería haber algo.

—¿De qué manera ayuda eso a Tony? Si se prueba que los explosivos que se usaron para la bomba provenían de la constructora Wilshire, lo único que se logra es empeorar su situación.

—Solo si él fue el que los tomó, Dave.

—Hay un recibo por un envío del 5 de abril, y tenemos el inventario de la auditoría contable del... 8 de abril. Falta el lote. Kate buscó en las cajas.

—Pásame esa caja que está allá a la izquierda. Henry Lott guardaba todos sus papeles.

—No pensarás que... Kate asintió.

—Desde el 5 hasta el 8 de abril.

Dividieron el montón de papeles y los revisaron buscando las fechas exactas. Dave encontró dos, ella, una.

—Trabajó en seguridad esas tres noches. Dave se puso de pie.

—Ven, Kate. Vamos a ver a Henry.

Kate se recostó contra la puerta de vidrio mientras observaba a Henry Lott. Habían decidido que era mejor que Graham hiciera la entrevista. Henry todavía estaba enojado y amargado, tal como se encontraba en el banco. Kate se sentía agradecida por no tener que esconder lo que pensaba y fingir que sentía simpatía por él en aquel momento.

—Henry, sabemos que los explosivos que derribaron al avión provenían de la constructora Wilshire. Sabemos que usted trabajó en seguridad las tres noches en las que se los llevaron. ¿Está seguro de que quiere colaborar con el asesinato de doscientas catorce personas? ¿Quién andaba por el lugar aquellas noches? —la voz de Graham sonaba algo hueca a través del sistema de audio.

—Me pidió que hiciera la vista gorda. Me pagó muy bien. En efectivo.

—¿Quién lo hizo, Henry? ¿Quién le dijo que hiciera la vista gorda?

—Ashcroft.

—Culpar a un tipo muerto. Eso es muy astuto, Henry.

—Le digo la verdad. Ashcroft se apareció, me dijo que hiciera la vista gorda, que me ocupara de mis cosas y me pagó por hacerlo. Yo no quería los billetes, pero tampoco quería tener problemas. Ashcroft es una persona malvada. Así que me hice el desentendido.

—Tal como solías hacerlo antes, ¿no, Henry? ¿Voltear la cabeza y ocuparte de tu propio negocio? ¿Así era como sabías que movían dinero de la droga antes de que Ashcroft fuera a prisión?

Kate miró a Dave. Ya era suficiente.

—Ashcroft queda muy involucrado al ser quien tomó los explosivos.

Dave le frotó el hombro.

—Hay un solo problema. Todavía sigue muerto, Kate.

La policía tenía evidencias suficientes como para revisar la casa de Ashcroft. Kate no sabía qué era lo que esperaba encontrar: evidencia utilizada para chantajear a Tony o algo que sugiriera dónde se encontraba esa evidencia.

Lo que encontraron fue el apartamento de un hombre que pensaba que viajaba a Nueva York por algunos días. El lugar estaba prolijo y ordenado. La ropa estaba colgada, en el refrigerador no había comida perecedera y habían sacado la basura.

La luz del contestador telefónico parpadeaba mostrando que había varios mensajes.

Siempre hay algo... fuera de lugar en la casa de un hombre muerto.

Kate escuchó los mensajes. No había nada allí. Luego escuchó el mensaje de introducción con la esperanza de reconocer la voz de Ashcroft, pero se sintió desilusionada ya que Ashcroft no había grabado ningún mensaje; lo único que había era una señal sonora.

En menos de una hora, Kate perdió la esperanza de encontrar algo. Ashcroft ni siquiera guardaba registros financieros. No había rastros de llave de una caja de seguridad, ni de nada que indicara otros lugares en los que pudiera guardar registros.

No había libretas de direcciones ni agendas, tampoco calendarios. Era posible que los llevara consigo en el avión, pero Kate pensó que lo más probable era que la costumbre de Ashcroft fuera no dejar nada por escrito.

—¿Encontraste algo? —preguntó Dave.

Kate levantó la vista del último cajón del escritorio.

—No, ¿y tú?

—No.

Kate revisó la habitación por si acaso hubiera pasado algo por alto.

—Estamos en otro callejón sin salida.

—La prensa no tardará en llegar aquí. Debemos irnos. La gente de la estación de policía puede terminar con esto.

Dave tenía razón. Kate asintió y volvió al auto con él.

—Esto se está volviendo deprimente.

—Persevera. Ya sabemos un poco más. Ashcroft tenía la idea de ir a Nueva York durante algunos días.

—Supongo que es una coartada tan buena como cualquier otra. Si Nathan hubiera tomado su avión privado con ese portafolio, hubieran muerto él, su esposa y Devlon. Como es natural, hubiéramos sospechado de Ashcroft, solo para descubrir que las cintas de seguridad lo muestran sentado en la puerta de MetroAir.

—Exactamente. Lo lamento, Kate, pero nada de esto ayuda a Tony.

—Lo sé. Tenemos que explicar lo que sucedió sin que Tony forme parte de la ecuación. Está en alguna parte, es solo que no lo veo.

Dave la abrazó.

—Lo estás intentando, Kate. Eso es lo que importa. Estoy orgulloso de ti.

Kate detestó sonrojarse.

—¿De verdad?

—Actúas con la esperanza de que sea inocente. Eso no debe ser fácil dada la cantidad de evidencia que sugiere lo contrario.

—Es un familiar, Dave. No la clase de familiar que yo hubiera elegido, pero familiar al fin. Le voy a dar todo el beneficio de la duda que pueda.

—Jennifer, si vas a podar los rosales en mi lugar, al menos corta un par de ramos para ti y llévalos adentro. Me haces sentir vergüenza —Dave le alcanzó un vaso de té helado mientras se le acercaba.

—Son muy hermosas. Solo disfruto de la oportunidad de trabajar con ellas,. Esto es terapéutico. ¿Sabes dónde se encuentra Kate?

—Espero que esté durmiendo una siesta, pero lo dudo. Es probable que esté revisando los archivos de nuevo. Desearía tener algo para ofrecerle, pero estoy tan perplejo como ella.

—Kate se pone así cuando le molesta un caso. No te preocupes. Es capaz de conservar la energía mejor que cualquier otra persona que conozca.

Dave le cortó una de las mejores rosas.

—Me alegro de que aceptaras quedarte aquí. Kate necesita esa distracción. Cuando llegaste, cobró vida, ni más ni menos.

—Soy la favorita de todos los O'Malley, ¿no lo sabías?

Dave rió ante la respuesta.

—Pienso que así debe ser, aunque más no sea porque se sienten aliviados de que seas la menor.

Jennifer sonrió y volvió la atención a las rosas blancas.

—¿Podría ir contigo a la iglesia por la mañana?

—Por supuesto. La reunión es a las diez.

—Gracias, Dave.

Dave se arrodilló a su lado para juntar lo que había caído de la poda mientras consideraba con cuidado la siguiente pregunta.

—¿Cómo te parece que reaccionaría Kate si la invito a venir?

—Ella es de las personas que se invitan solas si están interesadas, pero de todas maneras yo pensaba pedirle que me acompañara.

—No es mi intención hacer averiguaciones a sus espaldas, ¿pero Kate está interesada en Jesús o la bomba destruyó más aun su interés?

Jennifer se sentó sobre los talones.

—Tiene que llegar el punto en el que pueda confiar en Él, y todavía no ha llegado allí. Lo que la detiene no son las simples realidades confusas tales como por qué Dios permitió que el avión explotara o la dificultad para obedecer mandamientos como "ama a tus enemigos". En el caso de Kate, es algo personal. Pocas veces ha escuchado las palabras "te amo" sin que hubiera un interés detrás. Dale algún tiempo para que comprenda que Jesús la ama sin interés.

—Ecos de su niñez que se mezclan con el

presente.

—Así es. Fue muy duro.

Dave se pasó la mano por el cabello.

—He estado tratando de imaginármelo.

—Hay esperanza. El Señor no ha cambiado y Él nos dice que nos ama. Kate seguirá poniéndolo a prueba hasta que descubra que es así.

—Supongo que su problema es comprender la justicia, la misericordia y el resto.

—Ah, te desafiará para que le expliques toda clase de asuntos difíciles. Es muy lógica y espera encontrar respuestas o, al menos, tener una comprensión básica del nudo teológico. Una respuesta simplista es lo peor que puedes darle. Sin embargo, lo esencial en el caso de Kate es comprobar que alguien es en verdad lo que le dicen que es.

—Lamento que Dios haya usado algo tan difícil como tu cáncer para impulsar a Kate a considerar el evangelio.

—¿También tú lo notaste? No se lo mencioné a ella. Dave asintió.

—¿Qué es lo que quieres que pida en oración, Jennifer?

—Que Dios me dé el tiempo suficiente para completar mi misión.

Dave comprendió lo que ella tenía en su corazón.

—Llevar a todos los O'Malley a Jesús.

—Sí. Cuando Kate se convierta, seremos dos para convencer al tercero. Cuando el tercero crea, será más fácil convencer al cuarto.

—Mi hermana Sara y su esposo Adam piensan venir a almorzar mañana. ¿Te parece que Marcus y el resto de la familia vendrían?

—Jack y Stephen tienen el día libre; no sé qué decir con respecto a Lisa —dijo Jennifer—. Les preguntaré.

Capítulo Veinte

EL domingo por la mañana, Dave se detuvo al pie de las escaleras, frunció el ceño y luego caminó por el pasillo siguiendo el olor del café. Kate se encontraba en el comedor con una bolsa llena de papeles de caramelos vacíos, sorbiendo una taza de café mientras estudiaba las notas que tenía en la pared.

—No te escuché cuando te levantaste.

—Eran alrededor de las dos de la mañana, creo. Tengo algo para mostrarte.

Se veía... satisfecha. Dave arrimó una silla, intrigado.

—Devlon lo hizo.

¿Adónde quiere llegar ahora?, se preguntó Dave.

Kate se rió.

—Está todo aquí —hizo un gesto señalando la pared—. Ayer casi estábamos en lo cierto. Ashcroft es el que empezó todo, pero Devlon fue el que lo ayudó, no Tony.

Dave se acomodó en la silla, dispuesto a darle tiempo para que explorara sus ideas. Se había pasado casi toda la noche despierta otra vez. Es probable que hubiera encontrado algo.

—Cuéntamelo todo.

—Ashcroft quería matar a Nathan porque lo había entregado. Quería darle caza a Tony padre que fue el que proporcionó evidencias en su contra, pero como estaba muerto, tenía que involucrar a Tony hijo arrastrándome a mí de paso. Él también planeó volver a abrir el negocio de la droga y eso quería decir que la única persona a la cual no iba a perseguir era al hombre que tenía dentro del banco.

La mirada que entró en sus ojos era una que Dave jamás había visto: feroz, fría, calculadora. Vio a dónde se dirigía.

—Devlon.

Kate dio unos golpecitos en el libro de auditorías contables que tenía frente a sí.

—Ashcroft chantajeaba a Tony, pero Devlon movía ese dinero a la cuenta de Nathan a fin de parecer puro como la nieve.

—¿Eso convierte a Devlon en el terrorista?

—Sí, pues quiere decir que seguía las órdenes de Ashcroft. Y la evidencia sugiere que lo estuvo haciendo durante años. Al intentar convencer a Nathan de que llevara los bancos a la bolsa, Devlon no podía permitir que este tufillo se sintiera desde afuera.

Señaló la nota pegada en lo alto del caballete. Dave se fijó que la letra de Kate era atroz y se preguntó si los habría llenado mientras estaban pegados a su pared. Ocultó una sonrisa; le pareció que no ganaría puntos si se lo preguntaba.

—¿Me estás prestando atención? —le dijo Kate frunciendo el ceño—. Presta mucha atención, amigo. He estado despierta durante horas para llegar a esta conclusión.

—Si la explicación va a ser larga, me serviré un poco de café. Kate le dio su taza sin siquiera responder y Dave comenzó a prestar atención con mucha seriedad. Ella no renunciaba a un café así porque sí.

—Nathan delató a Ashcroft y lo envió a prisión debido a una cuenta sospechosa. ¿Adivina quién le hizo notar a Nathan que existía esa cuenta? —hizo un círculo alrededor del nombre que se encontraba en lo alto de la nota—. Devlon. Es probable que le manejara el dinero dula droga a Ashcroft durante años. Cuando los auditores se acercaron demasiado, se cubrió las espaldas.

Señaló la segunda nota.

—A Ashcroft lo liberan de la cárcel diez años después y comienza a chantajear a Tony hijo, exprimiéndolo tanto que lo deja sin dinero. Tony necesita que el banco le extienda el préstamo, pero allí está Devlon, asegurando que se va a ajustar a los libros. Tony se enfrenta a la bancarrota y no puede hacer el siguiente pago. Entonces, Ashcroft lo presiona para que ponga la bomba.

—Y la evidencia sugiere que Tony lo hizo.

Kate meneó la cabeza y Dave se quedó sorprendido ante la confianza que demostraba.

—Tony dijo que no, estoy segura—lo condujo a través de la supuesta serie de acontecimientos y luego prosiguió—. Esto dejó a Ashcroft con todo arreglado, con la coartada lista, pero nadie que pusiera la bomba. Sin embargo, tenia la influencia de Devlon para que lo ayudara a resolver el problema. Piénsalo. Ashcroft tenía evidencias suficientes como para imputar a Devlon por lavado de dinero. El siguiente paso era poner la bomba en la computadora portátil de Nathan. Sabemos que Devlon tenía acceso; fue quien la usó esa mañana.

»Y, al final, tenemos la clásica traición —dijo Kate—. A Devlon no le gusta el hecho de que Ashcroft lo tenga entre la espada y la pared, pero le resulta bastante fácil hacerse cargo de Ashcroft: acaba de poner a Nathan en el vuelo de MetroAir como pasajero de último momento. Adiós Ashcroft. Adiós

Nathan. Devlon tiene una buena coartada, ya que se suponía que debía volar a Nueva York con Nathan hasta el cambio de planes de último momento. Tony aparece como culpable, Ashcroft, que podría implicarlo, está muerto y Devlon sale ileso para hacerse cargo de la dirección del grupo First Union, con la posibilidad de que los bancos vayan a la bolsa ahora que Nathan ya no está para oponerse a la idea.

Dave se reclinó y cruzó los brazos.

—Entonces, se queda con todo menos con la muchacha.

Kate sonrió.

—Por lo que sé, es probable que haya estado saliendo con Emily, la esposa de Nathan, por detrás.

Miró la pizarra y luego lo miró a él.

—¿Encuentras algún agujero? Porque yo no lo veo.

—¿Qué me dices de las llamadas a tu apartamento?

—Si Ashcroft era astuto, y apuesto a que lo era, las llamadas se deben haber hecho desde un teléfono público.

—¿Cómo lo probamos, Kate?

—Devlon me resulta arrogante. ¿A que sigue moviendo algunas de las cuentas secretas de Ashcroft hacia las suyas?

—Entonces, ¿buscamos los registros financieros de Devlon?

—Eso es lo que haría. Devlon querrá asegurar cualquier cosa que Ashcroft usara para chantajear a Tony. No puede permitirse ningún cabo suelto.

Dave apoyó lentamente la taza de café.

—Si tienes razón, Devlon es capaz de silenciar a Tony. Fue capaz de provocar doscientas catorce muertes. No dudaría en provocar la número doscientos quince.

Dave observó cómo Kate palidecía.

—Llama a Jim. *Tenemos* que encontrar a Tony.

Dave treneó la cabeza y, en cambio, llamó a Marcus.

—Primero, tenemos que pescar a Devlon.

Siempre había admirado la capacidad de Marcus para obtener información. Sus preguntas eran breves y llegaba a lo esencial mucho antes que Dave. Marcus se encargaría de traer a Devlon para un interrogatorio.

A continuación, Dave llamó a Jim. La policía ya estaba buscando intensamente a Tony, pero al menos, ahora sabían que tal vez corría tanto riesgo de ser una víctima como de ser el posible sujeto que había puesto la bomba. Dave se inclinó para mirar a Kate a los ojos.

—Todo va a salir bien. Encontraremos a Tony.

—Tengo muchísimo miedo de que alguien lo encuentre antes que nosotros —sus miradas se encontraron—. Es inocente, Dave. Tengo un hermano y no hizo nada de esto.

Dave la abrazó con fuerza.

—Algunas veces, hay algo maravilloso además de la misericordia y la justicia.

—¿Qué es?

—La verdad. La sonrisa de Kate tembló un poco. Lo abrazó con fuerza.

—¿Puedo ir contigo a la iglesia?

—¿En serio?

Kate asintió con la cabeza contra su camisa.

—¿Por qué?

No deseaba presionarla demasiado, pero esto era importante. —Llámalo curiosidad. Soy cuidadosa, Dave, a pesar de todo lo que veas en mi trabajo. No voy a arriesgar mi corazón sin entender mucho mejor a quién se lo estoy dando. Esa orden en Lucas «sígueme» requiere creer muy ciegamente en Aquel a quien sigues. Adjudícame algún mérito por desear seguir adelante con los ojos abiertos en lugar de tenerlos entrecerrados.

—Sigo teniendo la esperanza de que te

resulte fácil encontrar la fe.

—Dame tiempo. Hago que sea difícil porque me cuesta mucho confiar.

—Dios es digno de confianza, Kate.

—Sí, estoy comenzando a pensar que es así —se quedó en silencio durante un momento—. Déjame ir a ver qué pasa con Jennifer.

Al entrar a la iglesia y dirigirse hacia el salón principal, Kate se sintió feliz de tener a Dave de un lado y a Jennifer del otro. Ben los seguía a unos pasos de distancia. Dave los desvió hacia un palco donde había menos posibilidades que la gente se les acercara para comenzar una conversación. Había estado tenso desde que dejaran la casa aquella mañana. Como le recordó con suavidad, la única vez que Devlon se encontró con Kate, él estaba con ella.

Comenzó la música y Kate dejó a un lado el problema para concentrarse en la reunión. Le había dicho la verdad a Dave: la curiosidad era lo que la había hecho venir. Jesús había escuchado su primera oración y la había ayudado a pensar en una manera en la que hubiera tanto misericordia como justicia. Le debía algo a cambio. Y si todavía no estaba dispuesta a seguirlo, al menos podía darle gracias.

Dave la tomó de la cintura y compartió la hojita donde se encontraban las letras de las canciones.

Le recordó una de las historias de Lucas: la historia de los diez leprosos. Cada uno pidió misericordia y Jesús los sanó a todos. Solo uno de ellos volvió para darle las gracias.

Gracias, Jesús.

Kate dejó escapar un suave suspiro. Al menos un paso instintivo hacia Jesús había reflejado el de otro compañero de búsqueda de hacía muchos años atrás.

Las canciones terminaron y todos volvieron a tomar asiento.

¿Estaba lista para dar el siguiente paso? Ya no le parecía que confiarle su futuro a Dios fuera como tirarse desde un acantilado. Sin embargo, ¿estaba en verdad lista para «seguir a Jesús» sin importar a dónde la guiara? Desde que leyó Lucas, había luchado con esta idea. Ya no se trataba de conocimiento. El asunto era la confianza.

Kate cerró los ojos y se recluyó como lo hacía cuando estaba en una crisis y necesitaba un lugar tranquilo en su interior donde pudiera escuchar a su propio corazón. Confianza. Allí estaba.

Jesús, te seguiré. Es la decisión que tomo sabiendo lo que significa. Haré lo que enseñas. Entiendo que tu amor explica tu misericordia. Decido creer que tu amor me cubrirá durante toda la eternidad. Perdóname por toda una vida de decirte «ahora no». Perdona mis dudas, mis pecados y mi corazón terco. Y, por favor, hazme una mejor policía cuando me sitúes en la encrucijada de la vida de otra persona.

Si antes había existido una chispa de calidez, ahora el gozo era tan intenso que le costaba trabajo respirar.

Pensó en la Escritura que ahora se hacía realidad en su propia vida y tuvo deseos de reír. *«Hay gozo en los cielos por un pecador que se arrepiente».*

Había escuchado que otros se referían a la Biblia como un libro viviente y ahora lo entendía. Otros ya habían tomado el camino que ella escogía, sin embargo, era suyo de una manera muy personal.

Dave la estrechó con más fuerza. Las lágrimas le corrían por las mejillas y buscó un pañuelo en su bolsillo.

Señor, necesito encontrar a Tony. Es mi hermano. Me gustaría saludarlo. ¿Me ayudarás?

—¿Qué te sucede? —le preguntó Jennifer con suavidad.

Kate meneó la cabeza.

Dave la tomó y la recostó sobre su hombro. La fuerza de él le hacía mucho bien. Kate descansó la cabeza en ese hueco que él le ofrecía y dejó que el bienestar de su abrazo absorbiera sus emociones.

¿Acaso esto también era lo que significaba estar enamorada? ¿Un abrazo que no necesitaba palabras para explicar el compromiso? De la misma manera que podía confiar en los O'Malley, sabía que podía pedirle cualquier cosa a Dave y, si estaba dentro de sus posibilidades, él se la daría.

Podía hacer lo mismo con Jesús. Él no la iba a defraudar.

Cuando el sermón llegaba a su fin, Kate se retiró de al lado de Dave. No quería dar explicaciones hasta que tuviera tiempo de poner en orden sus pensamientos y hasta recobrar la compostura. La gente que se encontraba en la iglesia comenzó a dispersarse.

—Volvamos a casa.

Dave escudriñó su rostro y asintió.

El tránsito comenzaba a ponerse denso al regresar a casa. Adam y Sara llegarían para almorzar en una hora. Kate se sentía aliviada porque contaría con algún tiempo antes de tener que darle explicaciones a Dave. Su localizador comenzó a sonar.

Lo sacó del cinturón, miró el número y

enseguida buscó su teléfono. «Habla Richman».

Escuchó y la expresión de su rostro se volvió adusta.

—Encontraron a Tony. Tiene a Devlon como rehén era el edificio central de la corporación de los bancos.

A Kate se le cerró la garganta. *Tony había tomado la situación en sus propias manos.* Kate acababa de encontrar a su hermano y estaba a punto de perderlo. No podía darse el lujo de ceder ante el torbellino de sus emociones. Tony se las había ingeniado para que lo arrinconaran con la única persona que quería estar seguro de que no saliera con vida.

—¿Está controlada la situación?

—Se limita al piso superior. Jim quiere que vayas para allí.

—¿Marcus sabe?

—Se encuentra en camino.

Dave comenzó a distar de nuevo mientras miraba hacia atrás por el espejo retrovisor.

—Jennifer, puedo pedirle a Ben que te lleve de vuelta a la casa.

—No, yo voy con ustedes. Quizá necesiten a una médica en el lugar.

Si hiciera falta un médico, tendría que ser uno acostumbrado a sacar balas en lugar de una pediatra, pero Kate no lo diría jamás.

Quería que Jennifer estuviera allí sencillamente porque era una O'Malley.

La atención de Dave se concentró en la llamada telefónica que hizo. «¿Adam? Tendremos que cambiar de planes». Le explicó lo que sucedía y luego colgó.

Kate hizo la pregunta que más le molestaba.

—¿Cómo entró Tony a las oficinas del banco en un fin de semana?

—Supongo que Devlon lo dejó entrar pensando en resolver el problema. Es lo bastante arrogante como para haber pensado que podía matar a Tony y luego alegar que era en defensa propia.

Kate se sobresaltó al confirmarle Dave su peor temor. Escarbó el bolso y sacó un bolígrafo.

—¿Recuerdas la distribución del banco en ese nivel ejecutivo?

Dave asintió.

—Dos ascensores que se abren a un pasillo que corre de este a oeste, con dos escritorios de secretarias, uno en cada extremo. El que se encontraba en el ala este era el de la secretaria de Nathan. Detrás de él había tres puertas: una sala de conferencias, la oficina de Nathan y luego la oficina de Devlon.

—¿Quién trabajaba en el ala oeste? —preguntó Kate.

—No me fijé en las placas, pero tenían la misma disposición.

—¿Tendría el corredor unos cuatro metros de ancho?

—Sí.

—¿La escalera de emergencia estaba a la izquierda o a la derecha cuando salimos del ascensor?

—Bien. Había un gran helecho, un baño y luego venían las escaleras de emergencia.

—¿En que habitación es más probable que se encuentren?

—Si Tony y Devlon están solos, Tony habrá querido llevar el enfrentamiento a la oficina de Devlon —dijo Dave.

—¿Aunque la habitación esté llena de ventanas?

—Imagino que cerraría las cortinas, pero aun así sigue siendo vulnerable. Sería más seguro que se trasladara a la sala de conferencias.

—Muy bien, pero desde los pasillos también se vería y eso sigue siendo un problema. No puede eliminar la amenaza por la espalda, aunque se vaya a un rincón de las oficinas. Las ventanas siguen allí—Kate sabía que el equipo de SWAT estaría en condiciones de irrumpir en el piso si era necesario—. Las habitaciones son grandes y no tienen muchos muebles. Un equipo de asalto entraría con líneas claras de fuego.

—Kate, se encontrará un final pacífico. Ten confianza. —Oro para que Jim me permita hacer la negociación. —Estás demasiado involucrada en este caso. No tengas mucha esperanza.. En esta ocasión, te encontrarás en los grupos de apoyo.

—Estoy segura de que te sientes aliviado por eso.

—¿Me odiarías por decir que sí? Devlon no es un rehén precisamente amigable para proteger.

—¿Cómo van a manejar las unidades el hecho de que el rehén sea, tal vez, el responsable de volar el avión?

—Es *probable* que sea la palabra operativa, Kate. Tenernos una teoría, pero no una prueba contundente contra Devlon... Y él es el rehén.

—Tony se encuentra en serios problemas.

Dave no respondió. No tenía necesidad de hacerlo.

Capítulo Veintiuno

LA cuadra que rodeaba al banco había quedado cercada. Las camionetas de los medios de comunicación y sus equipos de reporteros se encontraban en todo el perímetro tratando de conseguir el punto más ventajoso para una entrevista. Kate buscó de prisa su placa y se abrió paso entre la multitud de policías hasta el puesto de comando. Dave trotaba a su lado.

Kate divisó a su jefe.

—Jim.

Él se abrió paso entre el grupo de hombres para llegar hasta ella.

—Lamento que esto se desarrolle así, Kate.

—No lo conozco —tenía que mantener distancia si quería tener alguna esperanza de intervenir antes de que esto hubiera terminado—. ¿En qué situación se encuentran las cosas?

—Ven a echar una mirada a los planos. Pude utilizar tus conocimientos, tanto del lugar como de los dos hombres.

Kate lo siguió. Era bien consciente de las miradas incómodas que provenían de los otros que se encontraban en el centro de comando. La mayoría sabía que ella estaba relacionada con uno de los sospechosos y, por lo tanto, era un riesgo para la seguridad. Se sintió agradecida de tener a Dave y a Marcus a su Lado.

Miró los planos mientras Jim identificaba los lugares.

—Hemos cerrado los ascensores; Graham y un equipo están en posición en las escaleras y hay otros en el techo. Al parecer, en el décimo piso se encuentran solo Tony y Devlon. Las cortinas están cerradas y las luces apagadas, pero los francotiradores que están en los edificios aledaños han visto movimiento... —señaló un lugar— aquí.

—En la oficina de Devlon.

—Sí. Franklin y Olsen se encuentran trabajando para obtener ópticas de vídeo a través de los conductos de ventilación a fin de que logremos ver qué sucede. Se han aislado los teléfonos, ya hemos apagado el aire acondicionado y nos estarnos preparando para cortar la electricidad y el agua.

Kate asintió ya que esperaba todos esos pasos.

—Tony llega al banco y Devlon lo autoriza para que suba. ¿Qué sucedió cuando llegó allí arriba? ¿Se escucharon disparos? ¿Cómo nos enteramos de la situación?

—Es muy extraño. Quince minutos después que subiera Emerson, Devlon llamó al guardia de seguridad, le dijo que lo tenían como rehén y que llamara a la policía.

—¿*Quería* Tony que viniéramos nosotros?

—Sí.

—¿Ya entraste en contacto?

—Christopher se comunicó por teléfono, pero Emerson no estaba de humor para hablar y le dijo que volviera a llamar en una hora. Todavía faltan veinte minutos para que llegue ese momento.

Si Kate hubiera tenido que elegir a alguien para que manejara las negociaciones en su lugar, hubiera elegido a Christopher.

Jim la miró.

—puedo habilitarte para que trabajes con Christopher, pero por más que quisiera, no puedo darte el teléfono.

Era más de lo que pensaba que podría obtener.

—Muy bien, eso haré.

—Ayúdalo para que acelere las cosas. Tienen unos quince minutos antes de la próxima llamada.

Kate asintió y echó una mirada al lugar. Divisó a Ian en una esquina que le hizo una seña para que se acercara. Dejó a Dave y a

Marcus conversando con Jim acerca de las estrategias para manejar la situación y cruzó la habitación. Donde estuviera Ian, seguro que estaría Christopher. Así era. Le prepararon una esquina privada para sí, apostada detrás de los equipos de comunicación y encendía la pipa, pasando por alto la conmoción. Chris dio vuelta a una silla para que Kate se sentara.

—Lindo lío tenemos, nena.

—¿Cuánto sabemos?

—No todo lo que necesitamos saber —levantó algunas páginas que tenía sobre el regazo—. El perfil del FBI no sirve. Supone que Tony puso la bomba, algo que entiendo que pongas en duda. Por lo tanto, es probable que sus conclusiones estén erradas por completo. A juzgar por la voz temblorosa de ese muchacho, no cabe duda de que está aterrorizado.

—Es inocente, Chris, pero está tan asustado que conseguirá que lo maten al hacer alguna tontería.

—Tú y yo nos vamos a asegurar de que eso no suceda. Cuéntame todo lo que piensas que sucedió.

Kate hizo un resumen del caso. Los hechos parecía que lo incriminaban.

—Es probable que Tony buscara a Devlon

pensando que la única manera de limpiar su nombre era hacer que el hombre confesara.

—Bastante ingenuo de su parte.

—Muy ingenuo.

Había llegado el momento de hacer la llamada. Ian preparó los aparatos a fin de que escucharan los que estaban en la habitación. Kate hubiera deseado ser la que tomaba el teléfono en lugar de Christopher.

Vamos, Tony, pensó Kate, *contesta.*

—Hola, Tony, soy Chris otra vez.

—¿Por qué cortaron la electricidad?

Para evitar que trates de refugiarte en el baño, pensó Kate. *Tal vez, para lograr que rompieras una ventana.* Christopher tenía razón. La voz de Tony sonaba como la de alguien joven y... frustrado. No, frustrado no era la palabra.

—La alarma en el interior del banco estaba lista para sonar y sabíamos que si la escuchabas te pondrías nervioso. No teníamos los códigos, así que bloqueamos el sistema de la única manera posible.

Hubo una pausa.

—Quiero hablar con Marla.

La esposa. Kate garabateó las palabras para Christopher.

—Podemos tratar de hacer algún arreglo.

—Cuando ella llegue, llámenme. Mientras tanto, comiencen a buscar la combinación de la caja fuerte de la oficina de Devlon.

—¿Qué buscas?

—Simplemente busquen la combinación —Tony colgó el teléfono de forma abrupta.

Kate hizo una mueca.

—Una hora no ha aliviado ese sonido de pánico. Christopher se acercó a los aparatos para reproducir la conversación.

—Se tomó una hora para revisar el lugar y no encontró lo que esperaba. ¿Qué está buscando? ¿Y qué sucederá si no lo encuentra?

—Lo chantajeaban—dijo Kate——. Tal vez, busque algo que piensa que Devlon consiguió.

—Me sorprende que no alegara su inocencia.

Kate miró a Christopher y vio que era una observación y nada más.

—Creo que se ha dado por vencido y que no cree que alguien lo va a escuchar.

—Entonces, nena, tendremos que convencerlo de lo contrario.

—Tenemos imágenes— anunció uno de los técnicos al otro lado de la habitación.

Kate empujó la silla hacia atrás para que tanto ella como Christopher pudieran ver las pantallas. Una cámara tenía la vista del pasillo; otra estaba puesta en una esquina de la oficina de Devlon.

Marcus se acercó y se paró detrás de Kate.

—¿Los equipos tácticos están recibiendo estas imágenes?

—Sí.

Devlon estaba sentado en una silla que se colocó en el centro de su oficina.

Kate se inclinó hacia la pantalla.

—¿Qué es eso que hay alrededor de la muñeca de Devlon?

—Parece que estuviera esposado a la silla —dijo Christopher.

—Tony cometió un error al dejarlo en una silla con ruedas. Si las cosas se ponen interesantes, su rehén se le puede ir encima. Y le dejó la otra mano libre.

—Tendría que haber usado un teléfono o un cable... algo —concedió Christopher—. El muchacho no piensa bien las cosas.

Tony estaba parado en la puerta de la oficina, tratando de mirar a ambos lados del pasillo; tenía un revólver en la mano derecha. Había hecho unos pocos cambios en los arreglos del mobiliario. Había acercado uno de los escritorios de las secretarias para tener acceso al teléfono. El otro escritorio lo rodó hasta frente a la puerta de las escaleras.

Los dos hombres discutían acerca de algo.

—¿Podemos tener sonido? —preguntó Kate.

—Franklin está poniendo los repetidores. Lo tendrás en un minuto —le prometió Olsen.

Dave le apoyó la mano sobre el hombro. Kate apreció su apoyo silencioso.

Tony caminaba de un lado para el otro. Al haber visto demasiadas situaciones como esta, Kate podía ver la tormenta que se preparaba. Se conectó el sonido y las primeras palabras se perdieron debido a la estática. «... ¡tú me tendiste una trampa con aquella reunión! Ahora quiero esos casetes que sacaste del apartamento de Ashcroft».

—¿Qué casetes? Jamás me acerqué al apartamento de Ashcroft.

—¡Ya sabia que saldrías con eso! Ahora bien, ¿dónde están los casetes?

Kate se estremeció al ver que Tony disparaba el revólver alocadamente por encima de la cabeza de Devlon.

Al instante se escuchó el cuchicheo sobre los micrófonos de seguridad mientras los equipos del SWAT se ponían en posición para irrumpir en la habitación.

—¡No! Todo el mundo se queda en su lugar. ¡No ataquen! Repito, ¡no ataquen! —

gritó el jefe del equipo para hacerse escuchar por encima de las demás voces—. ¡Todavía estamos seguros!

Christopher tenía la mano sobre el teléfono. Jim asintió con la cabeza. Sonó casi durante un minuto antes de que Tony se precipitara a través de la habitación para contestar.

—¿Qué está sucediendo allí, Tony? ¿Alguien está herido?

—Todo está bien. ¡Déjenme en paz y consíganme lo que quiero!

En los monitores, Kate podo ver que seguía apuntando a Devlon con el revólver.

—Estás rodeado por un montón de policías nerviosos. No es bueno que dispares un revólver en una situación corno esta —dijo Chris.

—¿Dónde está la combinación?

· —Todavía la estamos buscando, Tony.

—¡Quiero esa combinación!

Kate se preocupó por la agitación que demostraba. ¿Habría tomado alguna droga? Sería imposible estabilizar la situación si lo había hecho.

—Cálmate, Tony. Si no podemos localizarla, nosotros la abriremos con un taladro para que busques lo que quieras. Kate escribió. *Dile que sabemos que fue Devlon.*

—Sabemos que eres inocente, que Devlon fue el que puso la bomba.

—Está tratando de hacerme parecer culpable.

Ashcroft, escribió Kate.

—Sabemos que Ashcroft planeó todo esto, que él y Devlon te arrastraron para echarte la culpa —Christopher miró a Kate—. También arrastró a tu hermana. Quédate tranquilo y déjanos a nosotros resolver este dilema.

—No tengo una hermana.

—Está sentada justo a mi lado. Kate Emerson, treinta y seis años, una policía decente para ser alguien que ya no hace sus rondas. ¿Quieres que te cite con lujo de detalles lo que dijeron tus padres, que te hable de la casa en la cual creciste?

Hubo un silencio.

—Ella murió hace muchos años.

—No. Se cambió el nombre, pero ha vivido en Chicago toda su vida. Su nombre es Kate O'Malley ahora. Tal vez la has visto en los noticieros últimamente.

—No te creo.

Christopher tapó el teléfono.

—Kate, necesito que subas.

Gracias, Christopher, susurró. Sus palabras eran oro a menos que se convirtieran en una táctica.

Kate miró a Jim para buscar su consentimiento.

—Ve. Busca a Graham en las escaleras.

La vestimenta estaba lista. Se calzó las botas en los pies.

—¿Qué haces?

Kate no perdió ni un segundo en mirar a Dave.

—Mi trabajo.

Olsen le alcanzó el chaleco. Hizo una inspiración profunda para ajustar las tiras. La vestimenta estaba diseñada para ella, así que se la puso enseguida.

—Ian, revisa el sonido.

Kate asintió al recibir una señal clara a través del audífono.

—¿Vas a negociar este caso? —preguntó Dave.

—Christopher lo está haciendo, pero yo soy la prueba.

—Dame un minuto. Iré contigo.

Hubiera discutido, pero esto le hubiera robado un tiempo que no tenía.

—Apresúrate, Dave.

Vio que Christopher colgaba el teléfono.

—Kate, ponte en posición. Marla se encuentra a unos cinco minutos de aquí. La comunicaré con Tony por teléfono, trata de aprovechar ese momento para abrir la puerta de la escalera y conversar con él.

—¿Podemos hacer algo con respecto a la combinación de la caja fuerte?

—Aunque pudiéramos, hay un riesgo muy grande de que esté vacía. Si Devlon alguna vez tuvo en sus manos evidencia que pudiera incriminarlo, la debe haber destruido hace mucho tiempo.

Kate sabía que Chris tenía razón, pero sería mucho más fácil si tuvieran algo en mano que lograra convencer a Tony de terminar sin percances este empate.

Marcus le tocó el hombro al pasar junto a él. Fue un mensaje silencioso de apoyo. Estaba escuchando la misma conversación táctica que ella. Kate le apretó la mano y se dirigió hacia la puerta. Se encontraba a punto de conocer a— su hermano. Podía pensar en lugares mucho más agradables donde lo hubieran podido hacer.

Kate miró a Dave al entrar al edificio. Había pedido ropa prestada y estaba equipado de manera bastante parecida a ella, pero en su rostro había una expresión adusta. Se había ofrecido voluntariamente a venir. A Kate no le importaba que le protegiera la espalda, pero no necesitaba esta tensión adicional.

Un policía ubicado en el vestíbulo del

banco les señaló las escaleras, y Kate y Dave atravesaron la puerta.

—Diez pisos. Te apuesto a que te gano.

—Esto no es una carrera, Kate.

Subió el primer tramo de dos en dos.

—Tampoco es una gran guerra. Tony no le va a disparar a su hermana.

—¿En serio? ¿Lo das por hecho?

Dave temía por ella. ¿Cómo se suponía que debía manejar esta situación? Él no la hubiera puesto en este lugar para tratar el caso.

—Dave, ¿no dices que la oración puede cambiar las cosas? —Así es.

—Bueno, deja de echarle agua a mi oración. Pretendo conocer a mi hermano y sacarlo de este lío —llegó al descanso y dobló para seguir con el siguiente tramo—. Es como tener a un hermanito que está cavando una fosa y yo tengo que detenerlo.

—¿Eso fue lo que sucedió esta mañana en la iglesia?

—En parte. Si algo me sucede, estoy bien. Deja de estresarme o no me servirás de nada si esto sale mal.

—¿Crees?

Kate se detuvo un momento antes de seguir hacia el quinto piso y se dio vuelta para mirarlo.

—No tienes que parecer tan escéptico al respecto.

—Lo lamento. Es solo que me tomaste por sorpresa.

Kate respiró profundamente y siguió hacia el sexto piso. —Recibes lo que deseabas y te sientes sorprendido. ¿Cuál es la lógica?

Dave le sonrió.

No la hay. Es puro alivio.

—Entonces, apresúrate, Richman. Me estás demorando.

Kate aminoró la marcha al llegar al octavo piso, y en el tramo previo al décimo, ella y Dave subieron poco a poco para eliminar los ruidos. Graham tenía a seis hombres consigo. Se habían colocado en posición afuera de la puerta y contra la pared de cemento. Graham sonrío cuando la vio y susurró sobre su micrófono.

—Es bueno verte, O'Malley. No hay cambios importantes. Thompson tiene las imágenes.

Kate se detuvo junto a Thompson para echar un vistazo. La escena era muy parecida, a no ser porque ahora Tony se encontraba a unos cinco metros al otro lado de esta puerta. El nerviosismo que sentía estaba relacionado tanto con la inseguridad de conocerlo como con el peligro de la situación.

La voz de Christopher se escuchó en el circuito de comando.

—Kate, Marla está aquí. Voy a utilizar el canal 3 para la conversación.

—Cambien al 3 —dijo Kate. Se apoyó contra la pared de cemento junto a Graham.

Él le ofreció un chicle. Mientras lo desenvolvía, se dio cuenta de que era de las que tienen jugo de fruta. Graham estaba acostumbrado a las largas esperas.

La voz de Marla se escuchó en el canal, tensa y preocupada.

—Tony, el edificio está rodeado de policías. Ríndete antes de que te lastimen. Por favor.

—No importa. Tengo a Devlon, y de una manera o de otra me las va a pagar.

Kate frunció el ceño ante las palabras que eligió Tony. No cabía duda de que se les estaba acabando el tiempo.

—Mi amor, Marcus O'Malley se encuentra aquí. Es un mariscal de los Estados Unidos y sabe todo acerca de Ashcroft y de Devlon. Puedes confiar en él.

—Si saben lo que sucedió, por qué me persiguen a mí? No, Devlon va a confesar. Les va a decir lo que hizo.

—Tony por favor.

—¿Conociste a esta hermana que se supone que tenga? No, no está aquí; pero me dicen que ella es la que en verdad descubrió todo lo sucedido.

—Pásame a Chris.

—Tony, soy Chris.

—María dice que esta Kate no está allí. ¿Me estás mintiendo? Me dijiste que estaba a tu lado. Si es real, pásale el teléfono.

—Mejor aún, ¿por qué no la conoces en persona? Se encuentra en la puerta de las escaleras.

—¡No les voy a abrir ninguna puerta a los policías! ¿Qué crees, que soy un tonto?

Kate dobló el papel del chicle en un prolijo cuadrado.

—Tony, ella fue la que en verdad descubrió lo que sucedía. Aquí mismo tengo una de las llamadas que le hizo Ashcroft. Aguarda, la voy a reproducir.

«Hola, Kate OMalley. Te he estado buscando y, ¿con qué me encuentro? Anoche fuiste noticia. Pronto tendremos que encontrarnos».

—Acabas de escuchar la cinta de su contestador telefónico, Tony. Esa es la voz de Ashcroft, ¿no es cierto?

—Sí.

—Él la arrastró a todo esto. Además de esta cinta, tenemos otras. Ashcroft usó su nombre en la amenaza de bomba. Kate O'Malley es muy real, es policía y es tu hermana. Cuando Kate dice que fueron Devlon y Ashcroft, sabe de qué habla.

—Si abro la puerta, esta Kate es la única persona que quiero ver del otro lado. Será mejor que tenga las manos levantadas y que se quede inmóvil. Si veo a alguien más, disparo.

Kate cambió al canal de comando.

—Ya lo escuché, Chris.

Los que estaban con Graham también habían escuchado. Como Tony iba a abrir la puerta sin salir, no tenían que moverse demasiado para quedar fuera de la vista. Dave también se alejó de Kate.

—Estoy en posición.

El picaporte hizo un chillido al dar la vuelta. Thompson sostenía la pequeña pantalla para que ella pudiera ver a Tony que volvía al centro de la habitación, revólver en mano, y señalaba la puerta. Chris dio la luz verde.

—Cuando te sientas lista, Kate.

Kate abrió la puerta de acero con la mano izquierda levantando la derecha para que él la viera.

Tony dio otro paso hacia atrás, sosteniendo el revólver con las dos manos.

—Así que *tú eres* mi hermana.

—No sé si es un placer conocerte o no, pero sí, soy tu hermana.

Tony se mostró sorprendido ante la calma en sus palabras. Cuando Kate no dijo nada más, Tony afirmó las manos sobre el revólver.

—¿Por qué nunca te molestaste en volver a casa ni en decirle a nadie que estabas viva?

El revólver bajó un poquito cuando los brazos comenzaron a cansarse.

—Odiaba a nuestro padre y nadie se molestó en decirme que tú existías —miró más allá, al interior de la oficina de Devlon e hizo un gesto con la cabeza señalándolo—. ¿Puedes creer que él fue el primero en mencionarme tu nombre? No fue una experiencia muy placentera, muchas gracias.

—¿En verdad eres mi hermana? Kate asintió.

—Hace mucho tiempo que no me llamo Emerson. Mi nombre legal es Kate O'Malley, pero no estoy muerta, a pesar de lo que haya dicho nuestro padre.

Tony empujó el escritorio hacia delante apuntándola con el revólver. Kate lo observó y tomó una sencilla decisión. Dio un paso hacia el interior de la habitación,

—Kate, ¡vuelve aquí!

Las palabras silbaron en el aparato que tenía en el oído. Kate se dirigió a la izquierda, pasó junto al escritorio y se sentó contra la pared.

—Cierra la puerta, Tony. Creo que es hora de que tú y yo hablemos.

—Kate, cuando salgas de esta... —susurró Dave.

—¿Por qué sonríes? —preguntó Tony en tono demandante mientras cerraba la puerta con nerviosismo.

Mi novio me está gritando en el oído.

—Quítate ese micrófono.

—No.

Tony la miró con fijeza. Kate le devolvió la mirada con calma.

—Tony, siéntate —le dijo con tranquilidad para darle la posibilidad de que salvara su pellejo. Se recostó contra la pared poniéndose cómoda ante lo que parecía que iba a ser un largo día—. De paso, detesto ese nombre. ¿No tienes un sobrenombre?

—Se quedó confundido.

—¿Qué?

—No tengo intenciones de llamarte Tony. Júnior.

—Vamos. Eres pariente de una O'Malley. Muestra un poco de clase.

Marcus trató de tapar la risa con una tos y casi la deja sorda. Kate bajó el volumen del circuito de comando con el pulgar.

—Mamá solía llamarme Will.

—Will —Kate lo pensó un poco—. No está mal. Muy bien, Will. Regla número uno en el mundo de los O'Malley: no te metas en problemas con tu hermana mayor.

—Esa eres tú —gruñó Tony.

—Como yo soy la que cree que eres inocente, deja de lado el sarcasmo. ¿Por qué huiste? Eso te hizo parecer culpable. —No lo hice. Me enteré de lo de la bomba y fui al apartamento de Ashcroft para recuperar el vídeo que tenía. El único problema fue que el Devlon que tenemos aquí llegó primero.

Después de eso, no pude regresar porque todo lo que necesitaba para probar que Devlon era el socio de Ashcroft estaba en ese vídeo.

—Entonces viniste hoy aquí para conseguirlo.

—Devlon lo tiene.

—Tony, el tipo lo debe haber destruido el mismo día que le puso las manos encima.

Tony blandió el revolver en dirección a la otra habitación.

—Entonces, dame una razón para que no deba matarlo ahora mismo.

—Tal vez, pasaste droga porque nuestro padre te presionó para hacerlo, tal vez, fuiste lo bastante tonto como para permitir que Ashcroft te chantajeara, y hoy serás el deleite de un fiscal, pero no has matado a nadie. Devlon mató a doscientas catorce personas. Yo necesito justicia, no tu idea de venganza. También me arruinó la vida a mí, lo sabes.

—He dado vuelta a la página. Puedes preguntarle a Marla. Ni siquiera me han puesto una multa por estar mal estacionado durante años. En aquel tiempo, simplemente me resultaba más fácil hacer lo que papá me decía que ponerme en contra. Y Ashcroft me tendió una trampa para incriminarme con eso. Robó explosivos del sitio de la construcción. Todo me señalaba a mí.

—Solo pareces culpable—Kate lo miró tratando de decidir cuál sería la mejor táctica—. Ashcroft sabía más acerca de la seguridad del O'Hare que tú. No necesitaba que metieras la bomba en el aeropuerto, pero eras un chivo expiatorio grandioso. Ya te estaba chantajeando, ¿entonces por qué no incriminarte también? ¿Quién arregló esa reunión del martes por la mañana en el aeropuerto?

Los ojos de Tony se achicaron.

—Devlon.

Kate sonrió.

—Eso pensé. Habrá un registro de llamadas en la cual se encuentre la llamada que te hizo para llevarte allí. ¿Qué me dices del fax que recibió el gerente del banco extendiéndote el crédito? ¿Quién lo envió, tú o Nathan?

—Yo lo hice.

—¿Desde el salón de negocios? ¿Sabías que hay una cinta que te muestra haciéndolo?

—¿Hay cámaras de seguridad en esa área?

—El fax salió a las diez y cuarenta y ocho de la mañana. La hora está en blanco y negro en el margen superior de la página. Sin embargo, en ese mismo momento, alguna otra persona hizo la llamada amenazando con la bomba y yo escribí la hora del momento en que nos avisaron: las diez y cuarenta y ocho. Estabas ocupado, Tony, y estás registrado en una cinta.

—Esa no es una gran coartada.

—El dinero que Devlon le manejaba a Ashcroft tiene huellas electrónicas. Son todas piezas de un rompecabezas, Tony. Hace muy poco que andamos tras de Devlon y ya hemos encontrado algunas cosas bien feas debajo de las piedras. Tienes que confiar en mí.

Le agradó ver que se recostaba contra el escritorio y que se relajaba un poco.

—¿Por qué le permitías a Ashcroft que te chantajeara? ¿Por qué le pagabas?

—Era por Marla, no por mí. Ella está en

una de esas cintas de seguridad con Ashcroft. Simplemente estaba enviando un paquete. No tenía idea de lo que había adentro.

—Te creo.

—No podía arriesgarme a que el jurado no me creyera. Ella es lo mejor que me ha sucedido en la vida. Y una vez que pagué el primer chantaje, Ashcroft me tuvo en la bolsa.

El teléfono comenzó a sonar.

—Será mejor que contestes, Tony. Y escucha lo que tengan que decirte, ¿de acuerdo?

Se dirigió al teléfono.

Kate escuchó que algo se caía. Se puso de pie en menos tiempo de lo que le llevó a Tony darse vuelta hacia la oficina, pero el error ya estaba hecho. Habían hablado durante demasiado tiempo sin controlar a Devlon. Kate casi no escuchó el susurro en su oído de alguien que le gritaba que bajara y sintió que se le detenía el corazón. Había bajado demasiado el volumen de su micrófono y no escuchó cuando le advirtieron que Devlon se había comenzado a mover. Ahora sus propios instintos le gritaban; derribó a Tony con un golpe seco justo en el momento e n que las balas se hundían en la madera del escritorio.

Devlon les estaba disparando.

Tony trató de levantar la mano para responder al fuego y Kate hizo lo que le parecía más lógico; lo golpeó.

Sabía lo suficiente como para cerrar los ojos. Las granadas de iluminación estallaron como brillantes luces de estroboscopío y el nivel de decibeles de sus detonaciones le hizo sonar los oídos. Dos figuras vestidas de negro entraron y pasaron por encuna del escritorio que todavía bloqueaba en forma parcial la puerta de la escalera, tomaron posiciones de tiro junto a la oficina de Devlon y tiraron otra granada de iluminación.

El asalto terminó antes de que Kate lograra descubrir quiénes eran los jugadores. Se incorporó para sentarse, retorciéndose de dolor y sin pretender fingir lo contrario.

Señor, esto no estaba en mis planes.

Tosió y le salió sangre.

No te muevas —el rostro de Dave aparecía y desaparecía en medio de una nebulosa.

—Me debo haber roto una costilla.

—Entre algunas otras cosas —dijo Dave estabilizándola.

—El chaleco recibió el impacto.

Kate podía sentir el dolor que se difundía y tuvo que tomar aire para que el mundo dejara de dar vueltas.

—Te dije que un hermano menor traía problemas —intentó reírse pero no pudo. El chaleco que le salvó la vida estaba demasiado ajustado. Trató de tomar las cintas que lo ajustaban, pero las manos parecían no querer coordinar sus movimientos.

—Kate. Levantó la vista.

—Marcus, no estoy muerta.

Marcus estaba pálido como un fantasma.

—Traigan a Jennifer aquí.

La orden de Marcus en el circuito de comando la hizo sonreír.

—No necesito a toda la familia por una costilla rota.

—Lo que necesitas es un médico, así que cierra la boca.

—Te debes haber perforado un pulmón —dijo Dave, recostándola sobre su hombro.

Kate comenzó a recobrar la respiración.

—Me mordí la lengua, bastante mal, cuando derribé a Tony. La bala no le dio a otra cosa que no sea el chaleco, pero pegó fuerte. Necesito que me venden las costillas y que me den algo fresco para beber. Y acuérdate de decirle a Jennifer que quiero el pirulí de cereza.

El rostro de Dave se vio aliviado y le besó la frente.

—Lo haré.

—Bien —Kate miró a Tony que ahora se acercaba con un gemido—. Tiene una mandíbula dura como una roca. Casi me rompo la mano.

—Puedes sentirte feliz de haberlo hecho. Si hubiera tenido ese revólver en la mano cuando entró el equipo, hubiera tenido muy pocas probabilidades de salir bien.

—Lo sé. Me pregunto si ahora tendré oficialmente más familiares.

—Conozco a un buen abogado —dijo Dave.

—Va a necesitar uno.

—No vuelvas a darme semejante susto, Kate. —Se suponía que no debías entrar en la habitación.

—No tomo las oportunidades a la ligera. Me imaginé que esta vez las probabilidades eran lo bastante altas.

Dave le acarició el cabello.

—Tal vez.

—Lo que te molesta es que no pudiste recibir una bala en mi lugar.

Dave sonrió.

—Eh, yo ya tengo mis cicatrices.

—¿Te olvidaste de agacharte?

—Me aseguré de que otro lo hiciera.

Su hermana había llegado y Kate no quería perder este momento.

—Jen, vuelve en una hora.

Dave reprimió la risa.

¿Quieres comportarte? No me voy a ninguna parte. Te lo prometo.

Capítulo Veintidós

KATE pinchó con su palillo una aceituna que estaba en el plato. Les había tocado un día espléndido para la juerga del 4 de julio. Había algo en aquellos picnics familiares que le devolvía la fe en las cosas mejores de la vida. Miró a Jennifer y luego volvió la mirada hacia el partido casi brutal de las herraduras que se desarrollaba.

—De verdad, creo que deberías fugarte con Tom antes de que la familia lo espante.

—No hace falta. Está ganando.

Kate se dio vuelta para prestar más atención protegiendo sus costillas vendadas con la mano. Tenía una pequeña fisura que le impediría jugar el partido de béisbol de la tarde. Eso la había molestado. En la última década, solo había perdido dos partidos de béisbol de los O'Malley, y se los había perdido por cuestiones de trabajo.

—¿En serio? ¿Nadie se lleva el partido?

—Tom acaba de ensartar otro anillo.

—Apuesto a que a Stephen le va a dar un ataque.

Cuánto bien le hacía tener, al fin, un día

para disfrutar en familia sin tener que preocuparse por lo que le esperaba el día de mañana. Tony se encontraba negociando un acuerdo con la Administración Nacional de Drogas y, a su tiempo, Peter Devlon tendría que enfrentarse a uno de los juicios más grandes en la historia de los Estados Unidos.

Kate todavía tenía que hacerse a la idea de que tenía un hermano. Will (se negaba a pensar en él como Tony hijo) todavía seguía siendo un gran misterio para ella. Habían llegado a aceptar de manera tentativa el hecho de que eran familiares, pero cualquier clase de relación personal llevaría tiempo. Cuando Kate conoció a la esposa de Will, Marla, le gustó de inmediato. Tiempo. Necesitaría mucho tiempo, y lo mismo le sucedería a Will.

Dave le puso el brazo alrededor de los hombros.

—¡Oye, hermosa! ¿Qué sucede?

—Conversábamos. Pensé que estabas vigilando a Jack y a los bistecs.

—Los está quemando —respondió Dave con alegría.

Jennifer se puso de pie riendo.

—Yo iré a proteger a nuestros bistecs.

Dave empujó con suavidad a Kate y ella

le hizo lugar en el banco. Sonrió al ver el rostro algo tostado por el sol y le pasó la mano por el cabello.

—¿El día es lo que tú esperabas?

Dave invadió poco a poco el espacio de Kate antes de besarla; se tomó su tiempo para volverla loca.

—Bastante —sonrió—. ¿A qué se debe ese rubor?

—Mi familia está mirando.

Y me has estado volviendo loca estos últimos días, pensó Kate.

—Han decidido de manera unánime que debo quedarme.

—¿Sí?

—Sí —le dijo mientras entrelazaba sus dedos con los de ella—. ¿Y tú qué piensas?

—¿Me queda alguna opción?

—No.

—Me lo imaginaba—inclinó la cabeza fingiendo pensar en el asunto—. Puedes quedarte en la familia. He decidido que me gusta tu compañía. Además, sé que no tiene sentido ir en contra de ellos.

Dave la estudió y su sonrisa se volvió tierna.

—Pensaba en empezar algo serio.

—¿Cuán serio?

—Por ahora, ¿qué te parece la promesa de

que serás mi novia por lo menos durante el año siguiente? Tus hermanos piensan que es una buena idea.

—¿Qué?

¿Estás confundida por la propuesta o por el hecho de que les haya pedido permiso?

Kate parpadeó. *Señor, no esperaba que me hiciera esta pregunta hasta dentro de unos meses. Salir con un policía es asunto serio.*

Dave era el hombre de Dios y Kate había aprendido a confiar en Dios.

Sabía lo que quería.

Se dio vuelta hacia él y apoyó el brazo contra la mesa de picnic. —Tú sabes que tenemos una regla tácita en la familia.

—¿Qué?

Kate sonrió.

—Nunca rechaces la invitación a una aventura.

Dave se sintió aliviado.

—Bueno. Aquí tenemos una.

—¿Me lo garantizas?

—Puedes pedirle la garantía al banco, Kate... pero no al First Union.

—Todavía no sé si podré soportar tu sentido del humor. —Créeme; aprenderás a hacerlo.

—A ti te resulta fácil decirlo —Kate apoyó con ternura la cabeza sobre su hombro y él la rodeó con el brazo—. ¿Podrás soportar la tensión de mi trabajo?

—Ya he sobrevivido a tres. De acuerdo con mis cálculos, solo me quedan unas mil antes de que te jubiles.

Kate se rió.

—¿Las vas a contar?

—Por supuesto.

Kate apoyó la mano contra el pecho de Dave y miró sus ojos que la escudriñaban.

—Té amo, ¿lo sabías?

Dave tomó su rostro entre las manos y sonrió.

—Lo sé. Yo también te amo.

Al escuchar estas palabras, todavía parpadeó. Ningún hombre se las había dicho con tanta seguridad. Se sentía insegura, pero confiaba lo suficiente en él como para no ocultarle lo que sentía. La expresión de Dave se suavizó y la calidez de, su mirada inundó el ser de Kate. Dave apenas tuvo que inclinarse para besarla.

—Créeme, Kate. Te amo.

Esta reafirmación se ancló en lo profundo de su ser. Le ofreció una sonrisa atrevida.

—Bien.

—En realidad, todavía no has contestado mi pregunta.

Kate sintió deseos de reír.

—Sí, seré tu novia.

—Bueno.

—Tienes una terrible expresión de suficiencia, Richman.

—Marcus dijo que si podía sacarte un sí antes de la hora del partido, podía ser el capitán del equipo.

Kate le dio un codazo en las costillas mientras se levantaba.

—¡Ay!

—¿Adónde está Marcus?

Dave se frotó el lugar dolorido.

—Es probable que se encuentre poniéndose a salvo.

—Inteligente de su parte.

—Soy extraoficialmente parte de la familia, Kate. Deja a tu hermano en paz.

—No necesito que me arregle la vida.

Dave la asió cuando intentaba levantarse.

—Como si alguien pudiera hacerlo. Siéntate —y la tomó con los brazos debajo de la venda que tenía en las costillas para asegurarse de que lo hiciera—. Ha planeado una fiesta para esta noche en honor a Tom y a Jennifer. Pensó que me gustaría venir para celebrar contigo.

Kate parpadeó y lo que había sido molestia se transformó en un coordinado esfuerzo para impedir una lágrima.

—¿Marcus planeó una fiesta?

Dave la abrazó con delicadeza.

—Sí. Pensó que sería una linda tradición O'Malley. Yo estoy de acuerdo con él.

Kate se inclinó y lo besó.

—Habrá fuegos artificiales en la fiesta.

Dave sonrió.

—Me pareció que teníamos suficientes fuegos artificiales por aquí.

—Fuegos artificiales y amor. Linda combinación.

—Terminen ya, ustedes dos. Es hora de almorzar.

Kate se acababa de dar cuenta de que la familia se había acercado.

—Jack, ¿quemaste mi bistec?

—Hice lo mejor que pude. Kate se rió y miró a Dave.

—¿Estás seguro de que estás listo para esta familia?

—No me perdería esta aventura por nada del mundo. Aunque debo admitir que no estaba seguro de pasar el escrutinio de Marcus.

Kate vio que venía en dirección a ellos caminando junto a Jennifer.

—Es el guardián de la familia y se toma la tarea en serio. Ya verás cuando nosotros seamos los que nos encarguemos de examinar a la dama de su vida.

—Te encantará hacerlo.

—Sí —pensó en los nubarrones que oscurecerían aquel verano cuando Jennifer les contara su secreto—. Le ayudaría tener esa clase de distracción.

Dave le frotó la espalda.

—Todo saldrá bien.

Kate se dio vuelta y le sonrió.

—Lo sé.

Las cosas habían salido bien para ella; saldrían bien para el resto de su familia. Enamorarse sería una manera grandiosa de pasar el verano.